무적행

9

태규 신무협 장편소설

ORIENTAL FANTASYSTORY & ADVENTURE

dream
books
드림북스

무적행 9 (완결)

초판 1쇄 인쇄 / 2014년 11월 26일
초판 1쇄 발행 / 2014년 12월 3일

지은이 / 태규

발행인 / 오영배
책임편집 / 편집부
펴낸 곳 / (주)삼양출판사 · 드림북스

주소 / 서울특별시 강북구 솔샘로67길 92
대표 전화 / 02-980-2112 팩스 / 02-983-0660
편집부 전화 / 02-980-2116 팩스 / 02-983-8201
블로그 / blog.naver.com/dreambookss

등록번호 / 제9-00046호
등록일자 / 1999년 3월 11일

값 8,000원

ISBN 978-89-542-4965-2 (04810) / 978-89-542-4758-0 (세트)

* 지은이와 협의하에 인지는 생략합니다.
* 잘못된 책은 구입한 곳에서 바꾸어 드립니다.

이 도서의 국립중앙도서관 출판시도서목록(CIP)은 서지정보유통지원시스템홈페이지
(http://seoji.nl.go.kr) 와 국가자료공동목록시스템(http://www.nl.go.kr/kolisnet)에서
이용하실 수 있습니다. **(CIP제어번호: 2014034342)**

무적행

9

태규 신무협 장편소설

ORIENTAL FANTASYSTORY & ADVENTURE

dream
books
드림북스

무적행

목차

第一章

사람들은 이리 전한다.

그날.

청성산 지하에서 숨겨져 있던 지옥의 문이 열렸다, 라고.

틈새 사이로 염화가 솟구쳐 올라 하늘 끝까지 붉게 물들였다고 한다.

악귀들이 쏟아져 나와 죽음의 연회를 벌였다고 한다.

죽어 간 사람이 흘린 피가 산을 붉게 물들였기에 청성산은 한동안 적성산(赤城山)이라 불렸다고도 했다. 또는 시체 썩는 냄새가 가시지를 않아 시취산(尸臭山)이라고 불리기도 했다 한다.

필자가 처음 이 과장된 전설을 수집했을 때, 코웃음 치며 무시했다. 하지만 그날 그 자리에 있었던 이들과 대화를 나누게 되면서, 그날에 대한 전설은 과장만이 아님을 깨달았다.

그 누구라고 해도 그렇게 말했을 것이다.

그리고 그날에 관련된 전설의 백미.

악귀를 이끌고 지옥에서 튀어나온 귀왕의 난동을 막고자, 하늘에서 상제께서 내려오셔서 상청궁에서 만나 담판을 벌였다는 그 허무맹랑한 전설.

이 또한 그 누구라고 해도 그렇게 말할 수밖에 없었을 것이다.

투신 몽예와 무신 진무도의 대결.

후일 누군가가 쌍신초전(雙神初戰)이라 명명한 이 대결은, 오히려 전설이 모자라다고 느껴질 정도였으니……

* * *

숨을 들이쉰다. 그리고 내쉰다.

언제나처럼.

'언제나?'

갑자기 머릿속에 어이없는 질문 하나가 떠오른다.

'꼭 숨을 쉬어야 해?'

미치기라도 한 걸까?

하지만 정말 궁금했다. 아니, 궁금하기보다는 어색했다.

숨을 쉬지 않아도 살 수 있을 것 같았다.

아니, 살 수 있다.

'어째서?'

그건 모르겠다.

그냥 할 수 있을 것 같다.

또다시 떠오르는 질문.

숨을 쉬지 않고도 살 수 있는 것을 사람이라고 할 수 있을까?

콰아아아아아아아아앙!

갑자기 들려온 지축을 뒤흔드는 폭음. 그것은 연달아 떠오르는 질문을 송두리째 지워 버리고, 굳게 닫힌 눈꺼풀 속에 갇혀 있던 눈동자의 존재를 인식하도록 만든다.

상황을 알아보기 위해 눈을 뜨려 했다.

하지만 굳이 눈을 뜰 필요조차 없다.

보려고 의식하는 순간, 목적했던 장소의 모습이 고스란히 펼쳐진다.

'뭐지?'

매가 되어 하늘 위에서 내려다보는 듯이 주변의 정경이 머릿속에 환하게 그려진다.

자세히 살피고자 하면, 개미가 된 듯이 모래 한 톨이 거대한 암석처럼 크게 다가온다.

어째서 이럴 수 있는 건지 알 수 없다. 그저 원하니 될 뿐이다.

슬며시 주먹을 쥐어 본다.

전력을 다할 때보다 거대한 힘이 뭉친다.

이 힘이라면 무엇이든 할 수 있을 것 같다.

이 당치 않는 자신감을, 이 엄청난 힘을 무엇이라고 불러야 할까?

기다렸다는 듯이 떠오른 단어 하나가 머리 안을 꽉 채운다.

'절대(絕大)!'

그렇다.

이제 알겠다.

이 힘이 바로 진정한 절대라는 것을!

기다렸다는 듯이 온 세상이 노래한다. 아니, 울부짖는다.

환희의 노래이자, 공포의 절규이다.

존재하는 모든 것들이 나에 대한 칭송과 저주를 토해 낸다.

이 노래의 뜻을 알아들을 수 있다.

이리 외쳐 대고 있다.

절대가 탄생했노라.

일개(一介)의 의지를 지닌 초월(超越)의 존재가 이루어졌노라고.

순리(順理)를 벗어나 스스로 이룬 법으로 유리(遊離)하니, 이는 신(神)이라 불러 마땅하리라.

그러며 애걸한다.

초월한 존재여.

흩어져라.

스스로 의지를 버리고, 세상의 흐름에 동화하라.

순리를 벗어난 초월이란 재난일 뿐이니, 존재를 지우고 흩어짐이 마땅하노라.

이는 소멸이 아니라 영원이리니, 끊임없이 이어지는 흐름에 한 줄기가 되는 영광이도다.

나는 만물과 근원의 애원을 계속 무시할 수 없어, 답한다.

'좆까.'

근원은 실망하며 멀어져 간다.

그리고 존재하는 한 계속 부르겠노라고 속삭인다.

몽예라는 나의 이름을…….

*　　　*　　　*

청성파의 경내를 지나쳐 더 위로 오르면 자그마한 전각 하나가 모습을 드러낸다.

바로 노군각(老君閣)으로, 청성파에서 문파의 사활을 건 큰 결정을 내리기 전에 그들이 모시는 도교의 신 태상노군께 제(祭)를 올려 허락을 구하는 곳이다.

그 안에 한 사내가 두 눈을 꼭 감은 채 누워 있다.

바로 몽예였다.

그의 바로 앞에 생사괴의가 가부좌를 틀고 앉아 몽예의 모습을 찬찬히 살피고 있었다.

그의 낯빛은 분칠이라도 한 것처럼 하얗고, 눈동자는 핏발로 가득했다.

마치 며칠 밤낮을 뜬눈으로 지새운 사람 같았다.

어느 순간 생사괴의의 입이 힘없이 벌어졌다.

"모르겠군."

사람의 마음은 형체가 없기에 그 누구라 해도 알 수가 없다.

하지만 사람의 몸이라면 그 누구보다 잘 안다고 생사괴의는 자부했다.

시신을 갈라 장기의 위치, 뼈와 근육의 모양새, 그리고 그것들의 쓰임을 알아본 게 몇 번이던가.

치료를 위해 생사람의 몸을 갈라본 횟수만 따로 세어보아도 수천 번이 넘는다.

그러니 생사괴의는 굳이 찢고 갈라서 내부를 살피지 않고 그저 곁눈질로 척 보아도 상대방의 신체 구조를 거의 알 수 있었다.

하지만 그의 자부심은 오늘 깨어지고 말았다.

'아무것도 모르겠어.'

생사괴의는 몽예가 깨어날 때까지 호법을 서기로 했다. 몽예에게 시술한 생사신명침법의 경과를 보고자 하는 의원으로서의 탐구욕과 혹시 모를 부작용이 발생했을 때 빠르게 처치하기 위함이었다.

하지만 생사괴의는 차라리 홍한교와 장칠, 법왕을 따라 나갔어야 했다며 후회하고 있었다.

몽예에게서 벌어지는 현상은 그가 지금까지 쌓아온 의술과 지식의 범주를 넘어서고 있었다.

물론 무림인이란 기(氣)라는 불가해의 힘을 다루고 사용하기에, 통속적인 의학상의 상식이 적용되지 않는 경우가 허다하다.

특히 무림인 중에서도 특이한 무공을 익혔거나, 최정상급 고수의 경우 본인의 의지만으로 골격의 길이와 두께를 늘이거나 줄인다. 더 나아가 오장육부의 위치까지 뒤바꿀 수도 있었다.

사특한 마공을 익힌 무림인 중에는 간혹 팔다리의 개수가 여러 개인 사람까지 있을 정도이다.

그러니 현 무림에서 다섯 손가락 안에 들 만한 고수인 몽예라면 분명 아예 다른 현상을 보일지도 모른다는 짐작은 했었다.

하지만 아무리 그렇다 해도 이건 아니었다.

갑자기 생사괴의가 눈을 부릅떴다.

'또 사라지고 있어.'

몽예의 피부가 흐릿해지고 있었다. 그 안에 숨겨진 근육이 드러나더니, 근육마저 사라지며 골격이 남는다. 그리고 뼈마저도 뿌옇게 흐려지고 있었다.

그렇게 해서 남는 건 안개같이 흐릿하면서도 별빛처럼 영롱한 기운뿐이었다.

혹시 저 안개 같은 기운이 바로 혼(魂)이라는 것일까?

아니면 그저 이 기묘한 현상이 잔재물일 뿐일까?

생사괴의가 눈에 힘을 주었다.

'만들어지고 있어.'

하얗고 영롱한 기운 사이로 붉고 하얀 육질이 생겨나 뭉치기 시작했다. 뒤이어 뼈가 생기고, 피부가 입혀진다.

그렇게 사라졌던 몽예는 다시 나타났다.

아니, 생겼다?

아니, 만들어졌다?

아니, 태어났다?

'이걸 뭐라고 해야 하지?'

생겨났다면 어떻게 생겨난 것이며, 만들어졌다면 누가 만든 것이며, 태어났다면…… 대체 무엇이 몽예에게 소멸과 탄생을 반복케 하는 것일까?

확실한 건 생사신명침법 때문은 아니었다.

생사신명침법은 생사괴의가 필생의 역작이라고 자부하는 신술이지만, 저런 현상을 일으킬 수는 없었다.

'다시 사라지고 있어.'

몽예가 조금 전처럼 사라져가고 있었다. 그리고 하얀 기운만이 남았을 때 다시 생겨나겠지.

벌써 십여 차례 반복된 현상이기에 생사괴의는 처음처럼 당황스럽지는 않았다. 하지만 여전히 신기했다. 그리고 한편으론 괴롭기도 했다.

천하의 생사괴의가 자신이 처방한 환자를 앞에 두고 그

저 지켜보는 것 외에는 아무것도 할 수가 없다니. 헛살았구나 싶을 뿐이었다.

콰아아아아아아아아아앙!

갑자기 밖에서 고막이 찢기지 않을까 싶을 정도의 굉음이 울렸다. 뒤이어 굳게 닫힌 문의 틈새로 뜨거운 바람이 스며들어와 쌓여 있던 먼지를 휩쓸어 공중에 띄웠다. 기둥은 당장에 부러질 듯 비명을 질러 댔으며, 바닥은 물결처럼 일렁였다.

하지만 생사괴의는 그런 것 따위는 보이거나 들리지도 않는다는 것처럼 그저 몽예만을 바라만 보았다.

순간, 생사괴의의 입이 벌어졌다.

"어?"

몽예의 신체가 선명해지고 있었다. 지금까지 십여 번 이상 사라졌다가 나타나기를 반복했지만, 지금의 모습과는 조금 달랐다.

그 차이를 뭐라고 해야 할까?

조금 전까지 재생되던 모습이 마치 정물이나 그림만 같았다면, 지금의 몽예는 당장이라도 살아 움직일 듯한 생동감이 느껴졌다.

갑자기 몽예가 공중으로 떠오르기 시작했다. 그러자 어디선가 영롱한 기운이 몰려들어 몽예의 주변을 떠돌았다.

그건 몽예가 사라졌을 때 빈자리에 남겨져 있던 기운과 매우 유사했다.

그러자 다시 몽예의 모습이 흐려지기 시작했다. 피부가 투명해지며 사라졌고, 근육과 뼈가 희미해져 갔다.

결국 한 점의 육질조차 남기지 않고 사라지려 하는 순간, 어디선가 목소리가 들려왔다.

아니, 그건 목소리가 아니었다. 울림 같은 것이었다.

귀가 아니라 심장이 들을 수 있는…… 아니다. 신체가 아닌 영혼으로 전해지는 신비한 떨림이었다.

하지만 감동을 받기에는 울림이 말하는 의미가 너무도 치졸했다.

혹시 잘못 알아들은 걸까?

생사괴의는 울림이 의미하는 바를 속으로 읊조려 보았다.

'죽까, 라고?'

갑자기 사라지던 몽예가 빠르게 재생되기 시작했고, 몰려들었던 영롱한 기운이 달아나듯 빠르게 흩어져 갔다.

나타난 몽예는 천천히 내려앉더니 두 발을 지그시 땅에 안착하고 섰다.

감겨 있던 몽예의 두 눈이 천천히 벌어진다.

안에 숨겨져 있던 두 눈동자가 모습을 드러냈고, 천천히 생사괴의를 향해 돌아갔다.

눈이 마주친 순간, 생사괴의는 숨이 멎는 기분을 느꼈다. 아니, 숨이 멎었다.

'뭐, 뭐지?'

전과는 달랐다. 물론 이전의 몽예도 눈이 마주치기는 두려웠다. 마치 굶주린 짐승의 앞에 헐벗은 채 놓인 듯한 기분이랄까?

그런데 지금은 아무것도 느껴지지 않았다. 그저 거울처럼 맑고 투명할 뿐이었다. 갓 태어난 아이처럼 순수하게 보이지만, 달리 보면 이제 죽음을 앞둔 노인처럼 무감해 보이기도 했다.

잘 만들어 놓은 인형이지 않을까 의심스러웠다.

그러나 몽예는 자신이 살아 있다는 것을 증명하듯 눈을 깜빡였다. 뒤이어 두 손을 들어 올려 주먹을 쥐었다가 펴기를 반복했다.

그러고 나서야 입술을 벌린다.

"꿈을 꿨어. 태어나자마자 죽는 꿈을."

대체 무슨 말을 하려는 걸까?

아마도 본인에게 일어난 현상에 대해 말하는 듯했다.

생사괴의는 침을 꿀꺽 삼킨 후, 귀를 열었다. 만약 그 기묘한 현상의 조금이라도 이해한다면, 십 년째 답보 상태였던 자신의 의술을 진일보할 단서가 될 것만 같았다.

몽예가 계속 속삭였다.

"그게 계속 반복되는 거야. 태어나고 죽고 태어나고 죽고. 그러다 보니까 내가 살아 있는 건지 죽은 건지 모르겠더라고. 그러다 보니 내가 뭔지도 알 수 없더라. 그러니 없어지더라. 꿈도, 생(生)도, 사(死)도, 나도. 그리고 세상도. 그게 옳았어. 난 너무 많은 꿈을 꾸었거든. 그 꿈속에서 난 너무 많이 태어났고, 너무 많이 죽었어. 그러니 사라지는 게 맞지. 그런데……."

생사괴의가 물었다.

"그런데?"

몽예가 주먹을 굳게 쥐었다.

"내 이름이 몽예더라고."

대체 이건 또 뭔 말인가?

갑 다음엔 을이 나와야지, 왜 신묘술해가 나온단 말인가.

몽예가 갑자기 씩 웃으며 생사괴의를 향해 고개를 돌렸다.

"얼마나 지났지?"

"하, 한 시진쯤 되었소."

떨떠름한 답변에 몽예는 굳게 닫혀 있는 문 쪽으로 고개를 돌렸다.

눈동자가 매섭게 빛난다.

"난 살아야겠어."

말과는 달리, 누군가를 꼭 죽이고 말겠다는 다짐으로 들렸다.

몽예가 무릎을 살며시 굽혔다. 그리고 다시 폈을 때 그의 모습은 사라졌다.

생사괴의는 놀라 주변을 둘러보았지만, 어디에도 몽예의 모습은 보이지 않았다.

몽예가 마지막 바라본 것이 문이라는 걸 기억한 생사괴의는 거칠게 달려가 문을 부수고 빠져나왔다.

달리고 달려, 청성파의 경내에 이르렀고, 거칠게 휘몰아치는 불꽃과 그 사이로 널려 있는 시체들 사이로 서 있는 한 노인을 볼 수 있었다.

그리고 그의 앞에 조금 전 사라졌던 몽예가 있었다.

생사괴의는 그제야 멈춰 서서 더듬더듬 입을 열었다.

"그래서 당신은 어찌 살겠다는 거요?"

거리가 멀어 목소리가 들릴 리 없었다.

하지만 몽예는 그의 질문을 행동으로 보여주겠다는 것처럼 노인을 향해 다가가고 있었다.

*　　*　　*

몽예의 등장은 무신 진무도가 나타났을 때처럼 본래 그 자리에 있었던 듯이 자연스러웠다.

하지만 아무도 그 사실을 인식하지 못했다.

무신 진무도라는 이름과 그가 보여 준 가공할 신위에 오감이 빼앗긴 탓이었다.

그건 법왕이라고 하여도 다르지 않았다.

법왕은 몽예를 향해 외쳤다.

"내 말을 들어! 도망쳐!"

몽예는 답하지 않았다. 오히려 그 사이에도 무신 진무도를 향한 걸음을 더할 뿐이었다.

법왕이 목이 터져라 외쳤다.

"그는 무신 진무도란 말이다!"

그 순간 몽예의 눈이 커졌다. 처음으로 발이 멎는다.

"무신 진무도?"

법왕은 크게 고개를 끄덕이며 외쳤다.

"그래! 무신 진무도!"

몽예의 크게 벌어졌던 눈매가 반대로 칼날처럼 얇아졌다.

'무신 진무도.'

법왕이 계속 외쳤다.

"도망쳐! 아직은 네 상대가 아니야! 죽는단 말이다!"

미치기라도 한 것처럼 절규하듯 외쳐 댄다.

"아직은 안 돼! 넌 인다라가 되기 전까지 죽어서는 안 돼! 인다라가 되어서 나를 기억해 내기 전까지, 내가 네게 했던 짓을 기억해 내기 전까진 절대 죽어서는 안 돼! 이렇게 빈다. 제발 도망쳐라. 너에게 사과할 기회를 달란 말이야. 내 욕심인 줄 알지만, 제발, 제발……."

그제야 몽예는 고개를 돌려 법왕을 바라보았다.

법왕은 무릎을 꿇은 채 흐느끼고 있었다.

법왕은 감춘 것이 너무 많아 신비로웠다. 그리고 잘 드러내지 않아 음흉했다. 모르는 것이 별로 없어 여유롭기도 했다.

그런데 지금 법왕에게선 그런 게 전혀 느껴지지 않았다.

대신 자식을 잃은 아비처럼 군다.

법왕이 속삭이듯 말했다.

"도망쳐."

몽예는 그저 그를 바라만 보았다.

법왕이 고백하듯 말한다.

"사실 전생의 구슬 따위 되찾지 못해도 상관없어. 그저 네가 보고 싶었다. 웃고, 떠들고, 즐거워하는 너를 보고 싶었다. 내가 빼앗아 갔던 것을 이번 생에서만은 돌려주고 싶었어. 네가 살아가는 모습을 보고 싶었어. 네가 인다라가 되어 내가 했던 짓을 기억해 내면, 나를 저주하며 찢어 죽이겠지만, 그래도 널 지켜보고 싶었다."

법왕이 넙죽 고개를 숙여 절했다.

"도망쳐다오. 내가 잘못했다. 이제 아무것도 바라지 않으마. 내 욕심이 다시 너를 죽이게 하지 말아다오."

그제야 몽예의 입술이 벌어졌다.

"말했잖아. 난 지금밖에 없어."

순간 법왕의 몸이 굳었다. 땅을 향했던 고개만을 슬며시 들어 올려 몽예를 바라보았다.

"설마? 너…… 인다라냐?"

"넌 가네샤가 아니고 난 인다라가 아니지. 넌 삼장이 아니고 난 돌원숭이가 아니야. 넌 그저 시건방진 법왕이고, 난 그냥 몽예인 것뿐이야."

법왕이 떨리는 목소리로 말했다.

"너, 인다라가 되었구나!"

"나는 나. 인다라가 아니야. 그냥 나일 뿐이라니까."

그리고 귀찮다는 듯이 무신 진무도 쪽으로 몸을 돌렸다. 하지만 한 걸음을 떼려다 말고, 다시 고개를 돌려 법왕을 돌아보았다.

"야. 근데 그때 정말 왜 그런 거냐?"

"언제?"

"그때 말이야. 그때! 왜 날 배신하고 시바에게…… 아니다. 난 그냥 나이지."

몽예는 그렇게 말하며 한 차례 눈을 부라린 후, 다시 무신 진무도를 향해 걸음을 옮겼다.

법왕은 벌떡 일어나더니 팔짱을 끼고 의미심장한 미소를 지었다.

"이제 됐다."

조금 전까지 도망치라고 애원하던 사람은 어디로 간 걸까?

더는 몽예를 말릴 생각이 없는 듯했다. 오히려 재미난 구경거리를 찾은 사람 같은 태도였다.

다가온 홍한교와 장칠이 뭐가 됐냐는 듯이 눈빛으로 묻자, 법왕의 턱 끝으로 몽예의 등을 가리키며 말했다.

"보면 알 거야."

법왕은 가물가물한 기억의 바다를 뒤적였다. 수십 번의 전생을 거듭하면서 많은 기억이 소실되거나 희미해졌다. 더욱이 무신 진무도에게 전생주를 빼앗긴 탓에 온전한 기억이 얼마 없었다.

그럼에도 선명한 기억은 남아 있다.

인다라.

사람으로 태어났지만 싸움의 신이 된 존재.

그는 무적이었다.

*　*　*

무신 진무도.

단신으로 천하무림을 제패했던 유일무이한 절대자.

무림이 생긴 이래 가장 강하며, 가장 위대한 무인이라 일컬어지는 존재.

그의 행적은 전설과 신화가 되어 노래로 불린다.

하지만 그는 죽었다.

사십 년도 전에 한 줌의 재가 되어 흩어졌다.

그러니 그의 사후 혼란해진 무림의 정세를 걱정하며 많은 이들이 또 다른 무신의 탄생을 원하기는 했어도, 그의 부활을 바랄 수는 없었다.

죽은 자가 돌아온다는 건 있을 수 없는 일이니.

그런데 무신 진무도가 돌아왔다.

아니, 살아 있었다고 보는 게 옳을 것이다.

그렇다면 대체 왜 무신 진무도는 지금껏 죽음을 가장하고 살아왔다는 걸까?

숭무정의 정주가 되어 무림을 제패하기 위해서?

그럴 이유가 없었다.

그는 말 그대로 무의 신이자, 무림의 신이었다. 그가 무림에 군림했을 무렵, 그의 뜻을 거스를 세력은 존재하지 않았다. 아니, 존재할 수가 없었다.

그러니 그는 숭무정이라는 단체를 만들 필요가 없었다.

대체 왜일까?

무신 진무도 본인이 아닌 이상 그 누구라 해도 그가 죽음을 가장했던 이유를 알 수는 없을 것이다.

어찌 되었건 진무도가 돌아왔다.

깨어지지 않는 신화의 귀환이며, 절망의 재래이다.

구파와 오가는 문을 닫아걸고 깊은 잠에 빠져들 것이며, 이부와 삼성은 짐을 싸 들고 도망칠 것이다.

무신이 돌아왔다는 건 그런 의미였다.

하지만 지금 이 순간 무신 진무도를 향해 마주 걸어가는 젊은이가 있었다.

굴종의 인사 대신 대항의 주먹을 쥔 채…….

'저 노인이 무신 진무도라고?'

무신 진무도.

너무도 익숙한 이름이다.

몽예는 다른 사람들처럼 어째서 그가 살아 있는 건지, 왜 숭무정의 정주가 되어 나타났는지 궁금하지 않았다.

그저 무신총이 떠올랐다.

남들은 지옥이라고 부르던, 하지만 몽예에게는 고향이라 할 수 있는, 무신 진무도의 무덤이라 했던 곳.

어머니의 얼굴이 슬며시 그의 눈앞에 그려졌다. 뒤이어 창구정이 떠올랐다가 사라졌고, 당명진의 얼굴이 그 자리를 대신했다.

몽예에게 소중함이라는 감정이 무엇인지를 알게 해 준 몇 안 되는 사람이었다.

무신 진무도가 살아 있으니, 무신총은 이제 그의 무덤이라 불릴 수 없었다.

어머니와 창구정, 당명진의 무덤이라 불러야겠지.

그리고 무신의 유진을 얻겠다고 들어갔다가 갇혀서 죽어간 멍청이들의 무덤이라고 해야겠지.

'내가 태어난 곳이라고 해야 할 수도.'

마주 다가오는 무신 진무도가 갑자기 입을 열었다.

"그랬느냐? 그곳에서 태어나 살았느냐?"

몽예의 눈동자가 살짝 흔들렸다.

독심 따위의 잡술이 아니다.

그저 읽은 것이다.

진무도가 말을 이었다.

"그래서 지멸(地滅)이 보이는구나. 천살(天殺)을 타고났음도 과한데 지멸이라니. 과하고 또 과하다."

몽예가 입매를 다부지게 고쳤다.

마음을 닫고 생각을 지운다.

그러면 읽히지 않겠지.

하지만 무신 진무도의 말은 여전히 이어졌다.

"소림의 부동(不動)을 이루었다? 거기에 감각도(感覺道)라. 어허. 마종삼학(魔宗三學) 중 하나인 사혼(死婚)까지? 이 또한 과하고, 과하고, 과하다. 마물이로다."

삼존의 비기를 익혔음을 읽었다?

마음을 닫아도 소용이 없다는 건가?

아니다.

익히는 과정 중에 신체에 남겨진 특징 때문일 것이다.

'이런. 생각을 하고 말았네.'

"마물아. 죽어라."

그 순간 몽예의 시야가 검게 물들어 갔다.

머리는 새하얗게 비워지고, 호흡은 끊어지며, 심장은 멈췄다.

죽음이 밀려든다.

너무도 자연스럽게, 너무나 은밀하게 휘감아 온다.

삶을 유지하는 모든 끈이 그렇게 느슨해져 가더니 이내 끊어지려는 찰나, 몽예가 입을 크게 벌렸다.

"개수작!"

그러자 검게 물들었던 시야가 본연의 색으로 돌아왔고, 호흡은 이어지며, 심장은 다시 고동쳤다.

무신 진무도가 부드러운 미소를 지었다.

"장난 좀 친 거 가지고 너무 발끈하는구만. 허허허."

몽예는 콧방귀를 뀌었다.

"장난?"

상대방의 정신을 공유하여 자멸토록 명령한다.

이른바 심즉살(心卽殺)!

굳이 손을 쓰지 않아도 마음먹는 순간 누구라도 죽일 수 있었다는 무신 진무도 만의 수법!

실상 무신 진무도만이 다룰 수 있는 능력은 아니었다. 다만 현재 이 세상에서 오직 무신 진무도 만이 가능할 뿐이었다.

몽예는 사존의 안배와 생사신명침법의 도움으로 진정한 절대를 얻을 수 있었지만, 심즉살의 신능까지는 무리였다.

'나보다 한 수 위야.'

그런 몽예의 심정까지 읽었는지 무신 진무도가 여유로운 태도와 말투로 말했다.

"그래. 장난은 그만하지. 즐거워서 그런 것뿐이야. 태어난 것을 축하한다."

태어났다?

몽예는 바로 알아들을 수가 있었다.

절대를 얻는 순간, 몽예는 새로 태어난 것 같은 기분을 느꼈다. 아니, 새로 태어난 것이나 다름없었다.

절대를 얻는 과정에서 신체를 구성하는 모든 것이 모조리 소멸했다가 재생되었다. 혼백 역시 십여 번의 순환을 거듭하며, 남겨진 것이 전혀 없다고 봐야 했다.

그러니 한 시진 전의 몽예와 지금의 몽예는 아예 다른 사람이라고 보아도 무방했다.

그저 몽예가 자신을 몽예라고 인식하는 것에 불과했다.

몽예는 비웃음을 머금고 말했다.

"내가 이 힘을 얻은 게 당신에게는 정말 축하할 만한 일일까?"

무신 진무도는 크게 고개를 끄덕였다.

"그럼! 축하할 만한 일이지. 얼마 남지 않은 동족이 생겼는데, 어찌 축하하지 않을까?"

"동족?"

"그래. 동족이지. 느껴지지 않는가? 너는 이제 사람이 아니야."

"그럼 뭔데?"

"네가 이름 붙이기 나름이겠지. 우리는 적네. 너무 적지. 더구나 두 발로 걸어 다니는 건 더 적어. 나와 북해의 얼음덩어리. 둘 뿐이지."

몽예의 눈이 크게 벌어졌다. 놀라운 이야기였다.

북해 어딘가에 무신 진무도와 같은 자가 또 있다니.

무신 진무도가 말을 이었다.

"이제 너까지 셋이 되었구나."

몽예가 궁금함을 참을 수 없어 물었다.

"두 발로 걸어 다니지 않은 동족은 몇이나 되지?"

무신 진무도는 가볍게 고개를 갸웃거렸다.

"글쎄. 내가 아는 건 다섯밖에 없네. 장백의 삼안은호(三眼銀虎), 남해의 백도선경(白島仙鯨), 천산의 휘운신록(揮雲神鹿), 부상(扶桑)의 대천구(大天狗), 그리고 이 근처인 아미산의……."

몽예가 무신 진무도의 말을 자르며 한마디를 불쑥 뱉었다.

"백모신원."

무신 진무도의 눈이 커졌다.

"놀랍군. 어떻게 알지?"

"당연히 만나 봤으니까 알지."

"그것을 만나고도 살아남았다니, 신기하구나."

"왜? 백모신원이 그렇게 대단한가?"

"만나고도 모르다니, 더 신기하군. 그는 존재하는 모든 것의 정점이자 초월을 이룬 모든 존재 중에서도 지고하지. 조화와 균형을 물리치고 영원을 이룬 독존(獨存)의 마왕(魔王)."

들뜬 목소리로 설명하고 있는 무신 진무도의 말투에서 백모신원에 대한 동경과 질시를 느낄 수 있었다. 무의 신이라고까지 불렸던 그답지 않은 모습이었다.

몽예가 절대를 이루며 알게 된 점 중 하나는 초월한 존재들은 감정이 없다고 할 정도로 희미하다는 것이었다.

과거 무엇이었을 때의 습관이 남아 그것이 감정처럼 여겨질 뿐이었다.

하지만 지금 무신 진무도의 표정과 말투에선 뚜렷한 감정이 느껴졌다. 그만큼 백모신원에 대한 인상이 강렬하다는 의미였다.

백모신원은 전생과 윤회의 굴레조차 넘어선 초유의 존재이지만, 그 이전엔 몽예의 전생이었다.

그러니 몽예로서는 무신 진무도의 모습에서 자부심을 느꼈다.

몽예가 물었다.

"그처럼 되고 싶은가 보네?"

무신 진무도는 느릿하게 고개를 저었다.

"아니. 그것처럼 된다는 건 불가능하지. 하기에 난 그것과는 좀 다른 방식의 왕이 되려 한다네. 이를테면 공존(共存)의 왕이라고 해야 하나?"

의미를 알 수 없기에 몽예의 눈이 칼날처럼 얇게 좁아들었다.

"무슨 뜻이지?"

무신 진무도는 설명 대신 그저 미소만 지을 뿐이었다.

몽예는 그런 무신 진무도를 가만히 노려보다가 어느 순간 피식 웃음을 뱉었다.

"됐어. 사실 그렇게 궁금하지도 않거든. 아니. 궁금할 필요가 없다는 게 맞겠지."

몽예의 입매가 늘어나며 날카로운 송곳니를 드러낸다.

"이제 당신은 내 손에 죽을 테니까."

무신 진무도는 이해할 수 없다는 듯 고개를 갸웃거렸다.

"나랑 싸우고 싶나? 왜지?"

"굳이 입 아프게 설명해야 해? 내 마음을 읽었잖아. 그럼 이유는 충분히 알 텐데?"

"이유야 충분하지. 하지만 그건 네가 초월하기 전의 인과이니, 얽매이지 않을 터인데? 이상하군. 태어난 지 얼마

되지 않아서이려나? 하면 자신에게 물어보아라. 나를 원망하거나 싸우고 싶은 마음이 있는지."

몽예는 눈을 지그시 감았다.

희노애락애오욕(喜怒哀樂愛惡慾).

사람이 가지는 일곱 가지 감정은 절대를 이루며 희미해지고 있었다.

하지만 초월하여 절대를 이룬 존재가 유지되기 위해서는 감정이 아예 없어서도 안 된다.

선명하고 뚜렷한 단 한 가지의 열망을 정함이 마땅했다.

그 정도만이 허락될 뿐이다.

무신 진무도가 남긴 열망은 공존의 왕이라는 게 되겠다는 것이겠지.

'그럼 나는?'

자아의 근간이 될 열망은 이미 정했지 않은가.

"내 이름은 몽예야."

무신 진무도는 고개를 갸웃거렸다.

몽예란 하루살이라는 뜻이다.

사람의 이름치고는 괴상하다 싶지만, 그게 지금 이 상황에 무슨 상관일까?

몽예가 설명하듯 말을 이었다.

"하루살이란 고작 하루 남짓의 삶을 살자고 태어나지.

대체 왜 태어나는 걸까? 고작 하루의 삶이 무슨 의미가 있다고? 왜 내 이름을 그렇게 지은 걸까? 이제 알 것 같아. 태어났다고 해서 사는 게 아니야. 죽는다고 해서 의미 없는 게 아니야. 단 하루이지만, 살았고, 살아 있었다는 게 중요한 거지."

몽예가 자신의 가슴을 두들긴다.

"난 하루살이. 난 살아 있다. 태어났기에 사는 게 아니야. 죽기가 싫어서 사는 것도 아니야. 나의 삶이 내게 떳떳하도록, 당장 내일 죽는다고 해도 지금의 내가 만족하고 있으면 돼."

몽예가 주먹을 불끈 쥔다.

"난 하루살이다! 나의 삶은 내가 정한다! 그래! 당신 말이 맞아! 이제 인과 따윈 상관없어! 관심도 없어! 대신 내겐 지금만이 중요해! 지금 이 순간! 넌 내 앞을 가로막고 서 있다! 나의 친구를 죽이려 했다! 그게 전부야! 나의 적이 아니라고? 동족이라고? 웃기지 마! 난 유일하다! 넌 그저 적일뿐이야. 적은 죽인다! 없앤다! 부순다! 무너트린다! 그로써 지금, 내가 살아 있고 살아가려함을 확인하려 한다. 그게 내가 태어났을 때 이미 정해졌던 파멸과 살육의 길이라도!"

이것이 그토록 거부해 왔던 하늘이 정한 나의 운명!

이것이 그토록 원망했던 땅이 정한 나의 삶!

하지만 결국 이제야 깨닫고만 내가 정한 나의 길!

몽예는 해방감을 느꼈다. 자신을 구속하던 족쇄와 사슬이 일시에 풀린 듯한 기분이었다.

운명에 꺾인 게 아니다.

그렇다 하여 벗어난 것도 아니다.

그저 받아들인 것이다.

이제야 알겠다.

운명 안에서 나는 무한히 자유로움을.

무신 진무도가 비꼬듯 말했다.

"초월을 이루었음에도 갈망하는 바가 고작 싸움[鬪]이냐? 무적(無敵)의 행보(行步)를 걷겠다? 지극히 인간적이구나."

"고맙네. 내가 가장 좋아하는 칭찬이거든."

"이미 초월한 인과에 스스로 귀속되다니. 허헛. 웃음 밖에 나오질 않는구나."

"웃을 수 있을 때 많이 웃어 둬. 좀 있으면 비명밖에 나오지 않을 테니까."

그러자 무신 진무도가 고개를 위로 들어 올리며 뒷짐을 쥐었다.

"슬프구나. 갓 태어난 동족을 내 손으로 없애야 할 줄이야."

몽예는 비웃었다.

"자. 구경하는 사람들이 심심해하잖아. 그만 수다 떨고, 싸우자고. 입 아프잖아. 손하고 발 두었다가 뭐하려고."

무신 진무도가 어린아이의 재롱질을 본다는 듯 흐뭇한 미소를 지으며 말했다.

"굳이 손발을 쓸 필요도 없으니 그러지."

위이이이이이이이잉.

무신 진무도의 주변으로 수십 개의 빛살이 맺히더니, 둥글고 크게 변해 갔다.

강환(罡丸)!

강기무학의 정점 중 하나.

과거, 신래칠존 중 권제가 다섯 개의 강환을 일시에 구사하여 전설이 되었다.

그런데 지금 이 순간 무신 진무도에 의해 형성된 강환은 무려 열두 개나 되었다.

강환은 살아 있는 생명처럼 천천히 움직여 몽예를 가운데 두고 둥글게 감쌌다.

몽예는 자신을 희롱하듯 맴도는 강환을 둘러보며 굳은 얼굴로 말했다.

"처음부터 너무 힘 빼는 거 아니야? 좀 살살하지?"

무신 진무도가 피식 웃음으로 답한 후, 오른손을 들어 올리더니 검지를 까딱거렸다.

그러자 그게 신호라도 된다는 듯 열두 개의 강환이 일제히 몽예를 향해 쏟아졌다.

콰아아아아아아아아아아아아앙!

진천뢰의 폭발에 못지않은 굉음이 터졌고, 파편과 흙먼지가 장막처럼 번져 나와 사방을 휘감았다.

하지만 그마저도 부족하다는 듯 무신 진무도의 주변으로 다시 강환이 생겨나, 계속 몽예를 향해 날아갔다.

그 광경을 지켜보는 이들은 절망의 한숨과 안타까움의 비명을 질렀다.

아무리 몽예라고 해도, 저 강환의 연환공격은 감당할 수 없을 것이라고 여겼기 때문이었다.

하지만 법왕만은 달랐다. 오히려 눈을 빛내며 입가에는 짙은 미소를 그렸다.

"걱정하지 않아도 돼. 아직 바즈라를 얻지는 못한 것 같은데, 그래도 인다라는 인다라. 고작 저 정도에 당할 리 없지."

곁에 있던 홍한교와 장칠이 슬며시 고개를 돌려 법왕을 돌아보았다.

법왕의 눈동자 속에 기이한 열기를 읽을 수 있었다.

법왕은 강환이 쏟아지는 흙먼지 속에 갇힌 몽예가 듣기라도 한다는 듯이 속삭였다.

"어이. 시작하라고. 네가 태어나기를 얼마나 오래 기다린 줄 아느냐? 너를 다시 만나기 위해 얼마나 많은 시간을 맴돌았는지, 아느냐? 그러니 이제 내가 기억하는 너를 보여다오. 흐릿한 기억을 더듬어 억지로 떠올려야 했던 그 날들을, 혹시 착각이 아닐까 의심했던 그 기적을, 증명해라."

무신 진무도가 만들어 낸 강환이 향하는 곳, 무성한 먼지구름이 반으로 갈라진다.

그 사이로 터져 나오는 우렁찬 외침!

"크아아아아아아아아아!"

동시에 칠흑의 어둠이 파도처럼 흘러나와 무신을 향해 밀려든다.

그 순간 무신 진무도가 눈살을 찌푸리며 중얼거렸다.

"이거 쉽진 않겠어."

第二章

싸운다.

일대일.

마치는 때는 정해져 있다.

둘 중 하나가 죽을 때까지.

이기기 위한 속임수 따윈 통하지 않는다.

오직 실력만이 승부를 기른다.

이토록 명확한 도박이 어디 있을까?

그러니 신이 난다.

내가 받는 상처와 고통은 살아 있다는 증거!

내가 주는 상처와 고통은 살아간다는 증명!

그러니 싸운다.

살아 있다.

살아간다.

그리고 이긴다!

비록 이 도박판의 상대가 고금제일인 무신 진무도라 할지라도!

"으아아아아아아아아아압!"

몽예는 검은 파도가 되어 진무도를 향해 돌진했다.

그를 둘러싼 검은 파도는 강환마저 갈라 버린 무쌍의 칼날!

그리고 어떤 틈이라도 스며들 수 있는 부드러운 바람!

아무리 진무도라도 하여도 무사할 수 없었다.

하지만 파도는 진무도의 몸에 닿는 순간, 자연스럽게 갈라졌다. 그리고 진무도 뒤에서 다시 뭉쳐서 뻗어 나갔다.

마치 진무도라는 목표를 인식하지 못하는 듯하다.

어째서일까?

몽예만은 이유를 알았다.

'공간 사이로 숨었군.'

청성산의 비도 사이에 존재하던 기묘한 공간 허혈(虛穴), 그것과 흡사하다고 할 수 있었다.

눈에 보이지만 닿지는 않는 신기루 같은 상태라 하겠다.

절대를 이룬 존재만이 다룰 수 있는 초능 중의 하나!

'하지만 난 못해.'

절대의 경지에 오른 존재에게 허락된 초능은 무한하지 않다.

많아야 두 가지 정도로 한정된다.

보아하니, 무신 진무도의 초능은 공간의 틈새를 만드는 힘인 듯했다.

'허신(虛身).'

지금 진무도는 이곳에 존재하나 그 어디에도 존재하지 않는다.

그의 공격은 내게 닿지만, 나의 공격은 그에게 닿을 수 없다는 거다.

지극히 이기적이고 일방적인 힘.

그러니 절대인 거다.

'그럼 내가 얻은 초능은 뭐지?'

아직 알 수가 없었다.

사람이 태어나자마자 걸어 다닐 수는 없듯이 이제 겨우 절대를 얻은 상태이니 모르는 게 당연했다.

하지만 이 싸움이 끝나기 전까진 어떻게라도 알아내야 했다.

그렇지 않으면, 죽는다.

아니, 절대를 얻으며 생사의 경계는 넘어섰으니, 소멸당한다고 해야 할까?

그 사이 진무도가 형성한 수십 개의 강환이 몽예를 향해 쏟아졌다.

퍼퍼퍼퍼퍼퍼펑!

"크읍!"

검은 파도가 천 조각처럼 찢겨 나갔고, 그 사이로 튕기듯 튀어나온 몽예가 휘청이며 뒷걸음질 치다가 멈춰 섰다.

몽예는 괜찮다는 듯이 고개를 좌우로 까딱거리며, 무신 진무도를 향해 걸음을 옮겼다.

무신 진무도는 부드러운 미소를 머금은 채 손을 들고 그 안에서 송골송골 솟아오르는 강환을 바라보고만 있었다.

강환이 발하는 빛은 밝고 영롱하여, 아름답다는 말이 절로 흘러나올 정도였다.

하지만 몽예에게만은 달랐다.

저 보석처럼 강환 하나에 담긴 힘이 어떠한지를 뼈저리게 아는 탓이다.

강환의 위력은 진천뢰 따위와 비교할 바가 아니다.

무신 진무도가 강환의 위력을 압밀하여 몽예를 향해서만 발산되도록 하였기 때문이지, 원한다면 저 중 서너 개만으로도 진천뢰 마흔여 개가 만들어 낸 참상을 재현할 수 있을 것이다.

무신 진무도의 손바닥 위로 떠도는 강환의 개수는 어느새 열 다섯이 되어 있었다.

지금까지 만들어 낸 강환의 숫자만도 마흔 개가 넘는다.

강환 마흔 개라니.

청성산의 지형을 바꿀 수도 있는 힘이다.

'무시무시하군.'

강환의 위력도 위력이지만 더 놀라운 건 마흔 개나 만들어 내고도 전혀 아무렇지도 않다는 듯한 저 태도였다.

아무리 절대를 얻었다고 해도, 한계와 제약은 있다.

진무도는 무려 마흔 개의 강환을 만들었으니, 상당한 진력을 소모했어야 한다.

그런데 다시 마흔 개, 아니 백 개, 천 개라도 더 만들어 낼 수 있다는 듯 여유롭다.

저러니 혼자만의 힘으로 천하무림을 제패할 수 있었겠지.

진무도가 자신이 만들어 낸 강환을 귀엽다는 듯 쓰다듬으며 말했다.

"사람이 만들어낸 말 중 가장 뛰어난 거짓말이 무엇인 줄 아나? 노력이야. 노력하면 자신에게 처한 상황과 자신에게 닥칠 미래를 바꿀 수 있다고 여기는 거지. 하지만 변하는 건

없어. 단지 노력하고 지낸 헛된 세월만이 남을 뿐이야. 그러면 사람이란 무엇을 위해 그토록 노력을 할까? 누군가 그들이 노력하면 바뀐다고 설득하기 때문이지. 유불도 삼교의 경전이 끊임없이 속삭이고, 이 나라의 황제가 외쳐 대며, 그들을 부리는 주인이 설득하지. 노력하라고. 그러면 넌 지금의 비참한 모습에서 벗어날 수 있다고 말이야. 그래야 삼교의 경전이 끊임없이 읽히고, 주인의 창고가 가득 차며, 황제는 더 편하게 나라를 다스릴 수 있지."

진무도가 쓰다듬은 강환이 일렁인다. 마치 그의 말이 옳다는 듯이 동의하는 듯했다.

그렇기 때문인지 진무도의 목소리엔 한층 더 힘이 실렸다.

"노력하여 성취하면 미래를 선택할 수 있다? 우습지. 선택할 수 있는 건 그저 너희를 다스리는 권력자의 아량일 뿐이야. 너희가 노력함으로써 얻은 건 누군가의 변덕에 불과해. 내가 무신진가를 버림으로써 구파오가와 이부삼성의 시대를 허락했듯이, 내가 나의 후손들에게 승무정을 주어서 구파오가와 이부삼성의 시대를 거두기를 허락했듯이, 너희의 노력은 아무런 가치가 없지. 그저 나의 결정이 그러했기에 너희의 세상은 변했고, 변할 뿐이야."

강환에 고정되어 있었던 무신 진무도의 시선이 몽예를 지나쳐, 자신을 바라보고 있는 사람들을 향했다.

"알아듣겠느냐? 나다. 너희의 미래를 만들고, 결정하고, 바꾸는 건, 바로 나이다. 그것이 바로 너희가 태어나고 살아온, 그리고 죽어갈 세상의 진실이다. 이런 나를 저주하는가? 그렇다 해도 아무것도 변하지 않아. 너희의 미래가 너희가 원한 모습이길 바라나? 그렇다면 내게 빌어라. 애원하라. 자비를 구하라. 지금 너희의 세상에 신(神)이라는 것이 존재한다면, 바로 나이리니."

진무도의 시선이 다시 몽예에게로 고정되었다.

"그래. 난 신이다. 나의 의지와 뜻이 세상의 모습을 결정하는 열쇠이다. 그러니 신이라고 불리기에 마땅하지. 그런 내가 적이라고 했느냐? 나를 없애겠다고 했느냐?"

진무도가 몽예를 향해 걸음을 옮겼다. 그가 만들어 낸 이십여 개의 강환이 그를 호위하듯 둥글게 감싸며 뒤따른다.

그러자 처음으로 몽예가 자신의 의지로 한 걸음 물러섰다.

진무도는 그런 몽예가 가소롭다는 듯 말했다.

"너의 판단은 그릇되었다. 네가 사람으로 살겠다고 결정했다면 내게 빌어라. 내가 바로 너를 둘러싼 모든 것의 주인이니, 네가 원하는 삶을 줄 수 있음이라. 이것이 너에게 베푸는 마지막 아량이니, 선택하거라. 빌 터이냐? 아니면 사라질 것이냐?"

강환이 세 배쯤 커지며, 순백의 빛을 뿜어 대기 시작했다. 늘어난 크기와 빛살만큼 위력 역시 배가되었음이 분명했다.

굳이 이렇게 과시하는 건, 이 싸움의 끝을 보겠다는 표시였다.

강환의 빛에 감싸인 진무도는 자신이 말했던 것처럼 이 세상을 여의하는 신처럼 보였다.

"사실 너의 선택 또한 그다지 의미가 없지. 내가 마음먹기에 따라 너를 살릴 수도 없앨 수도 있으니. 넌 그저 이 순간 내게 주어진 장난감에 지나지 않아. 너를 좀 더 가지고 놀 것인가, 아니면 지금 거칠게 매만지다가 부숴 버릴 것인가? 흐음. 이거 미안하군. 너에게 선택하라 했지만, 어차피 모든 건 나의 선택에 달려 있었구만. 재미없는 일이야."

강림한 신처럼 위압적인 자태를 뽐내며 다가오는 진무도를 멍하니 바라보고 있던 몽예가 드디어 마주 걸어갔다.

"당신이 신이라고?"

진무도는 고개를 끄덕였다.

"그렇다고 봐야지. 신이라는 단어 외에는 내가 가진 지위와 권력을 설명할 수 없으니."

"그렇다면 나는 마귀겠지."

진무도가 픽 웃었다.

"그래. 어쩔 수 없구나. 네게 베푼 나의 아량은 여기까지임을 알아라."

진무도의 강환이 뿜어내는 순백의 빛살과 상반된, 칠흑의 안개가 흘러나와 몽예의 전신을 휘감는다.

"너를 만나 내가 태어난 이유를 알겠다. 나는 하늘을 죽이라 태어난 생명. 나는 땅을 멸하라 만들어진 운명. 거부할 이유 없어 드디어 받아들인 나의 이유를 알겠다. 네가 하늘이고, 네가 땅이며, 네가 이 비틀린 세상이라면, 나는 마귀이다. 너를 없애고, 네가 가진 지위를 무너트리고, 네가 이룬 세상을 지운다."

진무도가 어깨를 으쓱했다.

"이러니 애들은 말이 안 통한다니까."

몽예가 비웃음을 머금었다.

"죽을 때가 지난 늙은이는 죽여 주는 게 예의라더라."

진무도의 눈썹이 꿈틀거렸다. 그 순간, 밝게 빛나며 그의 주변에 머물러 있던 강환이 일제히 몽예를 향해 날았다.

콰콰콰콰콰콰콰콰쾅!

몽예를 둘러싼 어둠이 찢기고 부서졌다. 그럼에도 다시 밀려들어 몽예를 두텁게 감싸며 강환에 대항했다. 하지만 끊임없이 달려들어 어둠을 부수는 강환의 빛살은 아름답고 황홀했지만, 몽예에게는 무자비하기만 했다.

어둠은 점점 줄어들었고, 결국 몽예의 전신을 감싼 갑옷의 형상 정도만을 남기고 사라졌다.

몽예가 아미산에서 청주귀왕을 죽일 때 형성한 형태, 일패갑이었다.

하지만 강환은 가소롭다는 듯이 더욱 밝은 광채를 발하며 몽예를 향해 쏟아졌다.

몽예는 두 팔로 가슴과 얼굴을 막은 채, 무릎 꿇었다.

쾅쾅쾅쾅!

충격에 의해 일패갑이 부서지며, 옆구리와 어깨 부위가 씻기듯 떨어져 나갔다. 그 사이로 드러난 몽예의 몸은 피로 물들어 있었다. 언뜻 하얀 뼈가 드러나기까지 했다.

누가 보더라도 알 수 있었다.

몽예는 죽는다.

그때 멀리서 지켜보고 있던 법왕이 목이 터져라 외쳤다.

"바즈라를 사용해!"

* * *

몽예는 희미해지는 의식 속에서도 그의 목소리를 들을 수가 있었다.

'바즈라?'

아마도 자신이 전생에 인다라라고 불렸을 무렵, 사용했던 초능을 뜻함이라.

법왕은 전생주라는 기괴한 보물의 주인이 됨으로써, 기억을 유지한 채 삶을 거듭할 수 있게 되었다. 하지만 그 어떤 삶 속에서도 절대를 얻을 수는 없었다.

그렇기에 절대가 무엇인지를, 그리고 절대를 이룸으로써 부가적으로 얻게 되는 초능을 이해하지 못했다. 그러니 자신이 인다라가 되면 사용할 수 있는 일종의 무기쯤이라고 여겼던 모양이다.

그렇다고 제멋대로 이름까지 붙이다니.

그런데 문득 그게 옳다는 생각이 들었다.

이름 지어짐으로써 존재하는 방식도 있다.

실체를 느끼지 못한다면, 실체를 규정하는 이름을 먼저 부여하는 것도 나쁘지 않은 생각이다.

'바즈라?'

그건 좀 아닌 것 같고.

'그러면 뭐라고 이름 지을까?'

뭐라고 지어야 내 안에 숨겨진 절대의 초능이 저 부르는지 알고 이끌려 나올까?

쾅쾅쾅쾅!

'으윽!'

지금은 이름 따위를 고민할 만큼 한가롭지는 않다.

그저 가장 먼저 떠오르는 단어로 정한다.

'무적!'

그 순간 뭔가가 화답한다.

'틀렸어!'

아!

아니었나?

뒤이어 다른 무언가가 속삭인다.

'그것은 나의 이름이잖아.'

다르나 닮았다.

몽예는 자신의 왼팔을 내려다보았다. 왼손을 감싼 순백색의 장갑, 무적갑.

바로 이 녀석이었다.

당문의 노야장조차도 자신이 만들기는 했지만, 이게 뭔지 모른다는 기괴한 장갑.

오른손을 감싼 검은 장갑, 불패갑과는 달리 무적갑은 영성을 가지고 있다는 느낌은 받아 왔었다.

하지만 지금까지 고고하게 침묵하였다. 아니, 잠들어 있었다고 해야 할까?

그런 무적갑이 깨어나려 하고 있다.

'무적!'

무적갑이 노래하듯 화답한다.

나는 무적!

너의 완성을 기다렸노라.

무적갑의 주변으로 거미줄 같은 균열이 일어나기 시작했다.

'공간을 찢는다?'

아니, 공간마저 부수는 것이다.

몽예는 날아드는 강환을 향해 왼팔을 내질렀다.

강환은 무적갑에 닿는 순간 단숨에 터져 버렸다. 무적갑의 힘은 계속 뻗어 나가 뒤이어 날아오던 여섯 개의 강환마저 부수어 버렸다.

남겨진 공간엔 균열이 남아서 구겨진 종이가 펴질 때 나는 소리처럼 바스락거린다.

공간의 균열은 다시 채워졌다.

강환 너머, 무신 진무도의 놀란 얼굴이 보였다.

그의 표정엔 더는 여유가 느껴지지 않았다.

찌지지지직.

진무도의 목 주변으로 길게 금이 간다.

그러자, 그의 목이 찢어지며 핏물이 흘러내렸다.

처음으로 진무도가 상처를 입었다.

무적갑이 그의 허신마저 무너뜨린 것이다.

진무도는 믿기지가 않는지, 떨리는 손을 들어 자신의 목을 매만졌다.

상처는 쓰다듬는 순간 바로 아물어 들었지만, 진무도의 불안한 표정까지 지워지지는 않았다.

멀리서 법왕의 외침이 들렸다.

"그래! 그게 바로 바즈라다! 무엇이든 부수어 버리는 번개! 드디어 얻었구나!"

가르치는 듯한 어투가 기분 나빠 몽예는 입술을 씰룩거렸다.

'대체 제 놈이 뭘 안다고?'

무적갑에 담겨진 사고가 밀려든다.

무적갑이 바즈라인 건 맞는 것 같았다.

오래전, 몽예가 전생에 인다라라고 불렸던 시절에 남긴 안배였다.

전생의 난 이상한 놈이었나 보다.

유성의 조각에 진력을 불어넣고, 언젠가 누군가 그걸 무기로 만들어 사용할 것이라고 믿었다니.

아니지. 그렇게 되고 말았으니 선견지명이 있었다고 해야 할까?

무적갑 속에 담긴 전생의 심정이 들린다.

'나는 무적. 적을 지운다.'

나는 언제나 나다웠다고 할까?

웃음이 난다.

하지만 무적갑 속에 담긴 초능은 나의 것이 아니다.

그렇기에 무적의 초능을 한 차례 사용한 것만으로, 두 발로 서 있기 힘들 정도로 힘들었다.

또 한 번 사용했다간…….

'진력을 모두 갈취당해 목내이가 되고 말겠어.'

하지만 무적이 아니고서는 진무도에게 이길 수는 없었다.

'일격에 끝내야 해.'

진무도는 지금 너무도 놀라 그런 사정을 눈치채지 못하고 있었다. 하지만 감정을 추스르는 순간, 바로 알아챌 것이다.

그러면 진다.

지금 이 순간이 기회이다.

'같이 죽는 건가?'

아니, 같이 사라지는 것이라고 봐야겠지.

어쩌면 지금 이 순간, 무신 진무도와 함께 사라지기 위해 태어난 것인지도 몰랐다.

그런 생각이 들자 불끈 솟구친다.

"아니! 그럴 수는 없어!"

운명에 순응하기로 한 건 나의 의지였다. 그렇다고 해서

운명이 시키는 대로 산다는 건 아니었다.

'나는 살 거야!'

무신 진무도가 갑자기 양손을 휘둘렀다. 그러자, 열 개의 강환이 튀어나와 몽예를 향해 쏟아졌다.

'이런!'

상태를 눈치채지 못한 게 아니었나?

이대로라면 허를 찔린 건 몽예였다.

무적을 사용하기엔 늦었다.

'죽는 건가?'

그 순간 내 안에 숨겨진 초능이 움직였다.

몽예는 이끌리듯 오른손을 앞으로 뻗었다. 그러자, 오른손을 감싼 불패갑에서 어둠이 흘러나와 회오리쳤다.

날아든 강환은 검은 회오리에 부딪혔고, 그 순간 빛살을 뿜으며 폭발했다.

하지만 검은 회오리는 부서지기는커녕 맛 좋은 먹잇감을 발견했다는 듯 더욱 거칠게 휘돌며 빛살을 흡수했다.

그렇게 열 개의 강환은 검은 회오리 속으로 사라졌다. 강환이 머금었던 거대한 힘은 고스란히 몽예의 몸 안으로 전해졌다.

몽예는 소모되었던 힘을 돌아오는 것을 느끼며 자신이 얻은 초능이 어떤 힘인지를 깨달았다.

'흡(吸)!'

모든 것을 흡수한다.

넘쳐서 터져 버릴지라도 삼키고, 빨아들이고, 빼앗는다.

그처럼 탐욕스러운 힘이 바로 내가 얻은 초능!

이름을 지을 필요는 없다.

이미 지었지 않던가.

'불패(不敗)!'

무신 진무도가 놀라 외쳤다.

"서, 설마 절대권(絕大圈)을 두 개나 얻었다는 거냐?"

'절대권?'

절대의 초능을 무신 진무도는 그렇게 부르는 듯했다.

진무도는 믿을 수 없다는 듯 고개를 마구 휘저었다.

"절대권을 두 개나 사용할 수는 없어! 아니지. 설마? 백모신원처럼 이신화(異神化)했다는 건가? 그, 그럴 리 없어. 그건 불가능해!"

무적의 초능이 무적갑에 담긴 인다라의 유진임을 모르는 탓에 혼동하는 모양이었다.

하지만 설명해 줄 이유는 없었다.

그저 이 기쁨을 만끽할 뿐이다.

불패의 권능을 이룸으로써 무적의 초능에 대한 제한이 일부 사라졌다.

'불패의 권능을 통해 빨아들인 기운을 무적의 초능을 통해 소모한다면?'

해 보자.

불패의 권능을 통해 얻은 기운으로 왼손으로 이동하여 무적의 초능을 발현했다.

지지지지지지지지지지지직!

무적갑 속에서 솟구친 무적초능이 공간의 균열을 만들어 내며, 진무도를 향해 뻗어 나간다.

법왕의 말마따나, 무적초능이 이루어 내는 공간의 균열은 얼핏 보면 번개같이도 보였다.

진무도는 놀라며 미끄러지듯 뒤로 물러났다. 하지만 무적초능은 그보다 빨라 진무도의 가슴을 갈랐다.

"크으으으으윽!"

처음으로 진무도가 비틀거렸다. 그의 가슴은 쩍 갈라졌고, 붉은 핏물이 튀어나와 사방을 적셨다.

몽예는 그대로 진무도를 향해 달려갔다. 진무도는 당황하며 양손을 마구 뻗었다. 강환을 맺을 여유가 없어, 그의 양손에서는 하얀 강기가 강물처럼 흘러나왔다.

그러자 몽예는 기다렸다는 듯 오른팔을 내밀며, 손바닥을 활짝 폈다.

어둠이 회오리치며 튀어나온다.

불패초능의 발현이었다.

어둠은 진무도가 뿜어낸 강기를 모조리 삼키며 앞으로 뻗어 나갔다.

진무도는 자신이 내뿜던 강기를 끊어 버리고, 공중으로 몸을 띄었다. 허공답보를 구사하여 거리를 벌리려는 의도였다. 하지만 반 장 정도 오르다 말고 멈추었다. 공중으로 띄어 올리기 위해 진무도의 전신에 맴도는 기운을 불패초능이 흡수하는 탓이었다.

어둠의 회오리는 더욱 맹렬히 휘돌며 범위를 점점 넓혔고, 진무도 자체를 삼켜 버릴 듯 크게 부풀었다.

"으으으으으으윽!"

진무도는 불패초능의 영향권에서 벗어나기 위해 안간힘을 썼다. 하지만 애를 쓰면 쓸수록 오히려 거리가 더욱 좁혀들 뿐이었다.

결국 진무도는 불패초능의 영역에서 벗어나기를 포기했는지, 오히려 마주 대하며 두 팔을 크게 벌렸다.

"으아아아아아아아압!"

기합인지 비명인지 알 수 없는 외침을 토하며, 두 팔을 크게 휘젓는다.

그러자 진무도의 몸에서 새하얀 광채가 흘러나와 갑옷처럼 감싸더니, 순식간에 그를 순백의 거인으로 만들어 버렸다.

원영(元靈)!

선천지기의 정화이며, 진무도라는 육체의 틀을 벗어난 영혼의 본모습이라고 할 수 있었다.

절대의 존재가 자신의 소멸당할 위험을 무릅쓰고 가할 수 있는 최후의 일격이었다.

순백의 거인이 된 진무도가 불패초능을 품에 안았다.

크르르르르르르르르르릉!

불패초능은 순백의 거인이 된 진무도를 집어삼키기 위해 마구 회오리쳤다.

하지만 순백의 거인은 거친 애완동물을 제압하는 듯이 거대한 두 팔을 조이며 그 안에 갇힌 불패초능을 압박했다.

불패초능은 거인의 품을 마구 헤치며 닿는 부위를 모조리 흡수했지만, 그 바깥에서의 압박까지는 어쩔 수 없는지 중간 부위가 조여져 마치 조롱박과 같은 형태로 변해 갔다.

불패초능이 거의 둘로 나뉠 만큼 조여졌을쯤, 갑자기 어둠 속에서 번개가 솟구쳤다.

무적초능의 발현이었다!

지지지지지지지지지지지지지직!

순백의 거인이 휘청거렸다. 거인의 두 팔 위로 거미줄 같은 균열이 일어났고, 급기야 조각이 나며 사방으로 흩어진다.

그러자 불패초능이 휘몰아치며 떨어지는 조각을 모조리 삼켰다.

조각난 팔뚝이 만들어 낸 기운은 무적초능으로 이어져, 파멸의 번개를 더욱 길고 넓게 뻗게 했다.

쿠오오오오오오오!

두 팔을 잃은 순백의 거인이 비명을 지르며 뒤뚱거린다.

무적초능의 번개는 그를 향해 계속 뻗어 나가 거인의 어깨를 지나 몸통에까지 균열을 만들었다.

우오오오오오오오오오!

순백의 거인이 울부짖으며 백색의 빛살을 사방으로 뿜었다.

온 세상이 하얗게 물든다.

* * *

고수의 대결은 위험하다.

싸우는 당사자뿐 아니라, 지켜보는 사람 역시도 목숨을 걸어야 한다.

고수가 생사를 건 결투를 벌일 때, 뇌리에 머무는 생각은 오직 상대를 죽여야 한다는 본능뿐이다.

그러니 관람객은 사람이 아닌 이용 가능한 지형지물이 된다. 심지어 무기처럼 다루기까지 한다.

그럼에도 무림인들은 고수의 대결이 벌어진다는 소식을 접하면, 목숨을 걸고 몰려든다.

고수의 대결을 지켜봄으로써 자신의 무공을 한 단계 상승시킬 수 있는 단서를 얻고자 함이다.

본래 무림인이란 자신의 비기가 알려지는 것을 두려워한다. 무림인에게는 자신만의 독창적인 절기(絕技)야말로 자식에게도 물려주기 싫은 재산이며, 보물이다.

하지만 목숨을 건 대결에서까지 숨길 수는 없다.

그러니 고수의 대결은 지켜보는 무림인에겐 보물 창고나 다름없다.

하지만 몽예와 진무도의 대결을 지켜본 사람들은 아무것도 얻을 수가 없었다.

하늘이 부서지고 땅이 내려앉으며, 폭풍이 몰아치고, 번개가 솟구치며, 빛살이 쏟아지고, 어둠이 피어올랐다.

그저 천재지변일 뿐이었다.

번개를 뿜어내는 어둠의 폭풍과 순백의 빛으로 이루어진 거인이 어울렸다.

그저 신화나 전설일 뿐이다.

그러니 이 싸움을 지켜본 사람들이 얻을 수 있는 건 경외

심뿐이었다.

대결은 끝이 났다.

하지만 누가 이겼고, 누가 졌는지도 궁금하지 않았다.

혹은 사람의 모양을 했지만, 폭풍과 지진 같은 재난이다.

그러니 피해를 입어도 억울할 리 없다. 혹시 은혜를 입어도 감사하지도 않는다.

모든 것은 하늘의 뜻이라 여기며 담담히 받아들일 뿐이다.

그것이 재난에 대처하는 사람의 방식이기에.

하지만 구경하던 사람 중 일부는 대결의 결과가 궁금했고, 그것을 알아내기 위해 대결의 현장이었으나 이제는 폐허가 되어 버린 자리를 향해 뛰쳐나갔다.

법왕과 홍한교, 장칠이었다.

그들은 폐허 사이를 분주히 오가며 몽예가 있을 만한 자리를 뒤적거렸다.

누가 이기고 누가 졌는지는 세 사람 또한 알지 못했다. 그들은 강호에 드문 고수이지만, 그들에게도 진무도와 몽예의 대결은 상상 저편의 비경이었다.

그저 몽예가 이겼고, 이 어딘가에 살아 있기만을 바랄 뿐이었다.

혹여 진무도가 튀어나와 자신들을 죽일지도 모른다는 두

려움은 있었지만, 애써 지우며 몽예를 찾기 위해 이곳저곳에 깊이 파인 웅덩이 안과 쌓여 있는 암석 사이를 뒤적거렸다.

그리고 어느 순간 장칠이 우뚝 멈추더니 자신의 앞에 놓인 깊은 웅덩이 안쪽을 내려다보았다.

햇빛이 들지 않는 안쪽 그늘 속에 검은 덩어리 하나가 있었다.

"몽예?"

장칠은 떨리는 목소리로 그렇게 말했다. 팔다리와 머리가 붙어 있기에 사람인 줄은 알았다. 하지만 불구덩이에 집어넣은 것처럼 검게 일그러졌기에 용모를 구분할 수가 없었다.

도무지 살아 있는 것 같지가 않았다.

그렇기에 저 검은 덩어리가 몽예이기를 바라는 마음 한편엔, 반대로 몽예가 아니길 바랐다.

그 사이 법왕과 홍한교가 다가와 장칠의 곁에 섰다.

장칠이 검은 덩어리에게서 시선을 떼지 않은 채, 입술만 움직여 곁에 선 두 사람에게 말했다.

"저거 모, 몽예 맞냐?"

법왕과 홍한교는 대꾸치 않았다. 그저 가라앉은 시선으로 검은 덩어리를 바라만 보고 있을 뿐이었다.

어느 순간 누가 먼저라고 할 것 없이 구덩이 안으로 걸음을 옮겼다. 세 사람은 검은 덩어리 앞에 무릎을 꿇고 앉아 천천히 손을 뻗었다.

바닥 속에 반쯤 파묻힌 검은 덩어리를 끄집어낸다.

검은 덩어리의 양손에 끼워진 검고 하얀 장갑을 확인하는 순간 세 사람은 눈을 질끈 감았다.

"젠장. 그러게 도망가라니까."

장칠은 그렇게 말하며 몽예의 머리 부위를 살짝 두들겼다. 홍한교는 한숨을 쉬며 하늘을 올려다보았고, 법왕은 믿을 수가 없다는 듯 고개를 절레절레 흔들었다.

그런데 갑자기 몽예가 벌떡 일어섰다. 그리고 몸을 툭툭 털며 자신의 곁에 앉아 있는 세 사람을 둘러보았다.

"니들 뭐하냐?"

몸을 털 때마다, 검게 그을린 몽예의 피부는 떨어져 나가고 새살이 솟아올랐다.

절대고수란 만물을 생동케 하는 선천지기를 사용할 수 있기에, 내장이 끊어지더라도 복구할 수 있었다. 하지만 지금 몽예의 경우처럼 빠른 경우는 들어본 적이 없었다.

장칠이 중얼거렸다.

"이건 뭐, 팔이나 다리가 잘려도 다시 만들 수 있겠는걸."

홍한교가 고개를 끄덕였다.

"그럴지도."

그 잠시 사이 몽예의 상처는 모두 사라졌고, 갓 태어난 아이처럼 우윳빛 피부가 그 자리를 대신했다.

몽예는 그런 둘을 한 차례 흘긴 후, 웅덩이를 벗어나기 위해 몸을 띄우려 했다.

그때 법왕이 말했다.

"그러고 다니려고?"

몽예는 무슨 말인지 몰라 그를 바라보았다. 그러자 법왕이 손가락으로 몽예의 몸을 가리켰다.

몽예는 그의 손길을 따라, 자신의 몸을 내려다보았다. 그러고 보니 알몸이었다. 입고 있던 옷은 재가 되어 사라진 지 오래였다.

장칠이 물었다.

"옷은 못 만드냐?"

그러자 몽예의 전신에서 어둠이 흘러나와, 몸을 휘감더니 옷의 형태를 이루었다.

장칠이 말했다.

"항상 느꼈지만 넌 너무 옷을 못 입어. 어깨선을 살려야지. 좀 어깨를 각지게 만들어 봐."

그러자 완만한 곡선을 이뤘던 몽예의 어깨 부위가 선형으로 바뀌었다.

장칠이 고개를 저었다.

"아니. 그렇게 말고. 하아. 답답하네. 봐봐. 여길 이렇게. 그렇지. 밑단은 좀 짧게 하고. 좋아. 목선이 드러나게 깃을 좀 깊게 파고. 그래, 그래. 얼마나 좋아? 안 그래?"

장칠은 그제야 만족했다는 듯 홍한교 쪽으로 고개를 돌렸다.

"훨씬 낫지 않냐?"

홍한교는 고개를 갸웃거렸다.

"좀 시정잡배 같은데?"

장칠이 눈살을 찌푸렸다.

"네가 옷을 알아?"

법왕이 말했다.

"한 이백 년쯤 전에 중원의 복식과 비슷하네."

장칠이 그를 향해 눈을 부라렸다.

"원래 복식이란 게 돌고 도는 거야."

휘리리리릭.

몽예의 몸을 감싼 옷 형태의 어둠이 처음 만들어졌을 때로 돌아갔다.

그러자 장칠이 안타깝다는 듯 한숨을 쉬었다.

"그게 아니라니까 그러네. 내 말을 들어."

몽예는 콧방귀를 뀐 후, 휙 몸을 날려 웅덩이를 벗어났다. 뒤이어 세 사람이 몸을 날려 그의 옆으로 내려섰다.

어느새 살아남은 무제맹의 무인들은 웅덩이 근처에 다가와 있었다.

그들 역시 호기심을 참을 수가 없어 모여든 모양이었다. 그런데 갑자기 몽예가 튀어나오자, 놀라 허둥거리며 물러났다.

하지만 몽예는 그들 따위는 보이지 않는다는 듯이 그저 주변을 두리번거렸다. 무엇인가를 찾는 듯했다.

법왕이 다가가 물었다.

"진무도?"

몽예가 고개를 살짝 끄덕였다.

그러자 법왕의 낯빛이 어두워졌다.

"역시 그도 살았구나."

몽예와 진무도의 대결은 끝이 난 것이 아니라, 잠시의 휴식을 취한 것인 듯했다.

어느 순간 몽예가 주먹을 굳게 쥐며 이를 갈았다.

"역시 도망쳤군!"

순간 법왕의 눈이 커졌다.

"도망쳐?"

몽예는 고개를 끄덕였다.

법왕은 다시 물었다.

"진무도가?"

몽예는 귀찮다는 듯 눈살을 찌푸렸다.

"그렇다니까."

"정말?"

몽예가 고개를 돌려 법왕을 노려보았다.

법왕은 움찔하며, 자라처럼 고개를 목 아래로 숨겼다. 하지만 바로 발끈하며 외치듯 말했다.

"누가 믿겠어! 진무도는 무신이라고! 그가 도망치다니 말이나 돼?"

몽예는 주변을 쓰윽 하고 둘러보았다. 무제맹의 생존자 역시도 믿기가 힘든지, 경악으로 물들어 있었다.

몽예의 시선은 다시 법왕에게로 돌아갔다.

"살고 싶었나 보지."

납득할 수는 없지만, 이해할 수 있는 설명이었다.

하기야 진무도는 목숨을 빼앗길 만한 위협을 느낀 적이 있었을까?

그에게 위기란 없었다. 그러니 살기 위해 그가 도망쳤다는 건, 어쩌면 당연한 건지도 몰랐다.

법왕이 속삭였다.

"그도 사람이었어."

몽예는 씩 웃었다.

"제가 신인 줄 아는 미치광이였을 뿐이야."

법왕은 갑자기 환한 미소를 지었다.

"그럼 싸움은 끝이 난 거군."

그러자 몽예가 고개를 갸웃거렸다.

"왜 끝나?"

"도망쳤다며? 그럼 우선 끝난 거지."

"아니지. 쫓아가야지."

"쫓아가? 왜?"

"죽여야지. 내버려 두었다가 어디서 어떻게 튀어나올지 누가 알아."

말이야 옳았다.

특히나 진무도라는 후환을 남겨두는 건 칼을 베개 삼아 눕고, 창을 이불 삼아 덮는 것과 다르지 않다.

하지만 그 무시무시한 진무도를 쫓아가 싸운다는 건, 생각만 해도 섬뜩했다.

"나, 나중에 죽이자."

몽예가 코웃음 쳤다.

"나중에 언제?"

"으음. 나흘 후?"

"퍽이나 구체적이네. 자, 가자. 장칠, 흔적을 찾아 줘."

장칠은 못 들은 척 먼 하늘만 올려다보았다. 그 역시도 진무도를 추적하겠다는 건 내키지 않는 모양이었다.

몽예가 눈을 얇게 좁혔다.

"나는 잘 모르겠는데, 언제 누가 그러더라. 친구한테 맞으면 참 서럽다고."

그제야 장칠은 어쩔 수 없다는 듯이 땅을 향해 시선을 내렸고, 주변을 찬찬히 살피기 시작했다.

몽예는 이제 되었다는 듯 표정을 풀고 무제맹 무인들 쪽을 향해 고개를 돌렸다.

"근데 당신은 여기 왜 있어?"

제갈세가의 가주 제갈홍이 걸어 나왔다.

"볼일이 있어서 잠시 들렀다네."

"또 무슨 수작을 부려서 여기에 꼈는지 모르겠는데, 그렇게 살지 마."

"충고 고맙네, 사위."

몽예의 입매가 씰룩거렸다.

"참 마음에 안 들어."

제갈홍은 빙긋 미소를 지었다.

"허허허. 마음에 들도록 노력하겠네. 사위."

몽예가 살짝 주먹을 쥐었다가 풀었다.

"그거 알아? 당신이 아직 살아 있는 건, 설향 누이의 아버지이기 때문이야."

"나도 아네. 그래서 딸을 하나만 낳은 걸 참 후회가 된다네."

몽예가 그를 매섭게 노려보다가 획 몸을 돌렸다.

"흔적 찾았어?"

짜증이 가득한 날카로운 목소리에 장칠이 어깨를 좁혔다.

"친구한테 겁주는 거 아니다."

"찾은 거야, 못 찾은 거야!"

"너 좀 변한 거 아냐?"

몽예가 필요 없다는 듯 손을 휘저었다.

"됐다. 나 혼자 쫓을게."

장칠이 어쩔 수 없어 말했다.

"찾기는 찾았어. 근데 꼭 쫓아가야겠냐?"

"꼭."

"에휴. 그래. 가자. 따라와."

그렇게 말하며 장칠은 몸을 돌렸다.

그러자 그의 등을 쫓아 한 걸음을 내딛던 몽예가 갑자기 멈추더니, 제갈홍에게 고개를 돌렸다.

제갈홍은 사람 좋은 미소를 지으며 말했다.

"또 충고해 줄 말이 있는가, 사위? 내 감사히 경청함세."

몽예는 제갈홍을 위에서 아래로 한 차례 훑어본 후, 장칠을 향해 씩 웃었다.

"이 옷 어때?"

장칠이 걷다 말고 몸을 돌려 제갈홍이 입고 있는 옷을 살펴본 후, 장난스레 말했다.

"최고인데? 확실히 제갈세가의 가주님답게 옷 입을 줄 아시네."

몽예가 씩 웃으며 제갈홍에게 다가가 말했다.

"벗어."

제갈홍은 의미를 알 수 없어 눈만 껌뻑였다.

몽예가 다시 말했다.

"입고 있는 옷. 벗으라고. 당장."

第三章

싸운다.

예측할 수 있는 결과는 둘뿐이다.

이기거나, 혹은 지거나.

그 싸움에 목숨이 걸렸을 때 역시도 결과는 둘뿐이다.

살거나, 혹은 죽거나.

살기 위해 도망친다는 또 다른 결과가 있다는 건, 알지 못했다.

지금까지 진무도는 그랬다.

'어색하군.'

청성산을 등지고 내려오면서 진무도는 몽예와의 대결을

회상했다.

처음 겪는 패배였다.

쓰디쓰지만 알아야 했다.

'내가 왜 진거지?'

질 수가 없는 대결이었다.

어린아이와 어른이 주먹다짐을 한 것이나 다름없었다.

처음에는 그랬다.

대체 어디서 잘못한 걸까?

'그 아이는 자신을 하루살이라 했지?'

그래.

하루살이었다.

그 잠시 사이 몽예는 성장했고, 자신이 지닌 모든 것을 아낌없이 퍼부었다.

매 순간 생과 사를 넘나들었고, 소멸의 위기 속에서도 실낱같이 내려오는 회생의 끈을 낚아챘다.

'원영을 좀 더 빨리 사용했다면 결과는 달랐을까?'

원영을 꺼내는 건 그에게도 모험이었다.

법왕에게 빼앗은 전생의 구슬을 이용하여 육신을 갈아입을 수 있게 되었다.

그러니 육체에 상처를 입는다고 해 봤자, 회복할 수 없는 정도라면 은신처에 저장해 둔 새로운 육체를 입으면 되었다.

하지만 영혼만은 어쩔 수 없다.

세월이 흐를수록 영혼은 힘을 잃고 자꾸만 흩어지려 하고 있었다.

계획이 성공한다면, 신경 쓰지 않아도 될 부분이지만 지금은 영혼의 소실을 막기 위해 최선을 다하고 있는 중이었다.

그렇기에 원영을 사용하기를 주저한 것이다.

원영이야말로 영혼 그 자체의 힘이기에.

만약 손상이 온다면 계획을 미뤄야 할지도 몰랐다.

아니, 계획 자체가 실패할 수도 있었다.

그러한 우려로 인해 원영을 사용할 적절한 시기를 놓치고 말았다.

'그게 패인인가?'

아니다.

패인은 살고자 하는 욕망 그 자체였다.

몽예가 두 개의 절대권을 동시에 사용했을 때, 원영의 손상을 입었다. 그 정도의 손상은 괜찮았지만, 그 이상으로 심해진다면 영혼을 유지할 수 없을 것 같았다.

죽는다는 거다.

소멸한다는 거다.

그건 진무도에게 평생 처음 겪는 위협이었다.

그 순간 진무도는 자신도 모르게 원영을 거두어들이고 몸을 돌렸다.

'도망친 거지.'

단 한 번도 해 본 적이 없던 행동이었다.

패배란 죽음이라고 생각했고, 자신에게 닥친다면 담담히 받아들일 것이라 여겼다.

그런데 목숨을 지키기 위해 도망을 치다니.

'부끄럽군.'

하지만 이율배반적으로 즐겁기도 했다.

'복수심이란 또 이런 감정인가?'

몽예를 떠올릴 때마다 불끈 솟구쳐 오르는 분노가 또 낯설고 즐겁다.

'이건 뭐지? 혹시 이게 두려움이라는 건가?'

분노와 함께 떠오르는 기묘한 감정.

몸이 떨리고, 뒷목이 오싹하며 손발이 저리게 한다.

패배란 이토록 다양한 감정을 일시에 안겨 주는 모양이었다.

한 번도 겪어본 적이 없었기에 몰랐고, 모르는 것을 알게 되었기에 즐거웠다.

하지만 두려움이라는 감정만은 마음에 들지 않았다.

'없애야겠어.'

어떻게 해서든 몽예를 없애야겠다.

그래야만 이 두려움이라는 감정을 지울 수 있을 것 같았다.

하지만 지금은 아니다.

'지금의 몸으로는 어려워.'

현재의 육신은 한계에 이르러 있었다.

본래라면 대계의 완성을 확실히 하기 위해 삼 년 정도는 더 사용할 생각이었다.

하지만 돌아가는 대로 당장 갈아입어야겠다.

그 몸이라면 몽예를 제거할 수 있을 터이니.

생각에 빠져 있던 진무도는 뒤쪽으로 고개를 돌렸다.

익숙한 기운이 점점 가까워지는 게 느껴졌다. 더불어 지우겠다고 마음먹은 두려움이라는 감정이 점점 커졌다.

'몽예?'

왜 쫓아오는 걸까?

순식간에 기척은 가까워져 어느새 눈앞에 보일 정도에 이르렀다.

몽예는 진무도에게서 삼 장 정도의 거리를 두고 멈춰 서더니, 팔짱을 끼었다.

"겨우 여기까지 왔어?"

진무도는 알 수 없어 물었다.

"왜 온 거지?"

몽예는 어이없어 코웃음을 쳤다.

"하핫. 몰라서 물어?"

진무도는 그저 몽예를 바라만 보았다. 그의 표정을 지켜보던 몽예가 미소를 지웠다.

"정말 몰라서 묻는 거였네."

진무도는 몸을 돌렸다.

"그럼 다음에 보자꾸나."

"그래. 다음에 보자…… 고 할 것 같아? 그렇게 가고 싶으면 보내는 줄게. 대신 머리통만 두고 가."

몽예는 진무도를 향해 걸음을 옮겼다.

"진 적이 없었지? 그러니 지고도 진다는 게 뭔지도 몰랐을 거야. 당신은 싸움이 뭔지 몰라. 그냥 덤비면 개미처럼 짓밟았겠지. 얼쩡거리면 파리처럼 쫓아냈을 거고. 그러니 모를 수밖에. 그래. 모르는 게 당연하지. 당신이 그냥 물러나면 당신의 적은 오히려 고마워했겠지. 그러니 도망치면 쫓아올 거라는 생각은 해 본 적이 없을 거야. 그래. 할 리가 없지. 내가 가르쳐 주지. 진짜 싸움이라는 게 뭔지. 진다는 게 뭔지."

진무도는 자신도 모르게 한 걸음 물러섰다. 자신이 뭐에 놀란 건지, 왜 물러선 건지 알 수가 없었다.

그저 몽예와의 거리가 더 가까워지는 게 싫었다.

몽예가 그런 진무도를 비웃으며 말했다.

"싸움이란 상대를 증오하는 거지. 음해하는 거지. 모욕하는 거지. 괴롭히는 거지."

"내가 졌다. 승복하마. 그러니 난 가겠다."

몽예는 듣지 못한 것처럼 제 말만 계속 이어갔다.

"죽일 때까지 말이야. 아니면 내가 죽을 때까지. 상대를 죽이기 위해서라면 내 모든 걸 잃어도 상관없는 거야."

진무도는 외치듯 말했다.

"지금 나와 싸우면 너도 무사하지는 못해!"

몽예는 여전히 자신의 말만 계속 이어갔다.

"상대를 죽이기 위해서라면 할 수 있는 건 무엇이라도 다 하는 거야. 비겁해도 돼. 유치해도 돼. 사악해도 돼. 도망치면 쫓아가 죽이는 거야. 달려들면 피했다가 등을 치는 거야. 죽일 때까지 싸우는 거야."

진무도가 뭐라 외치려다 말고, 자신의 허리를 내려다보았다.

자그마한 칼 하나가 박혀 있었다.

옆쪽을 돌아보니, 그 자리에 장칠이 손을 뻗은 채 음흉하게 웃고 있었다.

"살다 보니 무신 진무도의 허리에 칼을 꽂는 일도 다 있네. 와! 영광스러워라. 자랑하고 다녀야겠어."

진무도는 당황을 숨길 수가 없었다. 아무리 몽예와의 대결을 통해 진력의 대부분을 소모했다고 하여도 저런 어린아이의 급습에 당할 정도는 아니었다.

오른편으로 홍한교가 모습을 드러냈다.

"부럽네. 나도 그런 영광을 가질 수 있을까?"

진무도의 뒤편에서 법왕이 나타났다.

"저 말 많은 돼지 새끼가 평생 자랑삼아 떠벌이는 꼴을 지켜볼 수는 없으니, 우리도 가져야지."

진무도는 홍한교와 법왕을 쓱 스쳐보았다. 화가 나기보다 당황스러웠다. 이런 대우를 받아본 적은 단 한 번도 없었다.

저들의 입을 찢고 손발을 뜯어내고, 목을 비틀어 버리고 싶었다.

하지만 지금은 이성을 잃고 분노에 몸을 맡기면 몽예에게 빈틈만 내어 줄 뿐이었다.

그의 시선이 다시 몽예에게로 옮겨 왔다.

"꼭 이래야겠느냐?"

몽예가 픽 웃었다.

"그럼 진다는 게 뭔지 이제부터 가르쳐 줄게. 말이 아닌

몸으로. 당신에게는 두 번째이자 마지막 패배일 거야."

무신 진무도의 전신이 하얗게 빛을 발하기 시작했다.

거의 동시에 몽예는 어둠이 되어 진무도를 향해 튀어 나갔다.

콰아아아아앙!

*　*　*

호북비창 왕팔경은 생각했다.

'지옥이 있다면 바로 이렇지 않을까?'

손에 든 두 개의 단창은 본래 붉은색이 아니었을까 할 정도로 핏물에 흠뻑 젖어 있었다.

그 탓에 뻗을 때마다 미끄러져 손아귀를 벗어나려 했다. 창대를 가죽으로 감싸지 않았던 게 후회스럽다.

최근에 창대에 새겨 넣은 두 마리의 용무늬가 가려지는 게 마음에 들지 않아서였는데, 지금은 그딴 게 무슨 소용이었나 싶을 뿐이다.

하지만 후회는 나중에 해도 늦지 않다.

그럴 시간에 한 번이라도 더 창을 휘둘러야 하니.

왕팔경은 창대를 잡은 손에 더욱 힘을 주었다. 너무 굳게 잡아서 손가락에 피가 통하지 않을 지경이었다. 손가락 부위의 혈도가 막혀 내력이 앞으로 나아가지 못할 정도였다.

하지만 내공은 거의 고갈된 상태였다. 이제부터는 오직 근력만으로 버티어야 한다.

'얼마나 버틸 수 있을까?'

이미 죽음은 코앞까지 다가온 것이나 다름없었다.

억울하다.

'왜 내가 죽어야 하지?'

죽는 게 두려운 건 아니었다.

관부를 떠나 강호에 몸을 담기로 마음먹었을 때, 이름 모를 벌판에 한 줌의 재가 되더라도 아쉬워 말자고 다짐했었다.

다만, 이렇게 죽는 건 아니다.

왕팔경은 핏발이 가득 선 눈으로 자신의 앞에 선 사내들을 노려보았다.

깊게 가라앉은 눈빛과 정돈된 자세.

마치 겁먹은 소를 마주한 백정 같은 모습이었다.

왕팔경은 거칠게 외쳤다.

"난 철혈패왕의 수족이 아니란 말이오!"

벌써 몇 번째 외친 말인지 몰랐다. 하지만 저들은 듣는 시늉조차 하지 않았다.

답답하기만 하다.

'왜 이렇게 된 걸까?'

제갈세가의 빈객 중 하나였던 왕팔경은 당시 제갈세가의 내분에 휩쓸린 탓에 더는 제갈세가에 머무를 수가 없게 되었다. 그리고 유협(遊俠)이 되어 강호를 종횡하다 보니, 호북비창이라는 무명을 얻게 되었다.

실력이 있으니 그렇게 명성은 얻었지만, 배경이 없으니 한곳에 정착하지 못하고 부표처럼 떠돌 뿐이었다.

그러던 중 사천혈사의 소식을 듣게 되어 사천까지 오게 되었고, 무제맹의 창립되어 맹원으로 가입할 수 있었다.

무제맹의 미래는 크고 밝아 보이기에 공적을 쌓는다면, 그가 바라던 꿈을 이룰 수 있으리라 여겼다.

'그런데 이런 꼴이라니.'

영문을 알 수가 없었다.

철혈패왕을 징치하기 위해 무제맹은 청성산에 올랐고, 산의 중턱쯤에서 진영을 펴라고 하더니, 고위 인사 이백여 명만이 조용히 정상을 향해 올랐다.

처음에는 격돌에 앞서 상황을 염탐하기 위해 고위 인사들이 직접 나선 것이라고 생각했다. 하지만 시간이 흘러 남아 있는 고위 인사 중 하나가 칼을 뽑아 들며 외친 한 마디에 뭔가 잘못되었음을 깨달았다.

"쳐라."

그러자 무제맹의 주축인 오대세가 출신과 아미, 청성파, 그리고 사도문파 중 봉명성과 철혈성 소속의 무인들이 약속이라도 한 듯이 일제히 병장기를 뽑아 들었고, 멀뚱거리며 그들을 바라보고 있는 동료 맹원들을 공격하기 시작했다.

그리고 적과 아군을 구분할 수 없는 난전이 벌어졌다.

시간이 흐르며, 이유를 알 수 있게 되었다. 무제맹의 주축 세력의 급습에 허무하게 죽어 가던 다른 맹원들 중 일부가 어느 순간부터 무리를 이루더니 반격을 가했다.

눈치로 알 수 있었다.

무제맹 주축 세력이 갑자기 동료를 공격한 건, 바로 저들 때문이라는 것을.

철혈패왕의 간세이리라.

시간이 흐르며, 싸움의 축은 무제맹의 주축 세력과 철혈패왕의 간세로 나누어졌다.

그렇다면 왕팔경 같이 아무것도 모르는 맹원들은 보호되어야 마땅하지 않은가?

그럼에도 무제맹 주축 세력의 공격은 계속되었다. 아무것도 모르는 맹원들은 저마다 목청이 터지라며 자신의 결백을 외쳐 댔지만, 무제맹 주축 세력은 듣는 시늉도 하지 않았다.

그저 덤덤한 태도로 무기만 휘둘러 댈 뿐이었다.

지금처럼.

쉬이이이이익!

잠시 숨을 고르며 왕팔경을 바라만 보고 있던 무제맹의 주축 세력 무인이 화살처럼 날아들어 무기를 뻗어 왔다.

왕팔경은 창을 휘돌려 막거나 나무 뒤로 피하며 외쳤다.

"나는 아니란 말이외다!"

하지만 달려드는 무제맹 주축 세력의 무인은 여전히 무시한 채 요혈을 노리며 무기를 휘둘러올 뿐이었다.

왕팔경은 두 개의 단창으로 상체를 방어하며, 뒤로 몸을 날리려 했다. 그때 옆에서 비명이 울렸다.

"으아아악!"

아직 소년의 태를 벗지 못한 청년이 칼에 맞아 쓰러지고 있었다.

'이름이 뭐더라?'

귀찮게 달라붙기에 몇 차례 대화를 나눈 적은 있지만, 잘 기억이 나지 않았다.

다만 이번에 공을 세워서 무제맹 내 고위 인사들에게 인정을 받아, 크게 성공하겠다며 호언장담했었다.

그런데 저렇게 이유도 모른 채 죽어 가고 있었다.

갑자기 피가 거꾸로 치솟는 기분이었다.

"이 개자식들아!"

분노한 왕팔경이 두 개의 단창을 화포처럼 뿜어 댔다.

콰콰콰쾅!

강호무림의 신성이라는 명성에 걸맞게 달려들던 세 명의 무인이 가슴에 핏줄기를 뿜으며 쓰러졌다.

하지만 왕팔경도 무사하지만은 않아, 왼쪽 허리에 깊은 자상을 입고 말았다.

왕팔경은 주저앉으며, 거칠게 숨을 뱉었다.

"하아, 하아, 하아."

무제맹 주축 세력의 무인들은 다른 사람들은 내버려 둔 채 왕팔경만을 감싸듯 둥글게 섰다.

왕팔경은 상처 부위의 혈도를 막으며, 외치듯 말했다.

"이 개자식들아! 우리는 아무 상관없다는 걸 알지 않느냐! 그런데 어째서 이런 짓을 벌이는 거냐!"

여전히 대답이 없다.

그때, 무인들의 뒤편에서 짜증 섞인 목소리가 튀어나왔다.

"아직 멀었나? 뭘 그렇게 오래 끌어."

다시 공격하려던 무인들이 자세를 정돈하고 섰다. 그들이 사이를 벌렸고, 삼십 대 중후반 정도로 보이는 사내가 걸어 나왔다.

황보세가 출신의 고수, 착혈잔도(搾血殘刀) 황보척(皇甫拓)이었다. 그는 정파의 명문인 황보세가의 직계혈족답지 않게 성품이 잔악하기로 유명했다. 하지만 그의 못된 성격보다 더욱 유명한 건 빛살만큼 빠르다는 그의 쾌도술이었다.

황보척은 뭔가 재미난 짐승을 찾았다는 눈빛으로 왕팔경을 힐끗거리며 다가섰다.

"이 녀석 때문이냐?"

왕팔경은 두 개의 단창을 꼬아 쥐며 일어섰다. 아무래도 수뇌부인 듯하기에 말이 통할까 싶어 다급히 말했다.

"대협! 제 말씀 좀 들어주시오! 우리는 철혈패왕의 간자가 아니외다. 오직 의분 하나로 무제맹에 투신한 사람이외다. 그러니 무기를 거두어 주십시오!"

황보척은 깜짝 놀랐다는 듯 두 눈을 휘둥그레 떴다.

"어허! 그렇단 말이오? 이런 낭패가 있나!"

왕팔경은 드디어 살았다 싶어, 절로 미소가 맺혔다. 하지만 이어진 황보척의 말에 오히려 그대로 굳고 말았다.

"그래서 뭐 어쩌란 말인가? 별수 없지."

왕팔경은 잘못 들었나 싶어 물었다.

"별수 없다니요?"

"억울한가? 그래. 억울하겠지. 화도 날 게고. 하지만 어찌하겠나? 그냥 죽어 주시게."

"무슨 말씀이시오! 우린 아무것도 모른다지 않소!"

황보척은 짜증이 난 듯 눈살을 찌푸리며, 칼을 뽑아 들었다.

"모르는 것도 죄야. 살기 위해서 알 만한 건 어떡해서든 알아야지."

"그럼 철혈패왕의 간세가 잠입했음을 우리에게도 알려주셨어야 하지 않소!"

"알려 줄 만한 녀석들은 다 알려주었지."

"우리는 알려 줄 만한 녀석이 아니었다는 거요? 그럴 만한 가치가 없었다 이거요?"

"이제야 이야기가 통하는군. 자네, 화초를 키워 보았나? 그랬을 리가 없겠지. 그냥 듣기만 하게. 화초를 키우다 보면, 잡초가 끼어들어 양분을 빼앗지. 그러니 잡초는 뽑아주어야 해. 그런데 이 잡초라는 게 잘 구분이 되지 않을 때가 있지. 그러면 어찌하느냐? 화초를 제외하고는 우선 다 뽑아 버리는 수밖에."

"우리 처지가 그렇다 이거요?"

"그렇다네. 자네들이야 억울하겠지. 하지만 어쩌겠나? 큰 일을 도모할 때에는 희생이 따르는 법이라네. 이제 와 자네들을 살려주면 우리는 어떻게 되겠나? 자네들이 입을 다물리 없고, 그러면 두고두고 욕먹지 않겠나? 그러니 우리도 별수 없다네. 받아들이시게."

왕팔경은 이를 빠드득 갈며 말했다.

"당신이 우리라면 받아들이겠소?"

황보척은 놀리는 듯 싱긋 웃었다.

"나야 모르지. 생각해 보게. 황보세가의 직계인 내가 자네들 같은 처지에 놓이는 경우가 있을 리 없지."

너무나 지쳐 서 있기도 힘들던 왕팔경이 두 개의 단창을 굳게 쥐었다. 저놈의 입을 찢어 놓고 나서야, 죽어 줄 수 있지 싶다.

하지만 황보척은 가소롭다는 듯 비웃으며 다가왔다.

"성긴 잡초가 뽑는 재미는 쏠쏠하지."

그렇게 말하며 칼을 뽑아 든다.

왕팔경은 기다리지 않고, 쏜살같이 황보척을 향해 달려들었다. 양손에 들린 두 개의 단창이 유성처럼 뿜어져 나갔다.

하지만 늦게 휘두른 황보척의 칼이 그보다 빠르게 왕팔경의 두 팔 사이로 스며들었다.

서걱.

기분 나쁜 절단음과 함께 왕팔경을 비틀거리며 물러났다.

그 순간 황보척이 눈살을 좁혔다.

"호심경(護心鏡)을 착용했군."

말마따나 잘려 흘러내린 의복 사이로, 둥근 모양의 철판이 모습을 드러냈다. 심장을 보호하기 위해 착용하는 호심경이었다. 하지만 더는 제 역할을 할 수 없을 것 같았다. 호심경은 두 쪽으로 나뉘어 떨어졌다.

하지만 아까워할 수만은 없었다, 호심경이 아니었다면 두 쪽이 난 건 왕팔경의 가슴이었을 테니.

왕팔경은 침을 꿀꺽 삼키며, 황보척의 손에 들린 칼을 노려보았다. 너무도 빨라 어떻게 자신의 가슴을 가른 건지 볼 수가 없었다.

'피할 수 있을까?'

어림없다.

'그렇다면?'

뾰족한 방법이 생각나지 않았다. 이럴 때는 가장 자신하는 한 수에 목숨을 거는 수밖에 없었다.

'목숨을 걸 만한 한 수라…….'

바로 떠오른다.

'왕토흑효(王討黑梟).'

제갈세가의 빈객이었던 때, 신행무영으로 역용한 몽예의 조언을 받아 창안한 초식.

그 후로 병기를 장창에서 두 개의 단창으로 바꾸며, 그에 걸맞은 많은 초식을 만들었다.

하지만 모두가 왕토흑효의 변식에 불과했다.

왕팔경은 왼손에 쥔 단창을 던져 버리고, 남은 한 자루의 단창을 두 손으로 굳게 쥐었다.

그 모습에 심상치 않음을 느꼈는지, 황보척의 눈빛이 달라졌다. 하지만 입가의 그려진 비웃음은 여전했다.

"궁지에 몰린 쥐는 고양이를 문다지? 하지만 고양이도 고양이 나름이지. 너무 시간을 지체했군. 다른 쪽에 지원도 해야 하니, 이제 끝내 주겠네."

그 순간, 왕팔경이 입을 쩍 벌리고 거칠게 기합을 질렀다.

"으아아아아아압!"

그러며 단창을 뻗는다.

이전처럼 빠르진 않았다. 그렇지만 무겁고 단호하며, 날카로웠다. 혹시 황보척의 칼이 먼저 닿아 목이 날아가더라도, 그의 단창은 여전히 움직임을 이어가 목표한 자리에 도달할 듯했다.

그렇기에 황보척의 칼은 거의 왕팔경의 목 앞에 이르렀다가 돌아와, 단창의 튕겨 내려 했다.

하지만 단창은 황보척의 칼에 얻어맞고도, 여전히 경로를 따라 이어져 갔다.

"이런!"

황보척이 급히 뒤로 몸을 날려 피하려 했다. 하지만 조금 늦어 버려, 어깨를 허락하고 말았다.

푹!

단창이 황보척의 어깨에 깊숙하게 꽂힌 후 빠져나왔다. 황보척은 고통을 삼키며 물러났다.

당황과 고통을 숨길 수가 없어, 그의 표정은 잔뜩 일그러졌다.

그는 자신이 상처를 입었다는 사실을 믿을 수가 없는지, 아니 믿기가 싫은지 입을 쩍 벌린 채 상처 난 어깨를 바라보았다.

왕팔경은 틈을 노리기보다는 다시 왕토흑효의 자세를 취하며, 공격을 준비했다.

갑자기 황보척이 칼을 높이 들어 끝을 하늘로 향하게 하더니, 손잡이를 양손으로 잡았다.

"오랜만에 성격 나오게 만드는구나."

왕팔경은 긴장했다.

일도양단(一刀兩斷)의 자세.

가슴을 통째로 비워 두는 건, 방어를 도외시하겠다는 의미이다. 그러니 한칼에 상대를 죽이지 않으면 도리어 당해 죽을 수밖에 없다.

꼭 죽이고 말겠다는 의지의 표현이며, 가장 자신하는 일격일 것이다.

다음 일격에 목숨이 갈린다.

왕팔경은 거칠어지는 호흡을 가누며, 양손으로 쥔 단창에 집중했다.

그러자 씻어 낸 듯이 긴장은 풀리고, 두려움은 사라졌다.

기묘한 기분이었다.

상대의 모습이 뚜렷해지며, 주변의 풍경은 지워진다.

왕토흑효가 아닌, 다른 무엇이 떠올랐다.

충동일지 모르겠지만, 그 길을 따라 걸어 보는 것이 좋을 듯했다.

"죽어라!"

쉬익!

황보척이 먼저 다가와 칼을 내리긋는다.

그 순간 왕팔경의 단창도 움직였다.

황보척의 칼은 번개처럼 내리쳤고, 왕팔경의 단창은 나비처럼 팔랑이며 거슬러 올랐다.

두 줄기의 핏물이 튀어 오르며, 왕팔경과 황보척이 동시에 나뒹굴었다.

"크ㅇㅇㅇㅇㅇㅇ."

"ㅇㅇㅇㅇㅇ음."

신음을 흘리며, 두 사람은 서로를 죽일 듯이 노려보았다.

황보척은 어이없어 말도 나오지 않았다.

감히 저따위 버러지에게 이런 꼴을 당하다니!

평생을 두고 비웃음을 살 만한 치욕이었다.

황보척이 고개를 홱 돌리더니 무제맹 주축 세력의 무인들을 향해 외쳤다.

"뭐하는 거냐! 내가 꼭 젓가락까지 쥐어 주어야 하느냐? 처리해라! 넌, 이리와 나 좀 부축하고."

그러자 자리만 지키고 있던 무인들이 일제히 왕팔경을 향해 다가갔다.

왕팔경은 이를 갈며 외쳤다.

"비겁한 새끼!"

황보척은 수하에게 기대어 일어나며 히쭉 웃었다.

"그놈 참 입이 걸구만. 시끄러우니까 혀부터 자르거라."

왕팔경의 곁에 다가온 무인 중 하나가 머리를 붙잡더니 입을 벌렸다.

'이렇게 죽는구나.'

왕팔경은 체념하며 두 눈을 감았다.

그때였다.

콰아아아아아아아앙!

굉음과 함께 몸이 공중으로 떠올라 뒤로 튕겨 나갔다.

바닥에 떨어진 왕팔경은 고통에 일그러진 얼굴을 틀어, 자신이 있던 자리를 바라보았다.

깊게 파인 땅바닥에 한쪽 무릎을 꿇고 앉아 있는 한 사내가 보인다.

사내의 주변으로 어둠이 깃털처럼 휘날렸고, 그 사이로는 불투명한 번개가 맴돌았다.

왕팔경은 크게 외쳤다.

"몽예!"

사내가 고개를 틀어 왕팔경을 돌아보았다. 그러더니 눈을 살짝 크게 뜨고 물었다.

"누구?"

"나다! 왕팔경! 제갈세가의 빈객이었던…… 당가타의 비무대회에서도 봤지 않느냐!"

그제야 몽예가 알아보았다는 듯 입가에 희미한 미소를 지었다.

"아! 너구나?"

* * *

인연이란 질기고 단단한 사슬이다.

서로에게 좋은 감정을 남겼든, 아니면 반대로 나쁜 기억이 되었든 결코 끊어질 수 없다.

왕팔경에게 몽예는 좋은 인연이었다. 꼬마였던 몽예와 며칠 정도 어울린 정도에 불과했지만, 많은 것을 느꼈고 배웠다.

하지만 정작 몽예에게 왕팔경 자신은 어떤 인연인지는 알 수 없었다.

어렸던 몽예는 기괴했지만, 청년이 된 몽예는 왕팔경이라는 사람의 눈으로는 짐작할 수 없는 거대한 존재가 되어 버렸다.

신검무제와 대등한 대결을 벌였던 강호의 신성.

신주사존을 밀어내고, 강호무림의 절대자로 군림할 가능성이 가장 높은 인물.

그게 몽예였다.

그런 몽예가 잠시의 인연을 맺었다 하여 자신을 아는 척해 주는 것만으로도 감사할 뿐이다.

하지만 그저 감격하고 있을 수만은 없었다.

지금의 상황에서 몽예는 하늘에서 뚝 떨어진 구명줄이나 다름없었다.

어떻게든 잡아야 산다.

비록 그 줄에 가시가 가득 박혀 있다고 하여도…….

왕팔경은 간절한 목소리로 외쳤다.

"도와다오!"

몽예는 그런 왕팔경을 한 번 힐끔 본 후 주변으로 시선을 돌렸다.

"야! 혹시 이쪽으로 늙은이 한 명 도망오지 않았어?"

듣지 못한 걸까?

왕팔경은 거듭 외쳤다.

"나 좀 살려다오!"

몽예는 계속 두리번거리며 말했다.

"키가 오 척 반 정도 되는데, 용모는 좀 평범해. 수염이 좀 길고. 아! 설명하기가 참 어렵네. 하여간 못 봤어? 분명 이쪽으로 도망쳤는데."

왕팔경은 한숨을 푹 쉬었다.

"못 봤다."

몽예는 머리를 긁적거렸다.

"이상하네. 분명 이리로 도망쳤는데. 그럼 수고해."

왕팔경은 다급히 손을 뻗었다.

"사, 살려 달라고!"

몽예가 고개를 갸웃거렸다.

"왜?"

"보면 알지 않냐."

몽예는 주변을 쓱 둘러보았다.

무제맹 주축 세력 무인은 움찔했고, 그들의 공격을 받던 사람들은 부들부들 떨었다.

그들 중에는 당가타에서 벌어진 몽예와 신검무제의 대결을 지켜본 사람이 제법 끼어 있었다. 그런 탓에 이미 모두가 몽예의 정체를 알게 된 상태였다.

그렇기에 몽예의 갑작스러운 등장에 모두가 긴장한 상태였다.

몽예는 다시 왕팔경을 향해 고개를 돌렸다.

"봐도 모르겠구만."

왕팔경은 답답하다는 듯 말했다.

"철혈패왕의 간세가 잠입했는데, 그걸 색출한답시고, 애꿎은 우리까지……."

몽예는 왕팔경의 설명을 다 듣기 귀찮다는 듯 손을 휘저었다.

"아! 그건 대충 알겠는데. 왜 내가 널 살려 줘야 하냐고."

왕팔경은 숨이 턱 막혔다.

몽예는 못 알아듣느냐는 듯 말했다.

"내가 너한테 빚졌냐? 아니면 우리가 친해? 그것도 아니면, 내가 널 구해 주면 뭐 좋은 일이라도 생겨?"

"대충 알겠다며! 우리는 아무것도 모르고……."

"모르긴 뭘 몰라. 뭘 순진한 척해? 칼을 들고 청성산에 올라왔을 때, 이미 알 건 다 안 거지. 놀러 온 거였어? 죽든가 죽이든가. 둘 중 하나를 하려고 온 거잖아."

왕팔경은 할 말을 찾을 수가 없었다. 몽예의 말대로였다. 철혈패왕의 주구를 죽여서, 공적을 쌓기 위해 나선 걸음이었다. 누군가를 죽이기 위해 무기를 들었으니, 이렇게 당해 죽는다고 해도 어쩔 수 없었다.

하지만 살고 싶은 마음 역시 어쩔 수 없다.

"살려다오. 크흐흐흐흐흑."

비굴하지만 왕팔경은 그렇게 흐느꼈다. 그러자 왕팔경을 따라 다른 사람들이 무릎을 꿇고 외쳐 댔다.

"살려 주십시오, 대협!"

"제발 살려 주십시오!"

"살아난다면, 다시는 칼을 들지 않겠습니다!"

"대협! 살려만 주십시오!"

몽예는 그들을 한 번 쓸어 본 후, 한숨을 푹 쉬었다. 솔직히 귀찮고 짜증 나기만 했다. 하지만 무시할 수만은 없었다. 저들의 모습에서 무신총의 사람들이 떠올랐기 때문이다.

무신 진무도의 유진을 찾겠다고 들어왔다가 갇혀서 이용만 당하다 죽은 어리석은 이들.

그중엔 어머니가 있었고, 창구정이 있었으며, 당명진이 있었다.

당명진, 그가 사람답게 살라며 했던 훈화는 절대를 얻어

감정이 흐릿해졌음에도 심장 어딘가에 뚜렷하게 새겨져 있었다.

'행(幸)을 행(行)하라.'

당명진이 몽예에게 바란 건 협의나 도리에 따른 행동이 아니었다. 살기 위해서는 남을 해쳐야만 하는 지옥, 무신총에서 태어나 자란 몽예에게 이타적인 삶을 살라는 건 무리였다. 몽예가 이해할 수도 없거니와, 강요할 수도 없었다. 그건 몽예에게 죽으라는 소리나 마찬가지였기 때문이다.

당명진이 예상한 성인이 된 몽예의 모습은 대마두였다. 아니, 마두 정도가 아니라 마왕이라 불리게 될 것이었다.

그러니 다만 몽예가 무엇인가를 하거나 계획할 때 조금만 주변을 배려하기를 원했다.

그럼으로써 몽예가 벌일 사건과 사고에 휘말린 사람 중 일부라도 행운과도 같은 기회를 얻는다면, 그것만으로 족하다고 여겼을 뿐이다.

그랬던 당명진의 심정을 몽예는 잘 알고 있었다.

알고 있으니 져 버릴 수는 없지.

몽예는 팔짱을 끼며 고민하더니, 한숨을 길게 내쉬었다.

"에휴. 요즘 드는 생각인데, 난 정말 착한 거 같아."

이건 또 뭔 개소리일까?

왕팔경만은 바로 알아듣고, 고개를 푹 숙였다.

"고맙다. 고마워! 이 은혜는 잊지 않으마!"

몽예는 코웃음 쳤다.

"잊어. 그게 편해."

그러며, 무제맹 주축 세력 쪽으로 고개를 돌린다.

"내 얼굴 봐서 애들은 좀 봐줘."

무제맹 주축 세력의 무인들은 주저하며, 한쪽으로 고개를 돌렸다. 그들의 시선이 닿는 곳엔 이 자리의 결정권자라고 할 수 있는 황보척이 있었다.

황보척은 자신을 부축하는 수하를 밀쳐내고 어깨를 펴며 말했다.

"그건 좀 곤란합니다, 대협."

몽예의 눈썹이 꿈틀거렸다.

"곤란하다?"

황보척이 부드럽게 미소를 지었다.

"그렇습니다. 저희에게도 피치 못할 사정이 있습니다."

몽예의 입가에도 미소가 어렸다.

"아! 사정이 있으시다?"

"그렇습니다. 오히려 대협께서 저희 체면 좀 세워 주셨으면 합니다."

"호오. 너희의 체면을 세워 달라?"

몽예가 아이처럼 환하게 미소를 지었다. 동시에 눈동자의 빛깔이 푸르게 변해 갔다.

몽예가 살짝 화가 났을 때 보이는 모습이었다.

그런 몽예의 변화는 바라보는 이들에게 섬뜩한 느낌을 들게 했다.

하지만 황보척만은 느끼지 못하는지 웃는 낯을 유지한 채 말했다.

"네. 대협께서 그래만 주신다면, 우리 황보세가는, 아니 무제맹은 대협의 배려를 잊지 않을 것입니다."

그러며 황보척은 포권을 취하고는 정중히 고개를 숙였다. 이 정도라면 몽예가 물러날 것이라고 자신했다.

몽예가 신검무제와 대결을 벌여 동수를 이뤘다는 이야기를 듣기는 했다. 하지만 그 소문이 사실이라고 믿지는 않았다.

나이가 고작 약간 정도에 불과한 낭인 따위가 아무리 실력이 뛰어나기로서니 천하제일인인 신검무제와 동수를 이뤘다는 건 말이 되지 않았다.

그저 신검무제가 몽예에게 명성을 안겨 주기 위한 일종의 공연이지 않을까 싶었다.

은밀한 얘기로 무제맹의 서열 칠 위인 총사직을 몽예에게 제의했다고 들었다.

몽예가 거절했다지만, 그러한 사정으로 볼 시에 몽예는

아마도 신검무제의 무기명제자이거나 숨겨둔 후예이지 않을까 하고 의심했다.

그러니 이렇게 체면을 세워주어 적당히 빠져나갈 구멍만 마련해 주면, 몽예가 물러나리라 믿었다.

그건 너무나 큰 착각이며 실수였다.

몽예가 턱을 들어 올리며 말했다.

"내가 너무 착해 보였나 봐. 좀 못되게 굴어 보지."

무슨 의미일까?

"왕팔경."

왕팔경은 번쩍 고개를 들었다.

"응?"

"가슴에 인(人)이라는 글자를 써."

왕팔경은 이유를 묻지 않고, 바로 자신의 핏물을 묻혀 가슴에 '인'이라는 글자를 썼다.

몽예가 왕팔경의 주변에 있는 무인들을 향해 시선을 돌렸다.

"너희도."

그러자 주저하던 무인들이 저마다 웃통을 벗어 자신의 가슴에 글자를 썼다. 그러고 나서 모두는 멀뚱멀뚱 몽예를 바라보았다.

몽예는 이번에는 무제맹 주축 세력을 향해 말했다.

"여기 당문 출신이 있나?"

주축 세력 무인 중 하나가 주저하며 나섰다.

"저 하나입니다."

"너도 써."

당문출신 무인은 황보척을 한 번 힐끔거렸다. 그리고 망설임 없이 가슴을 헤치고, 들고 있던 비수로 그어서 인이라고 글자를 새겼다.

당문 출신이기에 몽예의 무서운 성격을 너무도 잘 아는 탓이었다.

그러자 몽예는 지그시 눈을 감았다.

"이제부터 셋을 센다."

갑자기 숫자는 왜 센다는 걸까?

"그리고 눈을 떴을 때 인이라는 글자가 보이지 않는 놈을 다 죽인다."

황보척이 당황하여 말했다.

"뭔가 기분이 상하신 모양이신데……."

"하나."

"이보시오, 대협. 아무리 맹주와 연이 두텁다 하여도, 이러시면 곤란하외다."

"둘!"

황보척은 더는 참지 못해 외쳤다.

"시건방진 것도 정도가 있지. 너무하는군!"

몽예의 눈이 번쩍 뜨였다.

그러자 황보척은 입가에 비웃음을 매달며 말했다.

"보이는 족족 죽이신다면서? 왜 그러고 계시는가?"

몽예의 푸른 눈동자가 그를 향했다.

그 순간 황보척이 그대로 굳어 버렸다. 움직일 수가 없었다. 보이지 않는 사슬에 묶이기라도 한 것 같았다.

황보척은 놀라 외치고 싶었다.

'허공섭물?'

절정 이상의 경지에 오른 고수는 내공의 발출과 수습이 실로 자연스러워서, 다양한 방식으로 다룰 수가 있다.

그중에는 마치 실처럼 가늘게 뽑어서 멀리 있는 상대를 감싸서 마음대로 움직일 수도 있다.

그러한 능력을 허공섭물이라고 통칭하고는 한다.

하지만 내공을 갖추지 못한 삼류수준의 무인이나 물건 정도만이 가능할 뿐이다.

황보척처럼 일류의 끝에 도달하여 절정의 경계를 눈앞에 둔 고수는 내공의 흐름을 느끼고 끊어 낼 수가 있어서, 오히려 반격을 당해 내상을 입을 가능성이 높기 때문이었다.

쉽게 말해서 잘난 척하다가 목숨줄 끊어질 수가 있다는 거다.

'날 너무 우습게 보았군.'

차라리 다행이었다.

몽예가 이 정도 수준의 고수라는 건 의외였지만, 나이에 어울리게 경솔하다는 건 다행이었다.

그래, 자신의 뛰어난 실력을 자랑하고 싶었겠지.

'하지만 마음대로 될까?'

황보척은 당황하여 마구 고동치던 심장을 가라앉히고, 자신을 억압하는 기운을 살피고자 집중했다.

몽예가 발출한 내력의 실타래 중에서 단 한 가닥이라도 낚아채 잘라내면 되었다.

'음?'

아무것도 느껴지지 않는다.

황보척은 더욱 집중하며 기감을 높였다. 하지만 여전히 느껴지는 게 없었다.

'설마?'

그럴 리 없지만, 그래서는 안 되지만…….

'이거 진짜 허공섭물이라는 건가?'

第四章

허공섭물은 절정 이상의 경지에 이른 고수들이 다룰 수 있는 고도의 내가기법, 이라고 알려졌다.

하지만 사실과 조금 다르다.

허공섭물이란 본래 절대고수만이 다룰 수 있는 일종의 초능이었다.

내력이 아닌, 그저 의지만으로 공간을 격한 물건이나 사람을 움켜쥐는 기묘한 힘!

절대고수의 그 기묘한 능력이 가지는 무학상의 원리를 궁금해한 무인들은 그와 유사한 모습을 보일 수 있는 기법을 창안했고, 그것이 현재 무림이 아는 허공섭물이었다.

황보척은 몽예가 자신에게 가한 수법이 바로 그것이라고 여겼다.

그런데 이제 알겠다.

'지, 진짜다!'

오직 절대고수만이 구사할 수 있다는 진짜 허공섭물이다!

이제야 몽예가 신검무제와 대결을 벌여 승부를 가르지 못했다는 소문이 사실이었음을 알 수 있었다.

나름 실력 있는 애송이라고 여겼던 몽예가 홀로 황보세가를 무너트릴 수 있는 사람 모양을 한 괴물이라는 거다.

그런 괴물의 심기를 거슬리고 말았다.

'빌어야 해!'

그래야 산다.

하지만 허공섭물에 의해 억압된 몸은 아무리 애를 써도 움직이지 않았다.

몽예가 말했다.

"나라고 설마 다 죽이고 싶겠어? 하지만 말은 뱉었으니까 지키기는 해야 되잖아. 그치? 그래서 말인데 가장 먼저 눈에 뜨인 네가 본보기가 되어야겠어."

본보기?

황보척은 눈앞이 캄캄해지는 기분이었다. 아니, 실제로

검게 물들어가고 있었다.

몽예의 전신에서 검은 기운이 흘러나와 장막처럼 사방을 감싸더니, 마구 일렁거렸다.

장막이 된 어둠은 일부가 늑대의 모양을 하며 튀어나와 아가리를 쩍 벌리며 위협했다. 또는 뱀이 되어 황보척의 몸을 휘돈 후 사라지거나, 날개가 십여 개나 달린 기괴한 새의 모습이 되어 주변을 배회하다가 반대편의 어둠으로 스며들었다.

마치 어둠은 지옥과 이어진 통로여서 그 안에 머무는 마물이 잠시 현세를 살피려 나왔다가 돌아간 것만 같았다.

그 광경을 지켜보는 모든 사람이 부들부들 떨었다. 이게 정말 현실일까 의심스러웠다. 악몽을 꾸고 있는 것인지 모른다는 생각까지 들었다.

"자, 마지막으로 할 말 정도는 들어줄까?"

그 순간, 황보척은 자신을 억압하던 힘이 사라지는 것을 느꼈다. 그럼에도 황보척은 미동조차 하지 않았다. 아니, 할 수가 없었다.

계속 간격을 좁혀 온 어둠의 장막이 어느새 피부에 닿을 정도로 가까워졌기 때문이었다.

"잘못했습니다. 사, 살려 주십시오."

황보척이 할 수 있는 건 고작 그렇게 애걸하는 것뿐이었다.

몽예가 고개를 갸웃거렸다.

"어? 살고 싶었어? 몰랐네. 내가 분명 셋까지 센 이후에도 눈에 띄면 죽인다고 했잖아."

"자, 잘못했습니다. 부디 용서해 주십시오."

몽예가 놀랍다는 듯 두 눈을 크게 떴다.

"우와! 잘못했다고 말하면 용서해 주고 그랬나 봐? 화초처럼 곱게도 살았네. 여기가 무신총이라면 반나절도 버티지 못했겠어. 쯧쯔쯔."

갑자기 무신총이 왜 나올까?

"그러니 그 나이까지 살았다는 것만으로도 운이 좋았다고 여겨. 잘 가."

그렇게 말하며 몽예는 방긋 웃었다. 그의 미소가 신호라도 되었다는 듯 어둠이 세차게 일렁이더니, 조금 전 잠깐 모습을 보였던 기괴한 마물들이 일제히 튀어나와 황보척을 향해 달려들었다.

황보척은 그렇게 어둠 속에 가려져 사라졌고, 대신 비명이 터져 나왔다.

"으아아아아악! 안 돼!"

빠드드득!

"으아아아아아아악!"

콰카카카칵!

"아! 안 돼! 주, 죽여 줘!"

투툭!

"커헉!"

어느 순간을 지나자, 황보척의 비명과 신음은 사라졌고, 그저 그를 둘러싼 어둠만이 먹이를 뜯어먹는 짐승무리처럼 꿈틀거릴 뿐이었다.

잠시 후, 어둠은 다시 몽예의 몸속으로 되돌아갔고, 황보척이 서 있던 자리에는 고깃덩어리만이 수북하게 쌓여 있었다.

저게 정말 사람의 시체라고 할 수 있을까?

모두가 공포에 떨었다.

하지만 몽예만은 마음에 든다는 듯 히쭉 웃으며 속삭이듯 말했다.

"나라면 구경할 시간에 도망치겠다."

그 말이 신호라도 된 것처럼 모두가 사방으로 튀어 나갔다. 경신술을 사용하는 방법조차 잊어먹었는지, 허둥거리고 달려가다가 미끄러져 쓰러지기도 했다.

그 모습이 웃긴지 몽예는 키득거렸다. 어느새 사람들은 모두 사라져서, 왕팔경과 몽예만이 남게 되었다.

몽예가 표정을 지우고 왕팔경 쪽을 돌아보았다.

"넌 다니면서 소문 좀 내라."

왕팔경은 부들부들 떨리는 목소리로 물었다.

"뭐, 뭘?"

몽예가 눈을 얇게 좁히며 우거진 숲을 향해 고개를 돌렸다.

"내가 지금 누구 하나를 꼭 죽이려고 하거든. 근데 이게 좀 쉽지가 않아."

저토록 무서운 몽예가 쉽지 않다고 말하는 상대라…….

궁금하지만 알고 싶지 않았다.

괴물과 어울릴 수 있는 건 괴물일 뿐이니까.

그런데 대체 무슨 소문을 내라는 걸까?

"내가 죽이려는 사람이 좀 대단해서, 싸우다 보면 주변을 제대로 신경 쓰지 못할 것 같단 말이야. 휩쓸려 죽어가는 사람이 많을 거야. 그러면 좀 씁쓸할 것 같고. 그래서 말인데, 꼭 살아야겠다 싶은 놈들은 가슴에 사람 인 자를 새기거나 써 두라고 전해. 그 정도는 신경 써 준다고."

애꿎게 싸움에 휘말려 죽어 갈 인명이 많을 것이다?

마치 대결이 아니라 전쟁을 치른다는 듯이 들렸다.

왕팔경이 힘겹게 일어나며 물었다.

"대체 누구길래 그런 거냐?"

몽예의 눈매가 더욱 얇아졌다.

"무신 진무도."

"뭐?"

"거기 숨어 있었냐!"

휘이이이이이익!

몽예가 빛살이 되어, 숲을 향해 뻗어 나갔다.

콰아아아아아아아아아아앙!

가로막는 건 모조리 부서지며 터져 버린다.

그렇게 몽예는 눈 한 번 깜짝할 사이에 사라져 버렸고, 남겨진 왕팔경은 몽예가 가 버린 방향을 멍하니 바라보며 중얼거렸다.

"무신 진무도라고?"

쾅쾅쾅쾅!

몽예가 가버린 방향 저편에서 폭음이 연달아 울렸고, 수풀 위로 흙먼지가 구름처럼 피어올랐다.

직접 보지 않아도 알 수 있었다.

저건 대결이 아니다.

괴물들의 전쟁이리라.

왕팔경은 몸을 돌려, 사람들이 있을 만한 방향을 향해 걸음을 옮겼다.

어서 소문을 퍼트려야 했다.

그래야만 저 전쟁의 틈바구니에 휩쓸려 애꿎게 죽어갈

인명을 하나라도 더 지킬 수 있을 것이다.

* * *

콰아아아아앙!

몽예가 거의 도착했을 때 장칠이 무신 진무도의 가벼운 일격을 도면으로 막고 튕겨 나오고 있었다.

진무도의 공격은 그저 가볍게 소매를 휘두르는 데에 불과했지만, 장칠은 가을바람에 휘말린 나뭇잎처럼 팔랑거리며 날아올랐다.

몽예는 장칠을 낚아챈 후, 땅바닥에 가볍게 내려섰다.

장칠은 고맙다는 인사보다는 성질부터 버럭 냈다.

"왜 이렇게 늦었어!"

몽예는 장칠이 아닌 무신 진무도에게 시선을 두며 대꾸했다.

"착한 일 좀 하고 왔어."

장칠이 눈살을 찌푸렸다.

"그 사이 또 사람 죽였냐?"

착한 일을 하고 왔다는 게 왜 사람 죽인 게 될까?

몽예가 노려보자, 장칠이 변명하듯 말했다.

"네가 할 일이란 게 뻔하잖냐. 괴롭혀 죽이거나, 찢어 죽이거나, 그냥 죽이거나. 어쨌든 죽이는 거 아냐."

몽예가 고개를 갸웃거렸다.

"그런가?"

"뭐 이번엔 착하게 죽였나 보지. 그보다 어떻게 좀 해 봐."

그러며 장칠은 무신 진무도 쪽을 가리켰다.

무신 진무도는 여전히 소매만 가볍게 휘둘러 대며 법왕과 홍한교의 공격을 막거나 되돌리고 있었다. 그럼에도 법왕과 홍한교는 바닥을 구르거나 공중에 날아올라야 했다.

몽예가 가볍게 고개를 까딱거리며 무신 진무도를 향해 다가갔다.

그제야 법왕과 홍한교는 몸을 날려 뒤로 물러났다.

무신 진무도는 가볍게 한숨을 내쉬며 다가오는 몽예를 노려보았다.

몽예가 말했다.

"지치지?"

무신 진무도가 대꾸했다.

"그래. 지치는구나. 이제 그만하였으면 좋겠다."

몽예가 말했다.

"그럼 자결이라도 하던가."

무신 진무도의 눈매가 꿈틀거렸다.

"너는 나를 없앨 수가 없어. 내 너를 없앨 수는 없지만 나를 지킬 수는 있으니 결착이 나지 않는다는 것이다. 그러니 이쯤 하는 편이 옳다. 아니면, 우리의 싸움은 결코 끝나지 않아."

"많이 바쁘신가 봐? 난 별로 안 바쁘거든. 너희는 어때?"

몽예가 주변을 둘러보고 묻자, 법왕이 말했다.

"남는 게 시간이지."

홍한교가 이어 말했다.

"따로 할 일도 없잖아."

장칠이 팔짱을 끼었다.

"난 좀 바쁜데……."

그러자 법왕과 홍한교, 몽예가 그를 노려보았다.

장칠이 헤헤 웃었다.

"나라도 좀 바쁜 척 좀 하자."

몽예가 다시 진무도 쪽으로 고개를 돌리고 미소를 지었다.

"그러니 얼마나 걸리던 끝까지 가보자고."

무신 진무도는 한숨을 길게 내쉬며 고개를 절레절레 흔들었다.

"이래서 애들은 싫다니까."

몽예가 달려들며 외쳤다.

"싫은 건 마찬가지야!"

콰아아아아아아앙!

* * *

무제맹이 철혈패왕을 징치하기 위해 청성산에 오른 지도 벌써 이틀이 지났다.

하늘은 청성산에서 벌어질 비극에 놀랐나 보다.

괴이한 현상이 벌어졌다. 바로 어제 정오 무렵 청성산 최고봉인 문인봉 쪽에서 붉게 물들었고, 먹구름이 몰려들더니 번개와 천둥이 마구 몰아쳤다.

청성파의 본산인 상청궁이 위치한 곳이었다.

대체 무슨 일이 벌어진 걸까?

청성산이 화산이었나 하고 오해했을 정도였다.

뒤이어 먹구름과 번개, 천둥은 청성산 곳곳을 이리저리 떠돌았다.

뭔가 단단히 일이 벌어지고 있나 보다, 하고 짐작할 뿐이었다.

하지만 사람들은 궁금해만 할 뿐 사정을 알기 위해 청성산으로 오르지는 않았다.

무제맹에서 청성산에 올라갈 때 맹주인 신검무제가 선언하기를, 이후 청성산에 오르는 이는 철혈패왕의 주구로 여기고 능지처참하겠다고 했기 때문이었다.

대신 청성산의 초입 부분은 시가지처럼 북적거리고 있었다. 대부분이 중원 각지의 무림방파와 토호가문에서 동정을 살피라고 보낸 이들이었다.

사람들은 서로의 정체를 대부분 눈치챘기에 신분을 숨기려고도 하지 않았다. 오히려 자신이 아는 정보를 거래하거나 교류할 정도였다.

그들이 관심을 가지는 건 청성산 안에서 벌어지는 싸움이 아니었다. 철혈패왕을 단죄한 무제맹이 앞으로 어떤 행보를 보일런지를 두고 의견을 나누기 바빴다.

정사의 대방파 중 삼 할에 해당하는 세력이 뭉친 연합체였다. 세력은 점점 더 불릴 것이고, 그렇다면 앞으로 무림의 판도에 지대한 영향을 끼치게 될 터였다.

그렇다면 무제맹은 앞으로 어떤 방식의 행동을 취할까?

무제맹이 결성될 당시 맹주인 신검무제가 표방하기를, 철혈패왕의 단죄를 위한 한시적인 연맹이라고 했다.

하지만 그 누구도 믿지 않았다. 설사 처음에는 그런 마음가짐을 가졌을지는 몰라도, 그만한 권력을 손에 쥔 이상 내려놓을 리가 없었다.

그러니 무제맹의 유지를 위한 명분을 취하려 할 것이다.

그러면 어떤 방식으로 명분을 획득할 수 있을까?

적을 만드는 것이다.

그러면 적이 사라질 때까지 무제맹을 유지할 명분이 생긴다.

누가 될까?

벌써부터 떠도는 이름이 하나 있었다.

"숭무정이라고 들어 봤소?"

누군가 말하자, 여기저기서 고개를 끄덕였다.

숭무정.

철혈패왕이 청성파를 급습할 때 도와주었다는 절강 쪽의 중소규모 방파였다.

사람들이 아는 대로는 그랬다.

하지만 살이 붙는다.

"숭무정이라는 놈들이 마교의 지류라는 소문이 돌고 있소."

여기저기서 코웃음 소리가 터져 나왔다. 말한 사람의 정보를 무시해서가 아니었다.

바로 마교라는 두 글자가 거론되었기 때문이었다.

마교(魔敎).

강호무림 역사상 이따금 등장하였던 혹세무민의 종교집

단이자 천하를 피로 물들였던 최강최악의 세력.

하지만 사정을 아는 이들에게는 다른 의미로 들리는 명칭이었다.

강호에 신흥 세력이 급부상할 때, 위기감을 느낀 기존세력은 자신의 영역과 권세를 유지하기 위해 수많은 농간을 부린다.

그중 최악의 수단이 바로 신흥 세력을 마교로 몰아서 공격하는 것이었다.

그렇기에 마교는 언제나 강호의 절대악으로 존재하는 것이다.

언제나 통하는 수법이지만 가장 치졸하다고 여기는 모략이었다.

누군가 속삭였다.

"그럼 숭무정인가 보구료."

숭무정이 마교의 지류라는 소문이 이리도 갑작스럽게 떠돈다면, 그 이유는 뻔했다.

무제맹이 숭무정이라는 신흥문파를 적으로 규정하기 위한 작업을 벌이고 있는 것이다.

대부분은 안도했다.

무제맹이 적으로 정할 가능성이 높은 곳으로 가장 유력하던 곳은 사존부였기 때문이었다.

사존부는 단일 세력으로 천하에서 상대할 곳이 없는 최강의 문파.

만약 무제맹과 사존부가 부딪힌다면, 강호에 발붙이고 사는 사람 모두가 어쩔 수 없이 직간접적으로 참여하게 될 대전쟁으로 번질 가능성이 컸다.

물론 이대로 가다 보면 언젠가는 무제맹과 사존부가 부딪치게 될 것이다.

하지만 지금은 아니라는 것만으로도 숨을 고를 시간을 벌 수 있었다.

그나저나 어째서 숭무정일까?

무제맹이라는 대맹이 적이라고 정하기에는 너무 빈약한 배경과 역사를 지닌 문파였다.

고래가 새우랑 싸우겠다고 하는 것이나 다름없었다.

마교라는 감투를 씌우고, 여러 가지 잡다한 장치를 덧붙인다고 해도 무리였다.

그렇다고 무제맹이, 아니 주축이라고 할 수 있는 남궁세가가 그런 격 떨어지는 짓을 벌일 리도 없었다.

뭔가가 있다는 거다.

"숭무정이라…… 알아봐야겠는걸."

누군가의 속삭임에 모두가 고개를 끄덕였다.

숭무정이라는 신흥문파에 대해 무제맹만이 눈치챈 비밀

이 있다고 봐야 했다.

무거워진 분위기 속에 누군가의 속삭임이 퍼져 나갔다.

“정말 마교의 지류일 수도 있지.”

그러자 여기저기서 웃음이 터져 나왔다.

그 순간 누군가 말했다.

“아니요. 숭무정은 무신진가의 후신이라오.”

중저음의 무게감이 느껴지는 목소리.

모두가 웃음을 멈추고 목소리의 주인을 돌아보았다.

오십 대 정도로 보이는 금의사내였다.

불그스름한 얼굴빛에 장대한 체격.

호랑이의 눈을 떼어다 달아 놓은 듯이 부리부리한 눈동자와 매처럼 날카로운 콧날.

수많은 이들을 호령하는 사람이 지니는 특유의 분위기가 느껴졌다.

최소한 일파의 지존이거나, 한 지방을 군림하고 있지 않을까 싶을 정도의 위엄이었다.

이런 사람은 어디에 놓아두더라도 눈에 띄기 마련이다.

그럼에도 자신들 사이에 끼어 있었다는 걸 눈치채지 못했다는 건, 또 다른 부분을 시사하고 있었다.

고수!

금의사내의 주변에 있던 사람들이 슬며시 거리를 벌렸

다. 그럼에도 금의사내는 느끼지 못했다는 듯 청성산 만을 바라보고만 있었다.

누군가 물었다.

"무신진가의 후예라고요?"

금의사내가 고개를 끄덕였다.

"그렇소. 숭무정은 무신혈사에서 살아남은 일곱 명의 생존자들이 뭉쳐 만든 단체라오."

낮은 신음이 여기저기서 흘러나왔다.

무신진가의 후예라니.

생각지도 못했던 부분이었다.

금의사내는 계속 말을 이었다.

"여러분이 아는 철혈패왕은 무신진가의 생존자 중 한 명이며 숭무정을 다스리는 여덟 명의 무신, 팔괘무신 중 진뢰무신이었소."

철혈패왕이 무신진가의 생존자였다니!

경악할 만한 일이었다.

모두가 금의사내의 입이 다시 열리기를 기다렸다.

"그가 사천혈사를 계획한 궁극적인 목적은 무제맹의 창설을 유도하기 위함이었다오."

누군가 물었다.

"어째서요? 그럴 이유가 없지 않소?"

금의사내가 대꾸했다.

"신검무제의 뒤를 이어서 무제맹의 차대맹주가 될 가능성이 가장 높은 사람. 남궁세가의 가주, 남궁학 또한 숭무정의 팔괘무신 중 한 사람이기 때문이오."

누군가 버럭 외쳤다.

"말도 안 돼!"

금의사내는 무시하고 계속 설명했다.

"남궁학과 철혈패왕은 공모하여, 저 위 청성산에서 신검무제를 살해한 후, 무제맹을 차지하여 숭무정의 예하 세력으로 삼을 생각이었소. 그러함으로써 무제맹을 숭무정의 전초대 역할로 사용하여 강호를 혼돈의 상태로 만들어 버린 후, 숭무정의 본 세력을 투입하여 천하무림을 제패할 셈이었소."

모두가 숨을 죽였다. 믿을 수 없는 이야기이지만, 만약 사실이라면 그럴 수도 있겠다 싶었다.

대체 이 금의사내는 누구일까?

누구이기에 이런 무서운 음모를 마치 시문을 읊조리듯 담담하게 말하고 있는 것일까?

모두가 궁금했지만 아무도 묻지 않았다.

어째서인지 이 사내의 정체를 알아서는 안 된다는 알 수 없는 불길한 기분이 드는 탓이었다.

하지만 금의사내는 모두가 듣고 싶지도 않았던 자신의 정체를 서슴없이 말했다.

"난 건양무신이라고 하오. 정주님을 대신하여 승무정의 대소사를 책임지고 있지요."

그 말을 들은 모두가 질끈 눈을 감았다. 이제 죽는구나 하는 생각이 뇌리에 스쳤다.

건양무신이 이러한 큰 비밀과 자신의 정체를 밝힐 때에는 살인멸구, 즉 자신의 설명을 들은 모든 이들을 죽여서 입을 막겠다는 의지가 깃들어 있다고 봐야 했다. 그리고 그러한 자신감이 있다는 의미이기도 했다.

모든 이들이 병장기를 뽑아 들며 자세를 취했다. 목숨을 아낄 때가 아니었다. 지금 들은 이야기를 자신들의 문파에 어떻게든 전해야만 했다.

건양무신이 말했다.

"안심하시오. 난 당신들에게 어떠한 위해도 가할 생각이 없소."

이건 또 무슨 수작일까?

모두는 경계를 숨기지 않고, 건양무신을 노려보았다.

"우리 승무정은 강하오."

그렇게 말하는 순간, 건양무신에게서 구름 같은 기운이 흘러나와 사방을 가득 채웠다.

절대적인 위압에 모두가 숨이 멎을 것만 같은 충격을 느꼈다.

이건 신검무제조차도 보이지 못했던 위엄이었다.

"나의 뜻은 철혈패왕과 다르오. 우리 숭무정이 이러한 조잡한 방식을 취하지 않더라도 목적한 바를 이룰 수 있다고 자신하오. 하여 나는 당신들의 입을 빌려 세상에 나의 뜻을 밝히려 하오."

건양무신이 살짝 고개를 들어 올리더니 선언하듯 말했다.

"오늘을 기해 숭무정은 무림일통을 선언하는 바이오. 먼저 오늘 무제맹을 멸하여 우리의 의지가 확고함을 증명하겠소. 모두 듣고 보고 말하시오. 우리 숭무정의 발길을 막는 자, 우리와 척을 지려하는 세력은 들으시오. 우리가 오늘 보여 준 광경이 당신들에게 닥칠 미래가 될 것이니, 심사숙고하길 바라오."

위이이이이잉.

건양무신이 뿜어내던 구름 같은 기운이 잦아들었고, 그의 등 뒤로 수백여 개의 그림자가 모습을 드러냈다.

하나같이 검은 무복 차림에 가슴에는 무(武)라는 한 글자를 새기고 있었다.

눈빛은 칼날처럼 날카롭고, 자세는 암석처럼 무거우며,

발걸음은 고양이처럼 가볍다.

모두가 상당한 수준의 고수라는 뜻이었다.

이들은 어디서 나타난 것이며 언제부터 이 자리에 있었던 것일까?

수백 명의 무인들은 대열을 유지한 채, 청성산을 향해 나아갔다.

그리고 그들이 마지막 열이 자신을 지나쳤을 때, 건양무신이 자신을 지켜보고 있는 사람들 중에서 세 명을 골라 노려본 후 말했다.

"이후로 청성산에서 내려오는 사람은 아무도 없을 것이외다."

모두가 침을 꿀꺽 삼켰다.

건양무신은 이어 말했다.

"준비들 하시오. 우리 숭무정을 어찌 받아들이실지를. 함께할 것이냐, 아니면 척을 질 것이냐. 선택은 존중하겠소."

그 말을 끝으로 건양무신은 자신의 수하들이 나아간 방향으로 걸음을 옮겼다.

마치 산책을 나선 듯이 여유로운 그의 뒷모습을 지켜보는 사람들은 앞으로 청성산 안에서 벌어질 끔찍한 사변을 예감할 수가 있었다.

무제맹이 청성산으로 들어선 지 이틀째가 되던 날이었다.

*　　*　　*

건양무신이 청성산으로 이어지는 산로를 걸어가며 마지막으로 노려본 세 사람을 떠올렸다.

다른 이들과는 달리 담담하고, 자신만만한 태도로 일관하던 이들.

어떻게 보면 건양무신의 선언을 무시하는 듯이 보이기까지 했었다.

하지만 기분이 상하거나 하지는 않았다. 오히려 당연한 반응이라고 여겼다.

그 세 명을 보낸 곳이 어디인지를 알기 때문이었다.

'소림사와 무당파, 그리고 사존부.'

소림사와 무당파는 정도무림의 중심이다.

혹자는 현 남궁세가가 소림사와 무당파의 위세를 넘어섰다고 말한다. 그래, 일부 사실이기도 하다.

하지만 줄기와 가지만을 보는 얄팍한 평가이다.

뿌리가 다르다.

소림사와 무당파는 무림의 장구한 역사 속에서 언제나

정점이었고, 기준이었다. 그들은 항상 도전에 직면했으며 언제나 이겨냈다.

무신 진무도가 무림을 제패했을 시기에도 소림사와 무당파만은 자신만의 영역을 지킬 수 있었다.

그런 소림과 무당이다.

그들의 눈에는 조금 전 건양무신이 외친 무림일통의 선언을 이따금 지나치는 폭우 정도로 여길지도 모른다.

소림사와 무당파라면 그럴 수 있다.

하지만 그렇게 직접적으로 언급했으니, 지금처럼 어느 정도 눈치채고 있으면서도 모르는 척하고 있을 수는 없었다.

이제 소림사와 무당파는 움직인다.

그게 건양무신의 의도였다.

"왜 그러셨습니까?"

건양무신의 곁으로 한 사내가 다가와 물었다. 다른 무인들과 똑같은 복장을 하고 있지만, 분위기가 전혀 틀렸다.

다른 무인들이 일반적인 검이라면, 이 사람은 백련정강을 한 명검(名劍)이라고 할까?

그래서 숭무정 내 별호조차 인검(人劍)이었다.

이 인검을 이토록 단단하고 날카롭게 다듬은 장인이 바로 건양무신이었다. 그렇기에 건양무신은 인검을 자신의 오른팔만큼 아꼈다. 그리고 그에게만은 꼭꼭 감춘 속내를 일부나마 드러내기도 했다.

건양무신이 말했다.

"소림과 무당과 싸우지 않기 위해서이다."

인검은 눈을 깜빡였다. 뭔가 이해할 수 없는 이야기를 들었을 때 나오는 특유의 버릇이었다.

건양무신이 소리 없이 웃으며 말했다.

"소림과 무당은 쉬이 싸우지 않는다. 그렇기에 장승불패(長勝不敗), 오래 이기고 패하지 않는 것이다. 그들은 곧 우리 숭무정과 싸우기 위함이 아닌, 설득하기 위해 찾아올 것이다. 그때, 난 그들과 협상을 할 생각이다."

인검은 계속 눈을 깜빡였다. 여전히 이해할 수 없다는 뜻이었다.

그러자 건양무신은 말했다.

"인검아. 나는 무림일통을 이루고 싶구나."

인검이 결국 참을 수 없어 물었다.

"허면 소림과 무당을 상대로 협상이 아닌, 전쟁을 벌여야 함이 아닌지요?"

건양무신은 고개를 저었다.

"아니지. 우리의 힘은 능히 천하를 상대할 수 있지만, 유지하기는 힘들다. 그러니 싸워서 무엇하며 이기면 또 어찌하겠느냐? 우물이 아니라 강처럼 흐르고, 암석이 아니라 산처럼 솟아야 한다. 강이 파고 갈라야 만들어지더냐? 산이 쌓고 모아야 이루어지더냐? 강과 산을 이루는 건 세월인 게야. 세월을 견디는 힘, 소림과 무당이 가진 그 힘을 우리도 얻어야만 한다. 그러기 위해서는 힘이 있어도 적을 만들어서는 아니 된다. 싸워 굴복시키지 않고 스스로 찾아와 복종토록 하여야 한다. 그걸 이루었을 때 숭무정은 진정한 무림일통을 이루게 될 것이야."

인검이 얼굴을 찡그렸다.

"어렵군요."

건양무신은 고개를 끄덕였다.

"그래, 어렵지. 어렵다마다. 아마도 나의 생이 다할 때까지 이룰 수 없겠지. 네가, 그리고 네 제자가 이어 가야 할 꿈인 게야."

인검이 물었다.

"허면 사존부는……?"

그 순간 건양무신의 눈빛이 차가워졌다.

"빈자리가 있어야 뿌리를 내리지 않겠느냐?"

인검의 표정이 굳었다.

당금 강호에 숭무정이 뿌리 내릴 만큼 커다란 빈자리가 있을까?

없다.

그러니 그만한 빈자리를 마련해야 했다.

이미 뿌리 내린 나무가 있다면 뽑아내 버리고서라도!

건양무신은 사존부를 없애고 그들의 영역을 차지하려는 생각인 것이다.

건양무신이 말했다.

"사존부는 강하지. 천하제일세라고 불릴 만해. 하지만 역사가 짧아. 그리고 그들은 스스로를 단속하지 못하여 언제나 분란을 일으켰지. 하지만 아무도 드러내 놓고 불만을 표시하지 않아. 그들이 강하기 때문이지. 어때? 우리 숭무정과 흡사하다는 생각이 들지 않느냐?"

인검이 고개를 끄덕였다.

"생각해 보니 그렇군요."

"그러니 우리 숭무정과 사존부가 격돌한다면 세간의 우려야 사겠지만, 오히려 우리를 응원하는 이들도 있겠지."

"그럴까요?"

"그럴 게야. 그들의 입장에서는 우리와 사존부, 둘 중 어느 쪽이 이긴다고 해도 마찬가지일 테니까. 나쁜 놈과 독한 놈이 싸운다는 데, 오히려 잘 되었다 싶겠지. 허허허허헛."

"그렇군요."

건양무신이 웃음을 거두고 심각한 말투로 말했다.

"앞으로 우리는 세 번의 계단을 밟고 올라서야 할 것이야. 첫 번째는 바로 오늘, 이곳 청성산에서 있을 무제맹과의 전쟁. 그리고 두 번째는 사존부와의 결전. 그리고 마지막은……."

건양무신은 말을 맺지 못하고 그렇게 흘렸다.

하지만 인검은 굳이 듣지 않아도 알 수 있었다.

외적과의 전쟁이 마무리 지어진 다음에 벌어질 전쟁이란 내부의 정리겠지.

지금껏 함께해 왔지만, 어느 순간부터 다른 꿈을 꾸고 있는 형제들.

그들을 꺾거나 없애고 나서야, 건양무신이 바라는 무림일통이라는 목적지가 보일 것이다.

"우선 첫 계단을 잘 디뎌야지."

건양무신은 그렇게 말한 후 무겁게 가라앉았던 눈빛과 표정을 씻어 냈다.

복잡한 생각을 지우는 데에는 땀을 흘리는 게 제격이다.

건양무신은 수 해 전 무신 진무도의 절기 중 최강이라는 건천신공(乾天神功)을 대성한 상태였다.

그럼에도 사람인지라, 이따금 연무를 함으로써 몸을 움직이면 활기가 도는 것 같아 기분이 상쾌했다.

앙숙인 곤음무신은 그런 건양무신을 볼 때마다 대놓고 비웃곤 했다.

하지만 건양무신은 조금도 마음에 두지 않았다.

겁먹은 개가 시끄럽게 짖는 법이니까.

숭무정 내에서는 곤음무신을 두고, 조사이신 무신 진무도 이래 최강이라고 평한다. 하지만 건양무신이 눈에는 아직 어설프다 싶었다.

물론 실제로 견주어 봐야 누가 우위에 있는지를 알 수 있을 것이다.

그리고 그날이 그리 멀지는 않았다.

'이런. 또 잡생각이 드는구나.'

어서 무제맹의 무인들이 보였으면 했다.

굳이 직접 나설 필요는 없지만, 가볍게 몸을 풀면 이 복잡한 심사를 거두어 낼 수 있을 듯싶다.

이번에 대동하고 나선 무인들은 건천단(建天團)이라 불리는 단체로 전체 인원은 오백 명으로 구성되어 있었다.

고작 그 정도 숫자로 일만에 이르는 무제맹을 상대하러 나왔다고 하면 우스워 보일지도 모르겠다.

하지만 건천단은 개개인이 최소한 구파의 삼대제자 수준의 실력을 갖추고 있었다.

숫자를 늘리기보다는 정예화를 추구한 숭무정의 대표적

인 산물이었다.

본래 건천단은 소림이나 무당, 혹은 사존부를 일시에 쓸어버리겠다는 목적 아래 만들어졌다. 하지만 무제맹을 제물로 삼아 세상에 숭무정의 무서움을 알리는 것도 나쁘지 않았다.

그러니 건양무신은 무제맹을 상대로 한 이 전쟁에서 패배 따윈 염두에 두지도 않았다.

하지만 사람이 아무리 일을 꾸며도, 성사는 하늘의 뜻에 달려 있다지 않은가.

갑자기 선두 쪽의 무인들이 걸음을 멈췄다.

건양무신은 눈살을 찌푸렸다.

나서기 전에 이리 명령해 두었다.

청성산에서의 일전은 숭무정의 진정한 힘을 세상에 알리는 싸움일 것이다.

모략이나 협잡질 같은 조잡한 수작이 아닌, 오직 힘으로 세상을 무릎 꿇리겠다는 선언이다.

그러니 당당하라.

그리고 절대 멈추지 마라.

가로막는 것이 있으면 부수고 없애라.

숭무정의 지파인 다른 숭무팔종의 사람이라고 할지라도 가로막는다면, 우선 죽인 후 짓밟고 넘어가라.

책임은 내가 질 것이니.

그런데 명령을 내린지 얼마나 되었다고 발길을 멈춘단 말인가.

건양무신은 외치듯 말했다.

"비켜라!"

그러자 오백 명의 건천단원이 양측으로 갈라져, 곧고 긴 길을 만들어 냈다.

건양무신은 뒷짐을 진 채, 그 사이로 천천히 걸음을 옮겼다.

그리고 선두에 이르렀을 때, 어째서 건천단이 미리 내려두었던 명령을 어기고 걸음을 멈췄는지를 알 수가 있었다.

시신이 쌓여 있다.

아니, 시신이라기보다 조각난 살덩어리라고 봐야 했다.

높게 쌓인 죽음의 탑 사이로 간간이 드러난 머리는 공포로 물들어 있었다.

건천단원은 엄격하고 험난한 수련 과정을 거침으로써 그 어떤 일이 닥친다고 해도 흔들리지 않는 철석같은 심장과 얼음처럼 차가운 성정을 가졌다고 자부했다.

하지만 그들의 앞에 놓인 시체의 탑은 단련된 그들의 마음가짐을 흔들기에 충분했다.

기괴하면서도 섬뜩하다.

건양무신조차도 이게 뭔가 싶을 정도였다.

어느 순간 시체의 탑 저편에서 뭔가가 모습을 드러냈다.

사람이었다.

핏물에 흠뻑 젖은 사내 한 명이 비틀거리며 내려오고 있었다.

그의 고개는 앞이 아닌 바닥을 향했고, 입가에서는 핏물이 물줄기처럼 계속 흘러내리고 있었다.

건양무신은 가만히 사내를 바라만 보았다. 결국 사내는 힘겹게 걷고 걸어 결국 건양무신의 앞에 이르렀다. 그러고 나서야 사내의 고개가 들렸다.

힘없이 풀린 눈동자가 건양무신을 향한다.

건양무신은 말했다.

"대체 이곳에서 무슨 일이 벌어진 거지?"

사내의 입이 힘없이 떨어졌다.

"마귀가…… 싸워."

"마귀가 싸워?"

"사람이 아니면 죽어."

건양무신은 눈살을 찌푸렸다.

"알아듣게 말하거라."

갑자기 사내가 가슴팍을 풀어헤쳤다. 그러자 사람 인(人)자의 형태를 한 상처가 모습을 드러냈다.

"사람이…… 사람이 아니면 죽어."

이건 또 무슨 소리일까?

사내는 다급히 자신의 가슴을 두들겼다.

"새겨. 안 그러면 죽어. 아니야. 올라가면 안 돼! 마귀가, 마귀가 있어! 으아아아아아아악!"

갑자기 눈을 희번덕거리며 발광한다.

건양무신은 한숨을 내쉰 후 속삭였다.

"시끄럽군."

스윽.

사내의 목에 실금이 생기더니, 툭하고 머리가 떨어져 내렸다.

그 순간 건양무신이 외쳤다.

"이번뿐이다! 다시 걸음을 멈추어서는 아니 된다! 마귀가 나오면 베고 지나칠 뿐이다! 알아듣겠느냐?"

건천단 오백 무인이 일제히 고개를 숙이며 한 사람처럼 외쳤다.

"존명(尊命)!"

건양무신은 다시 뒷짐을 지더니 앞으로 걸음을 옮겼다.

'마귀가 있다고?'

누굴까?

스산한 미소가 맺힌다.

'누구든 상관없지.'

오랜 준비를 마치고 드디어 나선 정벌의 걸음이다.

멈추지 않으리라.

건양무신와 오백 명의 건천단은 청성산을 향해 차분하고 정돈된 걸음을 내디뎠다.

뒤로 남겨진 시체의 탑이 속삭이는 듯하다.

사람이 아니면 살아남지 못하리라, 라고…….

第五章

무제맹이 청성산에 오른 건, 바로 하루 전이었다. 아니, 제대로 따지면 하루가 채 되지도 않았다.

열 시진 정도 전이다.

당시 그들은 뜨거웠다.

공식적인 무제맹도의 숫자는 일만이 넘었다. 반면 철혈패왕 쪽은 칠백 명쯤으로 예상되었다.

비단 인원수의 우위만 가진 것도 아니었다.

남궁세가를 중심으로 오대세가 중 네 곳이 뭉쳤고, 구대문파 중 아미파와 청성파, 사도 계열 중 철혈성과 봉명성이 연맹에 합류했다.

그 여덟 문파에서 내놓은 정예의 숫자만 따져도 칠백이 넘었다.

양측 간의 전력 차이가 너무도 크다.

철혈패왕이 무슨 짓을 벌이건 간에 질 수가 없는 싸움이라고 봐야 했다.

그러니 청성산을 오르는 무제맹도의 발길은 산책을 나온 듯이 경쾌했다.

분명 무제맹도 중에서도 전사자가 상당수 나오긴 할 것이다. 하지만 살아남는다면 영광된 미래가 펼쳐지겠지.

나만은 기필코 살아남아 영광된 미래를 차지하겠다!

청성산을 오르는 순간 무제맹도 대부분은 그렇게 다짐했었다.

이 전쟁에 얼마나 많은 음모와 계략이 숨어 있음을 전혀 모르고, 입신양명을 이루고 말리라던 순진한 사람들은 그랬다.

그리고 하루가 지났다. 아니, 제대로 따지면 하루도 되지 않았다.

열 시진 남짓이 되었을 뿐이다.

하지만 무제맹도에게는 살아온 나날보다 더욱 길게 느껴지던 고통스러운 시간이었다.

*　　*　　*

"헉, 헉, 헉, 헉."

밤이 지났음에도, 빛살이 잘 들지 않는다. 우거진 수풀이 햇빛을 방패처럼 막아선 탓이다.

'여긴 어디지?'

초유민은 헐떡이며 일어나 주변을 둘러보았다. 보이는 건 우거진 풀과 촘촘히 선 나무뿐이었다. 길을 잃었다. 무턱대고 앞만 보며 달렸던 탓이었다.

청성산은 크고 넓다. 그러니 길을 잘못 들었다가는 아무리 무인이라고 해도 낭패를 보기 쉽다.

사방을 구분하기 힘들고, 하행과 상행조차 알기 어렵다.

산을 모르는 사람이라면, 수일을 헤매고 다녀도 내려오기 힘들 것이다.

'그래도 우선 살았으니까 되었잖아.'

바로 반 시진 전까지의 광경을 떠올리니 몸이 부들부들 떨렸다. 갑자기 동료가 동료를 죽이기 시작했다. 처음에는 뭔가 오해가 생겼나 보다 싶었다. 하지만 시간이 흐르며 이상하다는 생각이 들었고, 그다음부터는 생각을 하지 않았다. 그저 닥치는 대로 칼을 휘둘렀다. 살기 위해서는 그럴 수밖에 없었다.

지옥이었다.

눈이 아프다. 휘두른 칼에 맞아 죽어 가던 사람들의 얼굴이 떠오르는 탓이었다.

그들의 표정에는 경악과 고통, 의문으로 가득했었다.

'나처럼…….'

그렇다고 후회하지는 않았다. 죽이지 않았다면 그들의 손에 죽었을 테니까.

그저 이 지옥에서 살아서 벗어난다면, 다시는 칼을 들지 않겠다고 다짐할 뿐이었다.

스슥. 스슥.

수풀을 스치는 소리.

초유민은 칼을 굳게 쥐고, 몸을 숨겼다. 그리고 소리가 들린 방향을 매섭게 노려보았다.

소리는 점점 더 커졌고, 잠시 후 이십여 명의 사내가 모습을 드러냈다.

숫자가 너무 많다.

들켰다가는 죽을 게다.

그런 생각이 드니 초유민의 목 뒤로 식은땀이 맺혀 흘렀다.

그때 그들 중 한 사내가 말했다.

"여기에 누가 있는 줄 알고 있으니, 나오시오."

차분하고 안정된 목소리.

신뢰감이 느껴진다.

초유민은 목소리의 주인을 찬찬히 살펴보았다. 어디선가 본 얼굴이었다.

'아!'

호북비창 왕팔경!

군부 출신으로, 젊은 나이답지 않게 두 자루의 단창을 귀신처럼 다룬다고 해서 유명했다.

무제맹에 입맹한 낭인 출신 중에서는 다섯 손가락에 들 정도의 고수라고 했다.

하지만 경계심을 늦출 수는 없었다. 지금 이 청성산이라는 지옥에서는 두 발로 걸어 다니는 모든 존재는 위험했다.

왕팔경이 가슴을 내보였다.

"이것 보시오!"

뒤이어 그의 동료로 보이는 세 사내 역시 가슴을 드러냈다. 그 안에는 인이라는 글자가 새겨져 있었다.

그제야 긴장으로 굳었던 초유민의 어깨가 풀렸다. 출처는 알 수 없지만 괴상한 소문이 돌았다.

사람 인 자를 가슴에 새긴 사람만이 살 수 있다.

그러니 살고 싶은 자, 죽이고 죽는 이 지옥에서 벗어나고 싶은 자, 가슴에 사람 인 자를 새겨라!

'저들이 소문을 낸 사람들인가 보군.'

피아를 구분할 수 없는 이 지옥에서 벗어나고자 하는 이들이 같은 생각을 가진 자를 찾기 위해 만든 소문이리라.

그 소문을 들었을 때 지푸라기를 잡는 심정으로 초유민 역시 가슴에 사람 인 자를 새기기는 했었다.

"나오시오! 한시가 급하오!"

왕팔경이 그렇게 외쳤다.

초유민은 입술을 깨물었다.

'믿어도 될까?'

갈등의 시간은 짧았다.

왕팔경 일행의 숫자는 스물이 넘는다. 계속 숨어서 버틴다고 해도 저들이 마음만 먹는다면 금세 들키고 말겠지.

초유민은 벌떡 일어났다.

"여기 있소!"

그 순간 근처에 수풀이 들썩이더니, 몇 사람이 모습을 드러냈다. 도합 일곱 명이었다.

초유민은 깜짝 놀랐다. 이토록 가까운 자리에 이 많은 사람이 숨어 있는 줄은 몰랐었다.

하지만 왕팔경은 이미 알고 있었다는 듯 말했다.

"믿어 주시어서 고맙소. 그리고 살아계셔서 또 고맙소."

순간 초유민은 눈물이 핑 돌았다.

왕팔경의 목소리 안에서 진심을 느꼈기 때문이었다. 살아 있어서 고맙다니. 정말 오랜만에 사람을 만난 기분이었다.

왕팔경이 다급히 말했다.

"우선 가슴에 인 자를 새기지 않으신 분들이 있다면 어서 새기길 바라오."

초유민을 포함한 여덟 명 중 두 명이 머뭇거리다가 옷깃을 여미고 가슴에 사람 인 자를 새겼다.

그제야 안도했다는 듯 왕팔경은 짧은 한숨을 내쉰 후 말했다.

"그럼 이제부터 저를 따라주셨으면 하오."

누군가 물었다.

"하행 길을 아십니까?"

왕팔경은 고개를 끄덕였다. 그리고 뒤이어 고개를 저었다.

무슨 뜻일까?

안다는 걸까, 아니면 모른다는 걸까?

"알고는 있지만 내려가서는 안 되오."

누군가 다급히 물었다.

"어째서요?"

"죽기 때문이외다."

누군가 가당찮다는 듯 코웃음 쳤다.

"헛. 그럼 여기 있으면 살 것 같소?"

왕팔경은 고개를 저었다.

"아니오. 여러분의 짐작대로 이곳에 있어도 죽기는 마찬가지요. 단, 위로 올라가면 살 가능성이 높소."

위?

위라면 문인봉 상청궁을 말하는 걸까?

그곳에는 철혈패왕과 그의 추종자들이 똬리를 틀고 있었다. 무제맹 고위직 인사들 이백여 명으로 구성된 전초대가 은밀히 올라갔다는 걸 이 중 몇몇은 알고 있었다. 하지만 그 후 바로 이렇게 서로가 서로를 죽고 죽이는 생지옥이 벌어졌기에 상청궁 쪽의 결과는 아무도 몰랐다.

그런데 상청궁에 올라가자고 한다?

누군가 외쳤다.

"당신! 철혈패왕 쪽 사람이었소?"

왕팔경은 고개를 저었다.

"아니오."

"거짓말 마라! 그렇지 않으면 어찌 우리를 회유하여 상청궁으로 가자는 게냐!"

왕팔경이 코웃음 쳤다.

"당신들을 살리자는 것뿐이오. 당신 말대로 내가 철혈패왕 쪽 사람이면 뭐 어떻소? 뭐가 달라지는 게 있소?"

말마따나 그랬다.

지금에 와서 철혈패왕 쪽 사람이면 어떻고, 신검무제의 주구이면 또 어떤가.

왕팔경이 말했다.

"그리고 지금 상청궁 안에는 철혈패왕은 없을 거요. 살아 있지 않겠지. 그가 들렀으니."

신검무제를 위시한 무제맹의 고위 인사들이 쳐들어가서가 아니라, 그가 들렀기에 철혈패왕이 죽었을 것이다?

대체 그가 누구기에?

왕팔경이 외치듯 말했다.

"시간이 없소! 당신들이 마지막이오! 더는 지체할 수가 없소이다! 함께 상청궁에 오르기로 약속한 사람들이 기다리고 있소. 당신들을 설득하느라 그 사람들까지 위험에 빠트릴 수는 없단 말이오! 왜 밑으로 내려가면 안 되냐 하셨소? 죽기 때문이오. 왜 죽느냐 하셨소? 지금 밑에서는 정체 모를 무리가 닥치는 대로 죽이며 올라오고 있기 때문이라오! 그들은 강하오. 무섭소. 그리고 집요하오. 그들이 이제 곧 여기에 이를 것이오! 당신들이 선택하시오! 우리를 따라 오를 것인지, 아니면 여기 남을 것인지."

누군가 물었다.

"그렇다면 상청궁으로 도망친다고 달라질 게 없지 않소! 그저 잠시 숨 돌릴 시간만 벌 정도에 지나지 않을 것 아니오? 그렇다면 오히려 하행하여 목숨을 걸고 싸워, 넘어가는 편이 낫지 않소?"

"말하지 않았소. 그들은 강하오. 이제까지 우리가 상대한 무제맹 주축 세력 무인을 보이는 족족 벼 베듯 죽여 대며 올라오고 있소!"

"그렇다면 이러나저러나 어차피 죽는다는 거 아닌가!"

"상청궁에 피해 있다면 일말이나마 살 가능성이 있소! 시간이 없단 말이오! 지금 결정하시오! 나를 따르시겠소, 아니면 남으시겠소?"

초유민은 쭈뼛거리며 주변에 있는 일곱 명을 둘러보았다. 그들 역시 망설이고 있었다.

왕팔경이 포권을 취했다.

"그럼 여러분, 보중하시오. 부디 살아남길 바라오."

일곱 명 중 다섯이 당황하며 뛰어 나왔다.

"기, 기다리시오! 난 당신을 따르겠소."

"아, 알겠소. 상청궁으로 갑시다."

초유민을 포함한 셋은 서로의 눈치만 보았다.

왕팔경은 더는 기다리지 않고 몸을 돌렸다. 그때 초유민이 다급히 외치며 튀어 나갔다.

"나도 같이 가겠소!"

왕팔경은 내딛던 발을 멈추고 돌아섰다.

이제 남은 건 두 명.

왕팔경이 외쳤다.

"마지막이오! 나를 따라 상청궁으로 가실 분은 더 없으시오?"

둘 중 한 명은 식은땀을 흘리며 입술만 깨물었다. 하지만 남은 한 명은 코웃음만 칠뿐이었다.

"흥! 내가 모를 줄 아느냐! 호랑이 굴에서 벗어나 안심하니, 호랑이 아가리 속에 머리를 디미는 꼴이다! 뻔하지, 뻔해! 나는 안 간다! 이 멍청한 것들아! 그리 당하고도 모르겠느냐? 우리를 한자리에 가두어 놓고 죽이려는 게 뻔하지 않느냐!"

왕팔경이 몸을 돌렸다.

"자, 갑시다. 시간이 없소."

두 사내 중 갈등하던 사람이 왕팔경을 향해 발길을 옮겼다. 하지만, 다른 하나는 오히려 더욱 크게 외쳐 댔다.

"이런 멍청한 것들아. 그렇게 당하고도 모르겠느냐? 아래로 가도 죽고 여기 있어도 죽는다면, 위로 가도 죽을 게 뻔하지 않느냐?"

사내가 갑자기 가슴을 벅벅 문질러 새겼던 사람 인 자를 지웠다.

“이게 뭔지 이제 알겠구나. 낙인이구나! 이 문자를 새긴 자를 죽이겠다는 거지? 내가 바보인 줄 아느냐?”

왕팔경이 더는 참지 못해 자신의 가슴을 두들기며 외쳤다.

“보시오! 나도 새기지 않았소! 나뿐 아니라, 우리 모두 새기고 있소!”

“속지 않는다! 절대 속지 않아! 그래, 너희는 가라! 나는 남아서 살아남을 테다!”

왕팔경은 답답하여 뭐라 말하려는 찰나, 그의 곁에 있는 사내 중 하나가 그의 어깨를 붙잡았다.

“왕 형. 이제 그만하시지요.”

“하지만…….”

“우리라도 삽시다.”

그 말에 왕팔경은 이를 악물고 돌아섰다. 그리고 몇 걸음 걸어가다 말고 획 고개를 돌려 외쳤다.

“인 자를 새기시오! 재난이 닥칠 것이외다! 빛과 어둠이 몰아치고, 번개가 내리칠 것이외다! 그 재난에서 살아남으려면 새기시오! 그건 낙인이 아니라, 목숨을 살릴 부적이 될 것이외다!”

하지만 사내는 코웃음만 칠뿐이었다.

그때였다. 갑자기 주위가 환해지기 시작했다.

그 순간 왕팔경의 눈이 찢어질 듯 벌어졌다.

"온다!"

빛 덩어리 하나가 하늘에서 내려앉았다.

콰아아아아아아아앙!

지진이라도 난 듯이 땅바닥이 흔들렸고, 나무가 부러지거나 뿌리 뽑혀 하늘을 날았다.

뒤이어 사위가 어두워지더니, 어둠이 내려왔다.

콰아아아아아아아아앙!

빛과 어둠은 서로 어우러져 붙었다 떨어지기를 반복했다. 그럴 때마다 닿은 것은 무엇이라도 무너지고 부서졌다.

빛과 어둠은 남겠다고 버티던 두 사내의 근처로 이동했고, 둘은 미친 듯이 비명을 질러 대며 도망치려 했다.

하지만 이미 늦어 버려 두 사내 중 사람 인 자를 지웠던 자가 빛과 어둠의 격돌 속에 휘말렸다.

"으아아아아아아아아악!"

뼈와 살이 분리되며 핏물이 사방으로 튀어나온다.

남은 사내는 도망칠 기운마저 잃었는지, 벌벌 떨며 자신의 근처까지 온 빛과 어둠을 바라만 보았다.

그때, 갑자기 어둠 속에서 두 개의 눈동자가 모습을 드러냈다.

"흐음. 인 자를 새겼네?"

갑자기 어둠이 늘어나, 사내를 휘감더니 뒤로 밀어낸다.

"귀찮게시리. 쯧."

그 순간 빛 덩어리는 기회라는 듯이 자그마한 빛구슬을 어둠을 향해 마구 던져 댔다.

그러자 어둠 속에서 유리처럼 반투명한 번개가 튀어나와 빛을 향해 내리쳤다.

찌직. 찌지지지지직!

구슬은 모두 터져 버렸고, 빛은 빠르게 물러나 순식간에 점이 되어 사라졌다.

어둠 속에 드러난 눈동자가 사람들을 쑥 훑어본 후 짜증 어린 목소리로 속삭인다.

"걸리적거려. 적당히 알아서 피해 있어."

왕팔경이 크게 고개를 끄덕였다.

"아, 알았다. 안 그래도 그럴 생각이야."

"제발 좀 그래. 나도 한계야."

어둠은 그 말은 남긴 채, 빛이 사라진 방향으로 물러났다.

사람들은 가만히 서서, 빛과 어둠이 사라진 곳을 물끄러미 바라보고만 있었다.

어느 순간 초유민이 속삭였다.

"저, 저게 뭐지?"

왕팔경이 그의 말을 들었는지 대꾸했다.

"신. 그리고 마귀."

모두가 그를 돌아보았다.

둘 중 어느 게 신이고 어느 게 마귀라는 걸까?

왕팔경이 말했다.

"자, 서두릅시다! 상청궁으로!"

모두가 왕팔경을 쫓아 걸음을 옮겼다. 남겠다고 버티던 두 사내 중 살아남은 자 역시도 황급히 왕팔경의 뒤를 쫓아 달려갔다.

* * *

좋은 날씨이다.

하늘색은 물처럼 푸르고, 구름 한 점 없다.

햇살은 밝고 따사로우며, 바람은 잔잔하게 흐른다.

참 좋은 날씨이다.

산행을 나서기에 더없이 좋은 날씨이다.

하지만 청성산에 오르는 오백여 명의 무인은 날씨와 풍

광을 즐길 수가 없었다.

건천단은 대열을 유지하며 계속 걸었다. 이따금 마주치는 사람이 나오면 한 마디 섞지 않고 검을 휘둘렀다.

두 번 휘두르지도 않았다. 시체는 그대로 놓아둔 채, 밟고 넘었다.

어찌 보면 추수를 하러 나온 농부 같은 태도였다.

그렇게 시간은 지나, 건천단과 건양무신이 청성산에 오르기 시작한 지도 벌써 반나절이 되었다. 청성파의 본산인 상청궁까지 절반쯤 왔다고 볼 수 있었다.

본래 이 정도에 이르면 제대로 한 바탕 큰 싸움을 벌이게 되리라고 예상했었다.

그런데 이따금 두세 명의 무인들을 마주할 수만 있었다. 또한 대부분이 굳이 검을 휘두르지 않고 놓아두어도 곧 죽을 듯이 상처가 가득했다.

건양무신은 이해할 수가 없었다.

'뭐지?'

초입부에서 만난 기묘한 시체의 탑이 자꾸 마음에 걸렸다.

그리고 나타났던 미치광이가 했던 말…….

'마귀가 있다고?'

마귀.

무림인이 할 말이 아니었다.

같은 사람임에도 하늘을 날고 바위를 부수는 무림인의 능력을 이해할 수 없기에, 범인들은 그러한 광경을 접하고 난 후에 마귀나 신선이 다녀갔다고 말하곤 했다.

그러니 민간에서 전승되는 신선과 마귀의 설화는 거의 모두가 무림인이 벌인 기행을 과장되게 풀어낸 이야기라고 볼 수 있었다.

무림인이라면 대부분 알고 있는 사실이다.

그런데 마귀라니.

아무리 미쳤기로서니 대체 뭘 보았기에 무림인이나 돼서 마귀라는 허무맹랑한 소리를 했던 걸까?

어쨌든 뭔가가 있다.

그리고 그 뭔가는 꽤나 위험할 듯싶었다.

그렇다고 해도 상관없다.

건천단은 무적이다.

소림과 무당을 연파하기 위해 만든 무적의 병단이다.

정말 마귀가 있다고 하더라도 찢고 부순 후 짓밟고 넘어 상청궁으로 올라갈 것이다.

건양무신은 그렇게 잠시 들었던 불안함을 가셔 내며 고개를 하늘로 들어 올렸다.

구름 한 점 없는 하늘의 빛깔은 바다처럼 푸르기만 하

다.

"참 좋은 날씨구나."

승무정의 첫 발걸음을 축복이라도 해 주는 걸까?

'그럴 리가 없겠지.'

민망하여 절로 헛웃음이 난다.

그때였다.

건양무신은 갑자기 얼굴빛을 굳히고 고개를 내려 앞을 향했다. 건천단원들에 가려져 있어 그 앞을 볼 수는 없지만, 그의 예민한 기감에 세 사람의 존재가 느껴졌다.

하나같이 절정이상의 고수이다.

건양무신의 입매가 슬며시 위로 들렸다.

'이제 시작인가?'

건천단 역시 느끼는 바가 있는지, 긴장하며 보폭을 줄였다. 그리고 오백 명이 동시에 검을 뽑아 들며 싸움을 준비했다.

마치 한 사람처럼 절도 있는 움직임이었다. 한 배에서 같은 날에 태어난 쌍생아라고 하여도 이러지는 못할 것이다.

건천단원 모두가 익히고 있는 내가심법, 천령태일심공(天靈太一心功)의 영향이었다.

천령태일심공을 익힌 이들끼리는 단순한 생각이나 판단

정도는 굳이 입 밖으로 내지 않아도 알 수 있었다.

이러한 장점은 소규모 싸움에서는 그다지 큰 가치가 없지만, 규모가 큰 단체와 단체의 전쟁에서는 상상을 초월하는 무기가 된다.

하지만 건천단의 앞쪽에 나타난 절정고수들은 그러한 점을 인식하지 못하는지, 대수롭지 않다는 태도를 보였다.

"가뜩이나 바쁜데 애들은 또 뭐야?"

"어디 애들이지?"

"몰라. 쪽수는 제법 된다. 제법 단단해 보이기도 하고. 아, 좀 쫄리네."

경박한 말투.

건양무신은 눈살을 찌푸렸다.

절정이라는 경지에 오르려면, 인격적인 수양 역시도 필요하다.

사고의 깊이와 다양한 경험이 기반 되지 않으면, 그 어떤 기연과 그 어떤 수련을 쌓는다고 해도, 일류의 벽을 깨고 절정에 이를 수가 없다.

호기심이 느껴지기에 건양무신은 가볍게 오른손을 들어 올렸다. 그 순간 건천단은 걸음을 멈췄고, 양옆으로 움직여 길을 만들었다.

건양무신은 뒷짐을 쥐고 천천히 앞으로 걸어갔다.

절정이상의 고수라고 짐작되는 세 사람의 용모가 드러난다.

순간 건양무신의 눈매가 좁혀졌다.

'뭐지?'

애들이다.

하나같이 이제 스물을 좀 넘었을까 싶을 정도였다.

'기척을 잘못 읽었나?'

고개를 갸웃하는 건양무신의 귀로 청년들의 대화가 흘러들었다.

"우와! 저 늙은이 뭐야. 두목 같은데 세 보인다. 아, 더 쫄려."

세 청년 중 중간 키에 날렵한 체형을 가진 놈이 하는 말이었다. 말이야 겁난다고 하지만 눈은 오히려 겁을 주겠다는 듯이 부라리고 있었다.

그러자 키가 크고 남자답게 잘생긴 청년이 쥐고 있는 제 키만 한 커다란 검을 어깨에 척 걸치며 말했다.

"흠. 무섭군. 무서워서 몸이 떨릴 정도야."

하지만 말과는 달리 눈빛은 먹잇감을 바라보는 짐승 같았다.

마지막으로 피부색이 어둡고, 눈이 커다란 이국의 청년이 말했다.

“무섭고 뭐고 간에 시간이 없어. 얼른 준비하자고. 이보시오! 어디서 온 사람인지는 모르겠는데, 서로 부딪쳐 봤자 좋을 거 없으니까, 그냥 못 본 척 지나칩시다.”

건양무신은 잠시 하늘을 올려다보았다. 참 기가 막히다. 이런 버릇없는 것들도 다 있구나 싶었다.

고개를 내려 다시 청년들을 살펴본다.

절정의 경지에 오르면 신체의 노화를 지연시킬 수 있다. 상당한 내공을 지속적으로 소모하여야 하는 탓에 굳이 그런 짓을 하지 않는 것뿐이다.

그러니 이들은 용모가 젊어 보일 뿐, 실제 나이는 꽤 많을지도…….

“거참. 노친네. 사람이 말을 하면 듣는 척이라도 하쇼.”

역시 그런 것 같지는 않다.

건양무신이 입을 열었다.

“자네들은 누군가?”

험상궂게 생긴 사내가 말한다.

“도귀.”

칼 귀신이라?

참 과한 별호이다.

잘생긴 사내가 자신의 거검을 두들기며 말한다.

“검마.”

검의 마귀?

젊은 치기에 그럴 수 있다 치자.

이국의 청년이 합장을 취한다.

"법왕이라오."

법왕이라.

아는 게 참 많은가 보다.

건양무신은 다시 하늘을 올려다보았다. 참 푸르다. 저 청년들을 한 줄기 연기로 만들어, 하늘 위로 올리고 싶었다.

건양무신이 고개를 내려 청년들을 바라보며 말했다.

"난 무신이라네."

그러자 세 청년의 얼굴이 일그러졌다.

"이건 뭐. 다 무신이래."

도귀 장칠이 그렇게 투덜거리자, 홍한교와 법왕은 맞다는 듯 고개를 주억거렸다.

벌어진 건양무신의 입에서는 긴 한숨이 흘러나왔다.

누가 하고 싶은 말인지 모르겠다.

건양무신은 표정을 다시 정돈한 후 청년들을 바라보았다. 지금껏 지켜본 바로 청년들은 정말 절정, 혹은 그 이상 수준의 고수였다.

하지만 인격적인 수양이라던가, 경험의 흔적이 느껴지

지는 않았다. 그렇다면 이 청년들이 그러한 고수일 수 있는 이유는 단 하나.

'천재라는 거지.'

하나를 보면 열을 깨우칠 수 있는 지혜와 깨우친 것을 바로 실천할 수 있는 신체, 더불어 노력이라는 재능까지 더해진다면 저런 젊은 나이에도 저 정도의 성취를 얻을 수 있다.

그러한 천재는 이 넓은 천하를 그물망으로 긁어 올려도 열이 넘지 않을 게다.

그 열 중 셋이 바로 눈앞에 있다고 봐야 했다.

욕심나는 아이들이다.

하지만 그런 욕심은 나중에 채워도 늦지 않겠지.

장칠이 말했다.

"이 노친네, 눈빛 봐라. 우릴 죽이겠다는 거 같은데?"

홍한교가 고개를 끄덕였다.

"그렇군. 가끔 네가 날 볼 때의 눈빛하고 비슷한 걸 보니."

장칠이 홍한교 쪽으로 고개를 돌리며 눈을 부라렸다.

"이거?"

"응. 그거."

법왕이 한심하다는 듯 그들을 힐끗 본 후, 건양무신을

향해 말했다.

"꼭 이러셔야겠어? 서로 좋게 넘어갑시다. 우리가 당신들 막으려고 여기 있는 거 아니야. 좀 있으면 누가 오는데, 그때 우리가 할 일이 있거든. 그래서 우리가 여기에 있어야 돼. 보아하니 당신은 위에 볼일이 있는 거 같은데, 길 비켜 줄 테니까, 그냥 지나갑시다."

마치 크게 인심 쓴다는 듯한 태도였다.

화나기보다는 미친 게 아닐까 의심스럽다.

법왕은 가만히 건양무신을 바라보다가 머리를 북북 긁으며 다른 두 청년을 돌아보았다.

"안 되겠다. 무신이라는 걸 보니 숭무정 쪽인 거 같은데, 어차피 처리해야 하잖아. 차라리 잘된 셈 치자."

장칠이 버럭 소리쳤다.

"잘되긴 뭐가 잘돼! 이 노친네 봐. 어마어마하잖아!"

홍한교가 고개를 살짝 들어 올리며 물었다.

"건양무신이겠지?"

순간 건양무신을 깜짝 놀라 눈이 커졌다.

"나를 어찌 아는가?"

홍한교가 슬쩍 미소를 지었다.

"당신밖에 안 남았으니까."

건양무신의 눈매가 칼날처럼 얇게 좁혀졌다.

"무슨 뜻이냐."

"말 그대로. 팔괘무신은 이제 당신 외엔 없어."

건양무신이 입이 크게 벌어졌다.

"무슨 뜻이냔 말이다!"

이번엔 장칠이 대답했다.

"무슨 뜻이겠어? 당신 말고는 다 죽었다는 거지."

건양무신이 눈동자만을 돌려 장칠을 노려보았다. 그러자 장칠은 슬쩍 고개를 돌려 그의 시선을 피하며 중얼거렸다.

"돌아가셨다고 해야 했나? 쫄리게 노려보고 그래, 쩝."

건양무신은 길게 숨을 내쉬어 속을 달랜 후, 차분한 목소리로 말했다.

"제대로 듣고 싶구나. 아는 대로 말해 보거라."

"뭘 제대로 들으려고 하시나. 기분만 상하지. 그냥 죽었다고만 아시오."

장칠이 그렇게 말하자, 법왕이 고개를 저었다.

"아니지. 그냥 죽지는 않았지. 참 아프게 죽었지."

"넌 사람이 왜 그러냐? 굳이 뼈가 발리고, 살이 찢기고, 내장이 터지고, 심장이 부서지고, 비명만 질러 대다가 죽었다는 이야기까지 해 줘야겠어? 저 노친네가 얼마나 맘 아프겠냐."

법왕이 코웃음을 쳤다.

"놀리냐?"

건양무신은 다시 호흡을 가누었다. 이 아이들, 대화하기가 참 힘들다 싶었다.

배를 갈라놓고 내장을 끄집어 보여주면 그제야 입이 술술 열리겠지.

장칠이 말했다.

"저 노친네, 눈빛 봐라. 내 배를 갈라서 내장을 끄집어 내겠다는 눈초린데?"

그놈, 참 눈치는 참 빠르다.

건양무신은 더는 말을 섞을 필요성을 느끼지 못해, 가볍게 오른손을 들어 올렸다.

그러자 오백 명의 건천단원 중 한 사내가 휙 하고 튀어나왔다.

인검이었다.

인검은 정중히 고개를 숙인 후 말했다.

"명령을 내리십시오."

건양무신은 청년들 쪽에 시선을 둔 채 입을 열었다.

"들어야 할 것이 있으니, 살려만 두어라."

인검이 다시 고개를 푹 숙였다.

"존명."

기다렸다는 듯 건천단원들이 일제히 앞으로 걸음을 옮겼다. 마치 한 사람이 움직이는 듯하다.

인검이 외쳤다.

"춘풍(春風)!"

그러자 건천단원들이 일사불란하게 움직여 기묘한 진형을 이루었다.

춘풍진은 건천단의 사대진법 중 하나로, 고수로 이루어진 적은 숫자를 상대할 상황을 가정하여 만들어진 진법이었다.

그 순간 장칠이 백귀도를 뽑아 들며 외쳤다.

"야! 별수 없다. 애들 불러!"

그러며 건천단을 향해 튀어 나간다.

법왕은 답답하여 외쳤다.

"이제 곧 도착한다고!"

뒤이어 홍한교도 해왕검을 높이 치켜들며 달려 나가며 외쳤다.

"그럼 우리가 죽고 난 다음에 부르던가!"

콰아아아앙!

홍한교의 해왕검에서 검강이 튀어나와 해일이 되어 건천단을 향해 몰아쳤다.

그 순간 건천단원 중 둘이 튀어나와 몸으로 가로막았다.

당연히 그들은 몸통이 반으로 나뉜 채 쓰러졌고, 그들의 시체를 넘어 건천단원들이 쏟아지듯 홍한교를 향했다.

홍한교는 당황하지 않고 다시 해왕십삼결을 구사했지만, 그때마다 한두 사람이 튀어나와 홍한교의 검강을 몸으로 막았다. 그리고 나머지는 당연하다는 듯이 홍한교를 몰아붙였다.

고수를 상대하기에 가장 적절한 방식이었다. 하지만 몇몇이 죽음을 무릅쓰며 나서지 않는 이상, 불가능한 전법이다.

장칠의 상황 역시 그리 좋진 않았다. 장칠은 건천단의 공격에 맞대응하기보다는 피하거나 받아넘기며, 뭔가를 찾는 듯 분주히 눈동자를 움직였다.

건천단의 진법은 구성원 개개인이 마치 톱니바퀴가 된 것처럼 한 치의 틈도 없이 잘 맞물려 돌아가고 있었다.

이런 진법은 군부의 방식과 유사했다.

지휘하는 놈이 어딘가에 숨어 있다.

그놈을 베면 건천단의 진법은 끈 떨어진 목각인형처럼 단숨에 허물어질 것이다.

그게 군부에서 태어나고 자라, 이런 규모의 단체가 어떻게 싸우는지를 잘 아는 장칠의 판단이었다.

그런데 보이지가 않는다.

'뭐지?'

지휘의 선이 보일 때면, 다시 다른 쪽으로 틀어진다.

명령을 내리는 자가 하나가 아닐 수는 있다. 하지만 이렇게 많을 수는 없었다.

장칠의 뇌리에 불길한 생각이 스쳤다.

'혹시 지휘하는 놈이 없다면?'

상황에 맞춰 지휘자를 계속 바꾼다?

자생적으로 판단하고 결정하는 오백으로 이루어진 전투 집단이라.

그렇다면 이놈들은 정말 위험하다.

모두를 베고서야 끝나는 싸움이 될 터이니.

"윽!"

장칠은 짧은 신음을 흘리며 몸을 휘돌렸다. 건천단원들의 공격을 막고 돌리는 게 힘겨워지고 있었다.

결국 장칠은 지휘하는 놈을 찾는 걸 포기하고, 크게 외쳤다.

"애들 부르라니까!"

조금 멀리서 건천단원과 싸우고 있던 법왕은 상황을 둘러본 후 이를 으드득 갈았다.

"이런 옴 마니 반메훔 같은!"

하지만 결국 별수 없다는 듯 양손을 번쩍 들어 올린다.

그의 어깨 부위에서 섬뜩하면서도 영롱한 푸른 기운이 어리더니, 팔뚝을 타고 손까지 올라와 둥글게 맺힌다.

신비롭고 스산한 느낌이었다.

그 순간 법왕이 외치는 말은 그런 분위기와 어울리지 않았다.

"애들아! 다 나와 봐! 우리 많이 맞았다!"

동네 꼬마 아이가 어디선가 얻어맞고 집으로 돌아와 형을 찾을 때와 같은 말투였다.

하지만 뒤이어 벌어진 광경은 우습게 볼 게 아니었다.

땅바닥이 들썩이더니, 그 안에서 수십 개의 손이 튀어나와 건천단원의 다리를 하나씩 붙잡는다.

감정의 변화를 거의 보이지 않는 건천단원들조차도 당황했는지 허둥거렸다.

그렇게 땅을 뒤집고 튀어나온 이들은 뼈마디가 드러나 보일 정도로 깡말라 있었다. 마치 지옥문을 열고 나온 아귀 같았다.

몽예의 명령만을 좇는 무적의 군대, 무적강시였다.

무적강시는 건천단원들을 잡히는 대로 찢고 가르며 울부짖었다.

건천단은 처음의 동요를 가라앉히고, 진법에 따라 대응했지만, 무적강시들에게는 통하지 않았다.

건천단원이 휘두르는 검을 그저 몸으로 받아 내고 그대로 달려들 뿐이다.

순식간에 건천단 총인원 중 일 할에 해당하는 오십이 찢어져 바닥을 붉게 물들였다.

그때 건천단 중 누군가 외쳤다.

"하일(夏日)!"

건천단의 사대진법 중 두 번째로, 강력한 상대를 만났을 때 호흡을 고르기 위해 만들어진 방어 진법이었다.

건천단원은 네 명씩 뭉쳐 물러섰고, 그제야 무적강시의 거친 공세를 막아 낼 수 있었다.

예상치 못한 큰 피해에 당황하고 화가 난 건양무신이 몸을 날려 앞으로 내려섰다.

그러자 그의 강함을 본능적으로 느낀 무적강시가 공격을 멈추고 뒤로 물러섰다.

건양무신은 무적강시를 살펴보다가 말했다.

"아귀?"

팔괘무신 중 감수무신이 무신총에서 나올 때 데려왔던 그 흉측한 괴물들.

법왕이 고개를 저으며 빙긋 웃었다.

"아니지. 무적강시라고 불러줘."

유치한 작명이다.

하지만 그 정도만으로 대부분의 사정을 짐작할 수 있었다.

감수무신에게서 빼앗았다는 거겠지.

건양무신이 말했다.

"이것들을 믿고 그리 당당했던 게냐?"

법왕이 무적강시 중 한 구의 어깨를 가볍게 두들기며 씩 웃었다.

"이 정도면 든든하지 않겠어?"

쉬이이이이익!

건양무신이 사라지더니, 무적강시의 앞에 나타났다.

퍽!

건양무신의 오른손이 자신의 앞에 있던 무적강시의 가슴을 파고들어가 뒤쪽에서 튀어나왔다.

건양무신이 말했다.

"고작 이딴 걸 믿고 그리 당당했던 거냐?"

건양무신의 오른팔에서 붉은 기운이 어리며 퍼져 나갔다. 그러자 무적강시의 몸통이 붉게 달아오르며 이내 산산이 부서져 내렸다.

법왕의 표정이 그대로 굳었다. 하지만 다시 미소를 그리며 말했다.

"그래도 믿을 만해."

건양무신의 눈동자가 아래로 내려갔다. 무적강시의 조각이 벌레처럼 꿈틀꿈틀 움직여 뭉치고 있었다.

건양무신이 놀라움을 숨기지 못하고 중얼거렸다.

"설마 활강시?"

법왕이 고개를 저었다.

"아니지. 무적강시라니까."

건양무신은 침음성을 흘렸다. 어째서 아귀들이 활강시가 되었는지는 알 수 없었지만, 만약 저것들이 모두 활강시라면 건천단을 능가하는 세력이라고 봐야 했다.

이제야 청성산의 초입에서 만났던 미치광이가 했던 말의 의미를 깨달았다 싶었다.

저 활강시들.

무림인조차도 마귀라고 여길 만하다.

그때였다.

갑자기 주위가 어두워진다.

법왕이 눈살을 찌푸렸다.

"이제 오나 보네."

장칠이 한숨을 푹 쉬었다.

"어쩌냐? 준비해 둔 게 다 쓸모없어 졌잖아."

홍한교가 말했다.

"뭐, 그다지 준비라고 할 것도 없었잖아."

법왕이 어깨를 으쓱했다.

"하긴. 뭐, 함정이야 다시 파면 되지."

장칠이 걱정스럽다는 듯 물었다.

"몽예가 화내겠지?"

법왕이 크게 고개를 끄덕였다.

"그럼! 그놈 성격 모르냐?"

장칠이 난감하다는 듯 머리를 긁적거리자, 법왕은 싸늘한 눈빛으로 건양무신을 노려보았다.

"근데 화풀이는 저 노친네한테 하겠지."

홍한교가 건양무신을 보며 딱하다는 듯 혀를 찼다.

어둠이 짙어진다.

더불어 순백의 빛살이 번쩍였다.

대체 뭐가 온다는 걸까?

건양무신이 주변을 둘러보려는 순간. 빛과 어둠, 그렇게 두 개의 덩어리가 그들을 향해 떨어지고 있었다.

第六章

콰아아아아아아아앙!

빛이 내린다.

영롱한 빛살을 뿌리며 단숨에 세상을 백색으로 물들인다.

모든 게 사라진다.

그저 하얗고 영롱할 뿐이다.

전해지기를, 하늘을 다스린다는 옥황상제는 빛으로 이루어져 있다고 했다.

혹시 상제께서 세상에 강림하시려는 건가?

콰아아아아아앙!

빛살이 사라지고, 칠흑의 어둠이 밀려든다.

사위를 구분할 수가 없다.

밤보다 어둡고, 심연보다 아득하다.

지옥을 다스리는 마귀의 왕, 염왕이 지옥문을 열고 인세에 나들이라도 나오신 걸까?

빛과 어둠은 어우러진 채, 붙었다 떨어지기를 반복했다.

어느 순간 빛의 광채가 더욱 거세졌고, 달라붙어 있던 어둠이 튕겨 나갔다.

어둠은 건천단원의 진형 속에 곤두박질쳐 그곳에 자리해 있던 열두 명을 삼켜 버렸다.

"으아아아아아아아아악!"

"크아아아아아악!"

어둠 속에서 비명이 터져 나온다.

건천단원 모두가 익히고 있는 천령태일심공의 특징 중 하나는 일정한 경지 이상에 이르면 통각이 사라져, 고통을 느끼지 못하게 된다는 것이었다.

그렇기에 건천단원은 죽음을 두려워하지 않았고, 그 어떤 위협이 닥쳐도 물러서지 않을 수 있었다.

그런데 저토록 비명을 질러 대고 있다.

저 어둠 안에서 대체 무슨 일이 벌어지고 있기에?

굳게 잠긴 어둠을 비집고 쏟아지는 비명성은 듣는 이들

의 모골이 송연할 지경이다.

잠시 후 비명은 뚝 끊어지고 어둠이 장막처럼 열렸다. 그리고 한 사내의 모습을 드러냈다.

칠흑 같던 어둠과는 대조적으로 분가루를 칠한 것처럼 하얀 피부에 눈동자가 크고 날카로운 청년, 몽예였다.

어둠이 휩싸였던 열두 명의 건천단원은 어디에도 보이지 않았다. 그들이 입고 있던 건천단의 정복만이 바닥에 널려 있었다. 그 외에 보이는 것이라고는 회백색 잿가루뿐이었다.

몽예는 주변을 슬쩍 훑어보며 장칠과 홍한교, 법왕이 서 있는 쪽으로 걸음을 옮겼다. 그의 차가운 눈빛이 닿을 때마다 건천단원은 부르르 몸을 떨었다. 마치 차가운 얼음덩어리가 안구 속으로 들어오는 듯이 시리고 아팠기 때문이었다.

마지막으로 몽예의 눈이 건양무신을 향했다.

건양무신은 담담히 그와 시선을 마주했지만, 내심 놀라움을 숨길 수가 없었다.

'저건 뭐지?'

개미는 코끼리의 크기를 잴 수가 없다. 그저 크다고만 알 뿐이다. 코끼리의 크기를 잴 수 있으려면 최소한 개나 고양이쯤은 되어야 하지 않을까?

무림인의 경우도 다르지 않다.

하수는 자신과 흡사한 수준의 실력자만을 알아볼 수 있을 뿐이다. 상대방의 실력을 알아채려면 그만한 정도의 실력을 갖추어야만 한다.

그렇기에 건양무신은 몽예를 알아볼 수 있었다.

엄청나다!

그가 막연히 자신이 완성한 건천신공의 틀을 넘어서 도약하게 된다면 이렇게 되지 않을까 싶은 모습을 보이고 있었다.

이런 모습을 보여주었던 사람은 지금껏 단 한 명뿐이었다.

'숭무정주!'

경악하는 건양무신과 달리, 몽예는 그다지 건양무신에게 관심을 보이지 않았다. 그저 귀찮게 되었다는 듯이 살짝 눈살을 찌푸렸을 뿐이었다.

그리고 그대로 걸어가 친구들의 앞에 섰다.

법왕이 말했다.

"이렇게 됐어."

몽예는 탐탁지 않다는 듯 눈살을 찌푸렸다.

"뭐 일을 꾸며도 손발이 맞아야 해 먹지."

법왕이 억울하다며 건양무신과 건천단원들을 손가락질

했다.

"저것들을 보고도 모르겠냐?"

몽예가 고개를 뒤로 돌려 쓰윽 훑어본 후 말했다.

"숭무정?"

법왕이 고개를 끄덕였다.

"응. 숭무정."

몽예의 시선이 건양무신에게 고정되었다.

"팔괘무신?"

법왕이 또 고개를 끄덕였다.

"응. 팔괘무신."

몽예가 혀를 찼다.

"쯧. 그런 것 같더라. 보자. 그럼 건양무신이겠네?"

법왕이 고개를 끄덕였다.

"응. 그렇다더라."

몽예가 고개를 좌우로 까딱거렸다.

"차라리 잘됐네. 한 번에 싹 처리하면 되겠어."

건양무신이 눈을 좁혔다. 마치 미뤄 놓은 잡일을 날 잡아서 처리한다는 투였다.

정체를 알 수 없지만, 실력이 자신의 윗줄이라는 건 알겠다.

하지만 자신의 성취를 너무나 자신하는 듯싶었다.

그래서인가 틈이 보인다.

실낱같이 가는 틈이 있다.

건양무신이 아니라면 느끼지 못했을 아주 희미한 틈새.

'건천신지(乾天神指)라면?'

건천신공의 최절초이자, 모든 것이라고 할 수 있는 건천신지라면 저 틈새를 비집고 들어가 저 오만방자한 적의 목에 바람구멍을 낼 수 있을 듯싶다.

강적을 없앨 처음이자 마지막 기회인지도 몰랐다.

'하자.'

그때였다.

"경거망동 말아라."

건양무신은 깜짝 놀라 옆으로 급히 고개를 틀었다. 어느새 그의 곁에 딱 붙어 서 있는 노인이 있었다.

노인의 얼굴을 확인하는 순간 건양무신은 더 놀랐다.

"정주님?"

무신 진무도는 몽에게서 시선을 떼지 않은 채 고개만 까딱거렸다. 그리고 말했다.

"저 아이를 얕잡아 보지 마라. 너를 낮게 보지는 않으나, 네게 틈이 보였다면 놈이 일부러 만들어 보인 것이니라."

그럴 리가.

하지만 그 말이 맞다는 듯 몽예는 혀를 찼다.

"쳇. 쉽게 한번 가보나 했는데, 역시 안 되네."

그와 동시에 틈이 사라졌다.

건양무신은 침음성을 흘렸다. 그리고 무신 진무도를 향해 고개를 숙였다.

"죄송합니다. 방심했습니다."

그렇다. 방심한 건 건양무신 자신이었다.

무신 진무도는 고개를 살짝 저었다.

"그렇지 않아. 그저 네가 저 아이의 상대가 아닐 뿐이야."

건양무신은 그의 위로가 마음에 들지 않았다. 물론 상대가 자신보다 강하다는 건 느끼고 있었다. 하지만 생사를 결정짓는 절대적인 기준이 될 수는 없었다.

싸워 보지 않고서는 모른다는 거다.

무신 진무도가 그런 건양무신의 심정을 짐작하고 말했다.

"내가 졌다."

건양무신이 입이 쩍 벌어졌다. 잘못 들은 게 아닐까 자신의 귀를 의심했다.

죄송스러우나 되물어 본다.

"정주께서 지셨다고요?"

무신 진무도는 고개를 끄덕였다.

"그래. 내가 졌다."

건양무신은 다시 확인하고도 믿을 수 없어 몽예를 멍하니 바라보았다.

'조사님을 이겼다고?'

다른 형제들과 달리 건양무신은 숭무정주의 정체가 무신 진무도임을 알고 있었다. 은밀히 뒤를 캐서 알게 된 건 아니었다.

건천신공을 완성하니, 자연스럽게 숭무정주의 정체를 알 수 있었다. 그러고 나니 숭무정주가 어째서 그토록 세상의 일에 관심이 없는 것인지도 깨달을 수가 있었다.

무신 진무도는 이미 모든 걸 가졌던, 지고한 존재였다. 그리고 마음만 먹는다면 언제라도 다시 자신이 가졌던 것을 되찾을 수 있는 절대적인 존재였다.

그러니 모든 일에 초연하고 방관하는 태도를 보이는 것이다.

그가 무신진가의 생존자인 일곱 형제를 거두어들여 대형이라 부르라 하고 자신의 무공을 나누어 전수해 주었던 건, 단지 연민이었으리라.

그리고 깨달았다.

숭무정주는 자신들이 죽든 살든 아무런 관심도 없으며,

숭무정이 망하든 말든 그저 지켜보고 있을 것임을.

그런 사실을 알았을 때, 건양무신은 슬픔을 감출 수가 없었다. 숭무정주를 아버지처럼 여겼는데, 그에게 자신은 그저 우연히 길 가다 만난 고양이를 데려다가 먹이를 주는 심정이나 다름없다는 것이니.

그런데 이곳에 숭무정주, 아니 무신 진무도가 모습을 드러냈다는 건, 그나마 자신이 생각했던 것보다는 약간 더 관심이 있다는 뜻이니, 고맙고 기뻤다.

하지만 무신 진무도가 패했다니.

도무지 믿을 수가 없다.

무신 진무도는 건양무신을 무시한 채, 몽예의 뒤쪽만을 살폈다.

무적강시들.

'저것을 믿었구나.'

몽예의 동료들이 어느 순간 사라져 보이지가 않았다. 뭔가를 준비하러 갔다고 짐작했지만, 그저 무시했다.

절대를 얻은 존재에게 위해를 가할 수 있는 건 오직 절대의 존재뿐이기에.

하지만 마흔 구의 무적강시를 보니 생각이 달라졌다.

'저것들이 이곳에 매복하고 있다가 앞을 막았다면…….'

물론 무적강시라고 해도, 위험할 정도는 아니었다. 다만, 사용할 수 있는 공간이 한정된다는 정도의 귀찮음을 안겨 줄 것이다.

하지만 이 치열하지만 지루하게 이어지는 싸움의 끝을 보기에 충분했다.

'나의 소멸로…….'

위험했다.

만약 건양무신과 건천단이 여기에 없었다면 당하고 말았으리라.

우연이겠지만, 건양무신이 고맙기까지 했다.

몽예가 그의 심정을 알아채고 피식거렸다.

"그렇게 좋아?"

무신 진무도는 어깨를 으쓱했다.

"좋지. 좋다마다."

"당신이 좋은 게 너무 싫네. 이건 오히려 내 쪽이 좀 위험한데? 잘못하다간 내가 당할 수도 있겠어."

"그럼 더 좋지."

"싫네. 너무 싫어."

두 사람의 대화는 생사를 다투는 사이답지 않게 다정하고 솔직했다.

지켜보는 이들에게는 좀 괴이했지만, 그들 자신에게는

너무도 당연했다.

서로를 강하다고 인정하고 있기 때문이다.

부족함을 숨기면, 틈이 생긴다.

그건 상대가 오히려 바라는 바였다.

그러니 인정하고 밝히는 게 낫다.

부족함을 인정하는 순간 바로 채울 수가 있기 때문이다.

절대의 경지란 그렇다.

몽예가 말했다.

"당신을 청성산 안에서 없애고 싶었는데, 아무래도 안 되겠어."

인정해야 한다.

건양무신과 건천단원이 그의 곁에 있는 이상, 지금까지처럼 무신 진무도를 청성산 안에 가두어 둘 수는 없었다.

"우리의 싸움을 다음으로 미루겠다는 뜻인가?"

무신 진무도가 묻자, 몽예는 단호하게 고개를 저었다.

"아니. 아무래도 매우 길어지게 될 거란 뜻이지."

무신 진무도가 얼굴을 구겼다.

몽예가 목소리를 높였다.

"당신이 어디를 가든, 난 따라간다. 세상 끝까지라도, 수십 년, 아니, 수백 년이 걸리더라도, 끝까지 간다. 당신과 나, 둘 중 하나가 사라질 때까지!"

무신 진무도의 얼굴이 더욱 구겨졌다. 몽예가 진심이고, 자신의 말을 지킬 것임을 알기 때문이었다.

그렇지 않으면 몽예는 약해진다. 부족함을 숨기면 그늘이 되고, 그늘은 어둠이 되어 마음을 좀 먹는다.

그것이 절대의 경지이다.

"꼭 그렇게까지 해야겠느냐?"

무신 진무도는 그렇게 말하며 한숨을 푹 쉬었다.

몽예는 신이 난다는 듯 활짝 미소를 지었다.

"이렇게 된 이상 즐기자고. 한 수십 년 정도 싸우면 어떻게든 끝은 날 거야."

무신 진무도가 싸늘한 표정으로 한마디를 뱉었다.

"난 싫다."

쓱.

무신 진무도의 모습이 사라지더니, 멀리 푸른 하늘에 점 하나가 찍혔다.

몽예가 눈을 껌뻑였다.

"또 도망갔네."

그러며 한숨을 푹 쉰다.

"하아. 저 늙은이는 뭐 저렇게 도망만 치냐. 내가 다 창피하다."

건양무신은 믿을 수가 없었다.

숭무정주께서 적을 앞에 두고 도망을 치다니.

그럴 리가 없었다.

뭔가 잘못 아는 것이다.

무기를 가지러 갔을 것이다. 아니면 유리한 지형을 찾아 간 걸 수도 있다.

몽예가 건양무신 쪽을 힐끗 보며 피식 웃었다.

"뭘 그렇게 생각해. 도망간 거야. 너희는 시간 벌이나 하라며 버려진 거고."

그럴 리 없다.

몽예가 심각해지는 건양무신을 비웃어 준 후, 법왕들 쪽으로 고개를 돌렸다.

"먼저 간다. 얘들 정리하고 쫓아와."

장칠이 펄쩍 뛰었다.

"같이 가!"

"무적강시도 두고 갈 거야. 그럼 해 볼 만하잖아."

장칠이 건양무신을 턱 끝으로 가리켰다.

"저 노친네는 어쩌고. 좀 쫄린다."

몽예가 혀를 찼다.

"알았어."

쉬이이이이익.

몽예가 어둠이 되어 건양무신을 향해 흘러갔다.

건양무신은 당황하지 않고, 양손 열 개의 손가락을 활짝 폈다.

손가락마다 순백의 강기가 뻗어 나오더니 밀려드는 어둠을 갈랐다.

그가 발휘할 수 있는 최대최강의 위력을 가진 건천신지였다.

건천신지의 지나간 자리마다 어둠은 잘린 채 흩어졌고, 결국 안에 숨겨져 있던 몽예의 모습이 드러났다. 그의 어깨와 왼쪽 가슴엔 둥근 구멍이 생겨 핏물을 뿜어내고 있었다.

건천신지에 의해 꿰뚫린 모양이었다.

하지만 몽예는 고통스럽기보다는 오히려 즐겁다는 듯이 웃어 대며 왼손을 앞으로 거칠게 내질렀다.

몽예의 왼팔이 어깨까지 투명해지더니, 그 안을 가득 채운 회백색의 기운이 손바닥을 뚫고 쏟아져 나온다.

튀어나온 기운은 번개가 되어 건양무신을 향해 뻗어 나갔다.

빠지지지지지직!

건양무신은 피하지 않고, 자신의 오른손을 뻗었다. 그러자 손가락마다 강기가 튀어나와 번개를 향해 날아갔다.

하지만 번개는 건양무신이 발한 건천신지를 가볍게 자

르고 부수며 나아갔고, 건양무신의 오른손을 헤치고 지나가 어깨까지 이르고 나서야 멈췄다.

"크으으으으으윽!"

건양무신은 비틀거리며 물러났다. 그럴 때마다 그의 오른팔이 깨어진 사기그릇처럼 조각조각 떨어져 내렸다.

몽예가 몸을 돌려 법왕들을 향해 말했다.

"이 정도면 됐냐?"

법왕과 장칠, 홍한교는 동시에 고개를 끄덕였다.

몽예가 말했다.

"그럼 수고들 해. 아, 잠깐만."

몽예가 건천단이 모여 있는 방향을 향해 오른팔을 뻗었다. 그러자 검은 회오리바람이 튀어 나가 십여 명의 건천단원을 삼켜 버렸다.

"으아아아아아아아아악!"

"크어어어어어어억!"

어둠 속에서 비명성이 터져 나온다.

비명은 점점 더 커졌고, 그와 비례해 몽예의 어깨와 왼쪽 가슴에 난 상처가 빠르게 아물어갔다.

어느 순간 비명은 뚝 끊어졌고, 어둠은 몽예의 오른손으로 돌아왔다. 건천신지에 의해 입은 상처는 씻은 듯 사라져 보이지 않았다.

몽예가 입을 쩝쩝거리며 중얼거렸다.

"당 아저씨가 사람은 먹지 말랬는데……."

먹은 게 아니라 불패초능을 사용해 선천지기를 흡취했을 뿐이라고 속으로 변명해 보지만, 좀 구차하다 싶었다.

몽예는 생각을 멈추고, 하늘로 몸을 날렸다.

"먼저 간다!"

몽예는 순식간에 푸른 하늘의 점이 되어 사라졌다.

남겨진 이들은 멍하니 몽예가 가 버린 방향을 바라보았다.

지금까지 있었던 일이 꿈이 아닌가 싶었다.

어느 정도의 시간이 흐르고, 장칠이 속삭이듯 말했다.

"재랑 적이 안 된 게 정말 다행이야."

홍한교가 고개를 끄덕였다.

"그러게 말이다."

법왕이 말했다.

"난 재가 다음에 태어나도 어떻게든 찾아내서 친구할 거다."

홍한교가 그에게 고개를 돌리고 눈살을 찌푸렸다. 하지만 장칠은 씩 웃으며 오른손을 높이 들었다.

"나도."

홍한교는 답답하다는 듯 한숨을 푹 내쉬고 해왕검을 양

손으로 잡았다.

"싸움이나 하자."

장칠이 송곳니를 드러내며 백귀도를 굳게 쥐었다.

"좋지!"

법왕이 양손을 들어 올렸다. 그러자 어깨를 축 늘어트린 채 서 있던 무적강시의 눈동자가 푸른 귀기를 뿜었다.

"애들아! 가자!"

그의 호령이 끝나지 전에 무적강시들이 일제히 건천단을 향해 달려 나갔다.

얼마 지나지 않아 푸른 하늘을 향해 핏물이 튀어 오르기 시작했다.

* * *

"그래서 어떻게 됐는데?"

사천 성도부의 번화가 끝자락에 위치한 허름한 주루.

발 디딜 틈을 찾을 수 없을 만큼 북적거린다.

사람들은 한 사내를 가운데 두고 둥글게 모여 앉아 있었다.

모든 이들의 시선을 받는 사내는 주목을 받을 만큼 특별한 점은 없어 보였다.

평범한 용모에 보통의 체격.

다만 다른 점이라면, 고생을 많이 했는지 표정이 어두웠고, 아직 다 아물지 않은 상처가 가득했다.

더구나 사내는 과묵하기까지 했다.

그들 둥글게 감싼 사람들은 그의 입이 열리기만은 기다리고 있는 데에도, 사내는 그저 자신의 앞에 놓인 술병만을 홀짝거릴 뿐이었다.

그와 마주 앉아 있는 사람이 답답하다는 듯 말했다.

"그래서 어떻게 되었냐니까!"

사내가 술병을 거칠게 내려놓고 짜증 어린 표정으로 대답해 주었다.

"뭘 어떻게 돼! 청성산은 지옥이었다니까, 지옥! 아직도 내가 살아 내려왔다는 게 믿기지가 않아."

"뭐가 어땠길래 지옥이었냐고."

사내의 동공이 흐릿해졌다. 그리고 몸을 부들부들 떨며 속삭이기 시작했다.

"상제께서 강림하시고 염왕께서 올라오시어 대결을 벌였지. 어둠이 내리고 번개가 치며 빛살이 넘쳤네. 그건 황홀하고도 두려운 광경이었어. 두 신의 싸움은 너무도 치열하였고, 이내 전쟁으로 번졌네. 상제께서는 장군과 군대를, 염왕께서는 죽지 않는 아귀무리를 부르시었네. 그리고 전쟁을 벌이기 전 우리를 가여히 여기셨는지 염왕께서 말씀하셨다네. 사람이 아닌 자는 살려 두지 않겠다고 말이네. 그래서 어찌 사람임을 구분하시겠나이까 여쭈니, 염왕께서는 사람이라는 증표를 가슴에 새기라 하셨다네. 보게나.”

사내는 거칠게 품을 열었다. 그러자 가슴에 아직 아물지 않은 사람 인 자 모양의 흉터가 보였다.

몇 번이나 연거푸 그었는지, 흉터는 깊고 넓었다.

호기심에 주루에 들어와 가장 뒤쪽에서 서서 고개만 들이밀고 있던 사람 중 하나가 탄성을 뱉었다.

“아! 청성생인(靑城生人)이구만!”

청성산에서 살아 내려온 무인들을 일컫는 말이었다.

사람들이 웅성거렸다.

“정말이었구만. 청성생인이라니.”

“듣기만 했지, 직접 보는 건 처음이야.”

“나도 그렇다네.”

“저게 바로 염왕의 가호를 받는다는 생인부(生人符)이구만.”

“염왕이 아니라 투신(鬪神)이라고 하던데?”

사람들이 중구난방으로 떠들어 대자, 주루는 한층 더 시끄러워졌다. 사람들이 떠드는 소리에 지나가던 이들은 뭔가 싶은지 계속 들어섰고, 덕분에 주루는 더더욱 분주해지고 있었다.

하지만 대조적으로 주루의 이 층은 한가롭기만 했다. 일층이 내려다보이는 자리 중 한 곳에 앉은 세 명의 사람 외에는 아무도 없을 정도로 여유로웠다.

그들 세 명의 손님이 이 층 전체를 통째로 예약해 두었기 때문이었다.

손님 중 여인이 눈살을 찌푸리며 투덜거렸다.

"이거 너무 시끄럽군."

여인은 나이가 마흔 정도쯤 되었을까 싶은 정도로 보였다. 눈매가 위로 올라가 성격이 날카로워 보인다라는 점만을 제외하고는 그린 것처럼 아름답다는 표현이 너무도 잘 어울리는 여인이었다.

어디에 있더라도 눈에 뜨일 만한 화려한 용모였다. 하지만 여인을 주목하는 사람은 아무도 없었다.

일 층을 내려다보는 여인의 눈빛이 날카로워졌다. 여인이 갑자기 고개를 휙 돌려 자신의 맞은편에 앉아 있는 사람을 향해 외쳤다.

"구질구질하게 왜 이딴 곳에서 만나자고 한 거야!"

그녀의 앞에 앉아 있는 자그마한 체구의 노인은 그저 빙긋 미소만 지었다.

"오붓하게 앉아서 세상 돌아가는 이야기나 하자고 그런 건데, 오늘 이렇게 시끌벅적할지는 나도 몰랐다오. 용서해 주시구려."

미모의 여인이 코웃음 쳤다.

"오붓하게 앉아? 세상 돌아가는 이야기? 뭐야. 나랑 연애라도 하자는 건가?"

노인이 어색하게 웃었다.

"허허허허헛. 그럴 리 있겠소이까. 천하의 혼제에게 연애를 하자고 나설 정도로 용감하지는 않다오."

천하제일세라고 불리는 사존부의 주인이며, 신주사존 중 일인인 혼제.

누가 들었다면 심장이 멈출 정도로 놀랐을 것이다.

혼제가 비웃음을 머금었다.

"천하의 검선께서 너무 겸손하시네. 왜? 내가 싫어? 여자로 안 보여?"

노인이 크게 고개를 젓는다.

"그럴 리가 있겠소이까. 허허허허헛."

혼제와 함께 신주사존 중 일인이며, 정파무림의 큰 어른인 봉래검선!

하기야 혼제와 마주 앉아 대화를 나눌 수 있을 만한 신분과 지위를 가진 사람이 검선 외에 또 누가 있을까.

혼제와 검선이 허름한 주루 이 층 구석에 마주 앉아 있다.

이 소식을 전해 듣는다면, 일 층에 모여 있는 사람들이 일제히 이 층으로 몰려올 것이다. 아니, 오히려 반대로 발바닥에 땀이 나도록 도망치겠지.

혼제가 턱을 괴며 눈매를 부드럽게 흘렸다.

"그럼 왜? 내가 과부라서?"

검선이 헛기침을 하며 옆을 힐끔거렸다. 그의 옆, 나이 든 승려가 앉아 있었다. 소림사 달마원의 원주인 천수대사였다.

천수대사는 검선의 도와 달라는 신호를 못 본 척을 하며, 찻물만을 홀짝거릴 뿐이었다.

검선은 어색하게 웃으며 말했다.

"허허허. 과부라니요. 부군께서는 실종되었을 뿐이지 않소이까?"

혼제의 미소가 깊어졌다.

"그렇게 빠져나가시겠다? 사십 년 동안 소식 한 번 없는 남편이 남편이야? 살아 있다고 해도 내가 싫어. 어때? 나랑 연애 한번 해 볼래?"

"허허허허. 참 짓궂으시오. 아, 땀나네. 좀 덥지 않소? 허허허허헛."

그렇게 말하며 검선은 벌게진 자신의 얼굴을 손을 펴서 부채질했다.

혼제가 말했다.

"왜? 아! 안 서?"

검선의 얼굴이 딱딱하게 굳었고, 두 사람의 대화를 못 들은 척하던 천수대사는 입 안에 고여 있던 찻물을 뿜었다.

두 사람의 순진한 반응이 재미있는지 혼제는 고개를 위로 젖히고 깔깔 웃어 댔다.

혼제는 그대로 고개를 돌려 일 층을 내려다보았다. 모여 있는 이들은 아직도 청성산에 대한 이야기만 떠들어 대고 있었다.

혼제가 웃음을 거두고 중얼거렸다.

"벌써 오십 일이 지났네."

어느덧 본래의 안색을 찾은 검선이 그녀를 따라 일 층을 내려다보았다.

"그러게 말이외다."

청성산의 그 참혹했던 전쟁이 끝난 지 쉰하고도 사흘이나 지났다.

무제맹은 해체되었다.

신검무제 남궁진악과 가주인 남궁학을 잃은 남궁세가는

정파제일세력이라는 위명을 잃었다.

철혈성은 진정한 주인인 철혈칠로가 모두 죽어 버린 탓에 새로운 주인 자리를 놓고 내분을 벌인다 했다.

승자도 없고 패자도 없는, 상처만이 남은 전쟁이었다.

하지만 강호의 정점에 있는 이들은 그 이면에 존재하는 승자와 패자를 분명히 인식하고 있었다.

패자의 이름은 숭무정.

수십 년 동안 어둠 속에 숨어서 강호일통을 꿈꾸던 그들의 야욕이 꺾였다.

숭무정의 존재는 이미 강호 모든 이들이 인식하고 있었지만, 크게 관심을 두지는 않았다.

오백의 정예 병력을 이끌고 무제맹을 분쇄하겠다며 청성산으로 올라갔던 건양무신이 오른팔을 잃은 채 피눈물을 흘리며 쫓기듯 내려오던 광경을 보았기 때문이었다.

그때 그의 곁을 지키던 수하는 고작 일 할인 오십여 명밖에 되지 않았다.

대체 누가 그들이 그토록 초라한 모습으로 도주하도록 만든 걸까?

세상은 모르지만, 이 자리에 앉아 있는 세 사람은 알고 있었다.

투신 몽예!

그와 함께하는 세 명의 청년고수와 그의 명령만을 좇는 무적의 강시들.

그들이야말로 사천혈사의 진정한 주인공이며, 유일한 승자였다.

혼제가 흐뭇한 미소를 그리며 속삭이듯 말했다.

"투신. 투신이라…… 멋있는 무명이지 않아?"

강호무림의 긴 역사 속에서도 신이라는 별호가 붙은 사람은 다섯 손가락이 넘지 않는다.

마지막이 바로 무신 진무도였고, 그 이후로 더는 그러한 영광된 칭호를 얻을 사람이 나오지 않을 것이라고 여겨졌다.

그런데 나왔다.

그것도 나이가 고작 약관에 불과한 젊은이가 투신이라는 영광된 별호로 불리고 있다.

검선이 말했다.

"모르겠구료. 투신이라. 하기야 무신 진무도와 대등한 대결을 벌였으니 당연한 칭호일 수 있겠지요."

무신 진무도의 재림!

그가 죽지 않았었고, 숭무정이라는 단체의 수장으로서 살아왔다는 건 이제는 공공연한 비밀이었다.

혼제가 이를 갈았다.

"숭무정주의 정체가 무신 진무도였다니."

그러며 혼제는 자신의 오른팔을 매만졌다. 그녀의 오른팔과 왼 다리는 나무를 깎아 붙인 가짜였다.

예전 숭무정주와 싸웠을 때 빼앗긴 탓이다.

그런데 가짜인 오른팔과 왼 다리가 마치 진짜처럼 욱신거렸다. 더불어 그때 느꼈던 고통과 굴욕이 떠올라, 온몸이 파르르 떨려 왔다.

혼제는 거칠게 술병을 낚아채더니, 입에 기울였다. 병 안을 가득 채웠던 술을 모두 비우고 나서야 술병을 내려놓았다. 그제야 끓어오르던 속이 좀 잔잔해졌는지, 소매로 입술을 닦으며 차분한 목소리로 말했다.

"그때 겪어 본 숭무정주는 분명 강했어. 하지만 무신 진무도 정도는 아니었는데……."

"뭔가 이유가 있었겠지요. 아이들을 통해 들어 본 대로라면, 청성산 위에 나타난 숭무정주는 무신 진무도가 틀림없소이다. 오직 그만이 가능한 신위를 뽐냈으니까."

"나도 부리는 아이들이 많고, 귀가 있어. 흐음. 무신 진무도라니. 거참. 그런데 내 외손주가 그와 싸워 이겼다? 그게 더 믿기지가 않네."

"그럴 만한 이유가 있었겠지요."

혼제가 눈살을 찌푸렸다.

“그 이유라는 게 뭔데? 짜증 나니까 아는 게 있으면 속 시원하게 말해 보던가.”

“나도 궁금하외다.”

그렇게 말하며 검선은 길게 한숨을 내쉬었다.

혼제가 다시 시선을 일 층으로 돌리며 말했다.

“저 녀석들, 지겹지도 않나. 한 말을 또 하고, 또 하고.”

“그러게 말이외다.”

“우리의 시대가 끝났다고 떠들어 대는 거 같아서 서글프네.”

“인정해야지 않겠소?”

“그래. 그래야겠지. 그런데 기분이 왜 이러냐. 오늘 참 외롭네. 톡 건드리면 넘어갈 것 같아. 건드려 볼 생각 없어?”

검선이 헛기침을 하며 말했다.

“커험험. 숭무정은 어쩌실 셈이오?”

혼제의 눈매가 다시 날카로워졌다.

“어쩌긴. 건양무신이라는 놈이 우리에게 선전포고를 한 거 모르지 않잖아. 받아 줘야지. 아니면 잘라 달라고 목을 빼 줄까?”

지금껏 입을 굳게 다물고만 있던 천수대사가 말했다.

“소림은 사존부를 지원하기로 결정했습니다.”

혼제가 입가에 비웃음을 머금었다.

"저울추가 기운 게 보이니까 무게를 더하겠다? 하여간 음흉해."

검선이 말했다.

"어차피 피할 수 없는 일. 차라리 빠르게 수습되도록 한쪽을 돕는 게 민생을 위하는 길이라오. 우리 무당도 사존부를 지원하기로 결정 내렸소이다."

혼제의 비웃음은 오히려 짙어졌다.

"우리 쪽이 가벼웠다면, 숭무정 쪽에 무게를 실었겠지?"

검선은 가볍게 고개를 끄덕였다.

혼제는 그런 검선을 매섭게 노려보다가 술병을 집어 들었다.

"소림과 무당. 너희가 언제까지 그렇게 고고할 수 있을지, 지켜보겠어."

검선은 일어섰다.

"그럼 저는 이만 일어서겠소이다."

그 순간 혼제가 말했다.

"내 외손주는 건드리지 마."

그러자 검선은 부드럽게 웃었다.

"우리가 무슨 힘이 있어, 투신과 척을 지려 하겠소이

까?"

혼제가 송곳니를 드러냈다.

"진심이길 빌겠어."

검선이 진지한 표정으로 말했다.

"진심이라오. 우리는 대비하기에도 바쁘다오."

"대비?"

"사존부주. 세상을 넓게 보시오. 그러면 알게요. 오지랖 삼아 한 말씀드리자면 사존부주께서도 준비하시오. 곧 들이닥칠 천년(千年)의 겁화(劫火)를 말이외다."

"천년의 겁화? 뭔 소리야. 알아듣게 설명하라고."

검선은 주저하다가, 어렵게 한 마디를 뱉었다.

"북해(北海)의 마신(魔神)."

"북해의 마신?"

검선은 더는 할 말이 없다는 듯 몸을 돌렸다. 천수대사는 덩달아 일어나, 혼제를 향해 합장을 취한 후 검선의 뒤를 따라 걸음을 옮겼다.

그러다 갑자기 검선이 걸음을 멈추더니, 획 몸을 돌렸다.

"나 아직 잘 서오!"

혼제가 무슨 뜻인가 눈만 껌뻑였다.

검선이 다시 몸을 돌려 계단으로 내려가고 나서야, 그

의미를 깨달은 혼제가 피식 웃었다.

"꼴에 사내라고."

홀로 남겨진 혼제는 심각한 표정으로 중얼거렸다.

"천년의 겁화? 북해의 마신이라…… 뭐지?"

그 순간 그녀의 머리 위에서 목소리가 흘러나왔다.

"알아보겠습니다."

혼제가 술병을 집어 들며 말했다.

"알아보는 것보다는 알아내는 게 중요하지."

"알아내겠습니다."

"말 뿐인 사내는 신용하지 않아."

"저도 아직 잘 섭니다."

혼제가 빙긋 웃으며, 일 층으로 고개를 돌렸다. 일 층은 아직도 청성산에 관한 이야기로 떠들썩했다. 사람들을 바라보며, 혼제는 속삭이듯 말했다.

"저렇게 잘 나가는 내 외손주는 어디서 뭘 하고 있나?"

"무신 진무도와 교전 중입니다."

"아직도?"

"네. 아직도."

혼제가 인상을 썼다.

"그만 끊고, 판은 우리 사존부에서 제대로 만들어 줄 테니까 그때 다시 붙어보라는 내 말을 전하지 않았나?"

"전했습니다. 하지만 공자님께서는, 끝을 보겠다시더군요."

혼제가 헛웃음을 뱉었다.

"전에 봤을 때 느낀 거지만 제 외조부를 너무 닮았어. 그렇지 않아?"

"제가 보기에는 부주님을 닮은 듯합니다."

"그거 욕이지? 죽는다."

"흠흠. 다시 생각해 보니, 말씀대로 전대 부주님을 더 닮으신 것 같군요."

"넌 참 오래 살겠어."

"칭찬 감사합니다."

"욕이야."

"그래도 감사합니다."

혼제가 술병을 들이킨 후, 차가워진 표정으로 말했다.

"그럼 지원해 줘. 필요한 게 있으면 뭐든!"

"네."

"그리고 무신 진무도와 접선하는 단체나 사람은 누구라도 철저히 뒤를 파. 숭무정 놈들, 소림이나 무당이 아니라, 우리 사존부를 먹잇감으로 삼았어. 우리를 병신 취급한 거라고. 화 안 나?"

"굳이 명하시지 않아도 애들이 알아서 그리하고 있습니

다."

"이 싸움, 좀 힘들 거다."

"우리는 사존부입니다."

"그래. 우리는 사존부이지. 근데 왜 모를까? 우리가 너무 조용히 살아서겠지."

그러며 혼제는 벌떡 일어섰다.

"소림과 무당, 아니 강호무림이 우리를 잊었나 보다. 숭무정을 제물로 우리가 어째서 사존부인지를 되새김하게 하라!"

"존명."

* * *

"……라고 하셨습니다."

자그마한 집이라고 불러도 무방할 정도로 크고 안락한 마차의 안, 지금까지 계속 설명을 하고 있던 검은 장삼을 입은 중년인은 드디어 입을 다물었다.

그의 맞은편에 일렬로 앉아 있는 장칠과 홍한교, 법왕은 서로를 돌아보았다.

"무섭네. 몽예의 외조모답다고 해야 하나?"

장칠이 하는 말에 홍한교가 고개를 끄덕였다.

"그러게 말이다. 그 성격이 어디서 나왔는지 알겠어."

그러자 법왕이 콧방귀를 뀌었다.

"무슨 소리. 걔 성격은 매번 더러웠어."

장칠이 그를 비웃었다.

"그럼 네 성격은 꾸준히 더러웠고?"

법왕이 눈을 부라렸다.

"넌 매번 그렇게 개기다가 더럽게 맞았지."

장칠이 송곳니를 드러냈다.

"어쩌나? 이번 생은 반대여서."

법왕이 말했다.

"이 돼지가 많이 컸네."

"역시 이 중놈은 머리를 밀어주기보다 머리통을 잘라주는 게 낫겠어."

법왕이 검은 장삼의 중년인을 향해 말했다.

"마차 좀 잠깐 세웁시다. 얼마 안 걸릴 거요."

장칠이 고개를 끄덕였다.

"말도 힘들어하니까 잠깐 세웠다가 한 사람 무게를 덜고 가는 게 낫지 않겠소?"

검은 장삼의 중년인이 뭐라 대꾸하기 전에 홍한교가 입을 열었다.

"지겹다. 이번 기회에 정말 한 사람만 줄이도록 하자.

누구 편들어 줄까?"

장칠과 법왕이 동시에 손을 번쩍 들었다.

"나!"

"당연히 내 편을 들어야지!"

홍한교는 둘을 둘러본 후, 짜증 어린 얼굴로 말했다.

"차라리 몽예에게 말해서 내 편을 들게 한 다음에 함께 너희 둘을 베어 버리는 게 낫겠다."

그제야 법왕과 장칠이 입을 다물었다.

홍한교는 검은 장삼의 중년인을 향해 말했다.

"죄송합니다. 친구들이 철이 덜 들어서, 장난을 치다 보면 주변을 살필 줄을 모릅니다."

검은 장삼의 중년인은 고개를 저었다.

"아닙니다. 우리 아이들은 더 심합니다. 장난을 말로 하지 않는 편이라, 두엇 정도 죽기 전에는 멈추질 않아요. 철 좀 들어야 할 텐데 말입니다. 허허허허헛."

알아서 조심하라는 뜻으로 들리기에 홍한교의 눈빛이 날카로워졌다. 법왕과 장칠 역시도 눈을 얇게 좁히며 중년인에게로 시선을 돌렸다.

그러자 중년인은 빙긋 미소를 지으며 말했다.

"우리는 사존부입니다."

홍한교가 그에게서 시선을 그대로 둔 채 입술만 벌려 말했다.

"우리도 뭔가 이름이 있어야겠어."

장칠 역시 중년인에게 시선을 둔 채 대꾸했다.

"그래야겠네. 사존부 못지않게 듣는 순간 겁이 날 만큼 무시무시한 거로 하나 짓자."

법왕이 말했다.

"투신회(鬪神會) 어때?"

장칠이 마음에 안 드는지 입술을 삐쭉거렸다.

"한어도 제대로 못하는 애한테 뭘 바라겠어."

법왕이 눈을 부라렸다.

"남만 촌놈이 할 말이 아닐 텐데."

장칠이 입을 열기 전에, 홍한교가 빠르게 말했다.

"우선 그렇게 짓고, 나중에 바꾸는 거로 하자."

장칠과 법왕은 알았다는 듯 살짝 고개를 끄덕였다.

홍한교가 중년인을 향해 위협하듯 낮게 목소리를 깔아 말했다.

"들으셨지요? 우리는 이제부터 투신회입니다."

"그러시군요. 다시 인사드려야겠군요. 우리는 여전히 사존부입니다."

그렇게 말하는 중년인의 눈빛에는 섬뜩한 살기가 담겨 있었다.

지금은 손을 잡았지만 언제 적으로 마주할지 모르는 것이 강호의 인생이다.

그러기에 다음에 인사를 나누는 자리는 사존부나 투신회, 두 이름 중 하나의 이름을 지우기 위한 만남일지도 모른다는 생각을 하며, 모두는 미소를 지었다.

덜컹거리던 마차의 진동이 잦아들고 있었다. 속력이 줄어든다는 의미였다.

그 순간 중년인이 눈동자 속에 가득하던 살기를 지우며 말했다.

"거의 도착한 모양입니다."

第七章

마차에서 내린 장칠은 팔을 휘휘 저어 굳은 몸을 풀며, 청성산을 떠올렸다. 벌써 한 절기 반이나 지났지만, 조금 전에 있었던 일처럼 생생했다.

'건양무신.'

그는 강했다.

몽예에게 오른팔을 잃었기에 실력을 제대로 발휘할 수 없었음에도, 장칠과 홍한교, 법왕의 합공을 손쉽게 받아내었다. 아니, 오히려 압도했다.

법왕이 다섯 구의 무적강시를 빼돌려 뒤를 받치지 않았다면, 세 청년 중 한 명 정도는 명을 달리했었을 것이다.

'아마도 그건 나였겠지.'

장칠은 자신이 두 친구보다 한 수 처진다는 사실을 알고 있었고, 인정했다.

지금일 뿐이니까.

그러니 창피할 것도 없었다.

강해지면 되지 않은가.

그리고 강해질 수 있는 기회와 시간은 무궁무진하다.

'우선은 건양무신부터 없애고.'

무려 이틀 밤낮을 싸웠던 건양무신과 건천단이 피눈물을 흘리며 도주하자 바로 청성산을 내려온 장칠과 홍한교, 법왕은 잠시 휴식을 취한 후 몽예를 쫓아가려 했다.

그런데, 어디선가 검은 무복을 입은 사내들이 나타나 그들의 앞을 가로막았다.

바로 사존부의 정예무인들이었다.

사존부의 무인들이 나타나면 언제나 비명과 죽음이 뒤따른다.

그것이 강호무림이 아는 사존부와의 만남이었다.

하지만 장칠들은 사존부의 부주인 혼제가 몽예의 외조모라는 사실을 알기에 그리 큰 경계심을 품지 않았다.

만약 사존부가 불편한 목적을 가지고 나타났다 하더라도, 상관없었다.

무적강시가 있는데 무엇이 어려울까?

아니나 다를까, 사존부의 무인들은 적의가 없음을 강조하며 웃어른처럼 공대했다.

그리고 그들은 몽예의 전언을 전하러 왔다고 했다.

반신반의했지만, 몽예의 말투를 그대로 옮겨 주니 신뢰가 갔다.

'뭐라고 했더라?'

—건양무신이라는 놈, 결국 못 없앴다며? 밥상을 차려 줘도 못 먹냐? 애냐? 젓가락까지 쥐어 줘야 해? 너희가 와 봤자 도움이 안 되니까 이리로 오지 말고, 건양무신이나 쫓아가서 작살내.

'나쁜 새끼. 뭔 말을 그렇게 하냐.'

하지만 이 또한 인정해야 했다, 자신들이 간다고 해서 몽예에게 크게 도움이 되지는 않는다는 것을.

무신 진무도와 이제 투신이라고 불리는 몽예.

그들은 아예 다른 존재였다.

동작을 따라가기는커녕, 눈으로 좇을 수조차 없었다.

무신 진무도가 가볍게 휘두르는 일격조차 막아내기 힘들다.

그러니 무슨 도움이 될 수 있을까.

도리어 방해만 될 뿐이다.

하지만 건양무신은 다르다.

건양무신은 신래사존보다 오히려 한 수 윗줄이라고 여겨지는 절대고수!

몽예에게 위협을 줄 수 있는 한 수를 갖추고 있는 자였다.

그러니 몸을 추스른 건양무신이 무신 진무도와 몽예의 대결에 개입하기 전에 어떻게든 제거하는 것이 몽예를 돕는 것이나 다름없었다.

하지만 도주한 건양무신을 추적할 수 있는 방법이 없었다.

고민하는 청년들에게 사존부에서 돕겠다고 나섰다.

사존부는 천하제일세력이라는 위명에 걸맞은 정보력과 기동력을 보여주었다.

건양무신의 이동 경로가 거의 실시간으로 전해졌고, 그의 뒤를 쫓기 위해 마련된 마차는 안락하고 빨랐다. 더욱이 말이 지칠 때마다 어디선가 새로운 마차가 나타나 대신했다.

그러니 건양무신을 추적하는 과정은 지루하다는 점만을 제외하고는 불편한 게 전혀 없었다.

다만 불만이라면, 오로지 선의의 도움이라고 볼 수 없다는 점이랄까?

'당한 거지.'

오는 중에 알았다, 건양무신이 건천단을 이끌고 청성산에 오르기 바로 전에 사존부를 향해 선전포고 비스무리한 발언을 했다는 것을.

체면을 생각해서라도 사존부는 가만있을 리 없었고, 그 과정 중에 손 안 대고 코 풀겠다는 욕심으로 자신들을 이용하겠다는 거겠지.

그것이 장칠들이 사존부의 도움을 받고도 감사하기는커녕 고깝다는 반응을 보이는 이유였다.

물론 사존부는 어떤 태도를 보이건 항상 정중하기만 했다.

사존부 소속의 무인이라기보다 고급 주루의 접객원이 아닐까 하고 의심이 될 정도였다.

하지만 사존부는 사존부였다.

건양무신의 은신처에 도착할쯤에 이르자, 사존부 무인들의 눈빛이 야수처럼 날카로워졌다.

당장에 달려들어 물어뜯을 것처럼 흉포하기만 했다.

하지만 그건 장칠들이라고 해서 다르지는 않았다.

굳이 견주자면 오히려 더 심하다고 해야 했다.

짙게 깔린 새벽안개 사이로 커다란 장원 한 채가 보인다.

대문 옆에 놓인 쪽문이 열려 있고, 그곳으로 나온 듯한 하인 두 명이 연신 하품을 하며 빗자루로 문 앞을 쓸고 있었다.

너무나 자연스러운 풍경이었다.

하지만 장칠은 눈을 빛냈다.

"빗자루보다 칼을 들어야 잘 어울리는 놈들이네."

대체 어째서 그런 생각이 든 걸까?

홍한교가 곁에 다가서며 동조했다.

"뼈와 근육의 위치를 바꿔서 체형을 숨기려 한 모양인데, 그게 더 어색한 걸 모르는 모양이야. 하품은 왜 저리 많이 하는 거야. 잘못 배웠어."

법왕이 피식 웃었다.

"땀은 왜 저리 흘린대. 쯧쯔쯔."

그들의 뒤로 짙은 그림자가 어린다.

무적강시들이 소리 없이 나타나 그들의 뒤에 도열하고 있었다.

장칠이 백귀도를 뽑아 들며 말했다.

"이 장군께서 고심한 작전을 말해 주지."

홍한교가 코웃음 치며 해왕검을 뽑아 들었다.

"들어는 주지. 뭔데?"

장칠이 말했다.

"그냥 들이치는 거야. 폭풍처럼!"

그러며 화살처럼 달려 나갔다.

법왕이 그의 뒷모습을 보며 코웃음 쳤다.

"네가 고심했다고 했을 때부터 그럴 줄 알았다. 생각이라는 걸 하는 놈이 아니지. 애들아!"

그러며 두 손을 번쩍 들어 올리자, 무적강시들이 두 눈으로 푸른 귀광을 뿜었다.

"들었지? 폭풍처럼 들이쳐라."

휘이이이이이익!

무적강시들이 일제히 장원을 향해 뻗어나갔다.

홍한교는 어깨에 해왕검을 척 걸친 채, 천천히 걸음을 옮겼다.

그제야 법왕도 손을 툭툭 털며 홍한교와 어깨를 맞춰 걸음을 옮겼다.

홍한교가 법왕을 힐끔 보며 말했다.

"무적강시를 지휘해야 하지 않아?"

"뭘 지휘해. 그냥 닥치는 대로 때려 부수라고 해 뒀어."

홍한교가 픽 웃었다.

"우리 좀 무식하다."

법왕이 입을 다셨다.

"그러게. 물들었어."

두 사람은 키득거리며, 무너져 내리고 있는 장원을 향해 터벅터벅 걸어갔다.

그들이 떠난 자리, 흑의무복을 입은 무인들이 모습을 드러낸다.

사존부의 정예무인들이었다.

장칠들과 같은 마차를 타고 왔던 중년인이 그들의 앞으로 나서더니 날카로운 목소리로 말했다.

"잘 참았다. 저 어린 새끼들, 성격 참 더럽지? 나도 울컥하더만."

무인들의 살기를 뿜어 대기 시작했다. 지금까지 장칠과 홍한교, 법왕에게 당한 박대가 떠오르는 모양이었다.

중년인이 말했다.

"너무 참으면 병나니까, 우리도 풀러 가자."

휘이이이이익.

사존부의 무인들이 누가 먼저라고 할 것 없이 장원을 향해 달려 나갔다.

아직 해는 뜨지 않았건만, 장원은 붉게 물들어가고 있었다.

*　*　*

숭무정은 점조직으로 이루어져 있다.

그러니 한 다리만 건너면, 같은 숭무정의 예하 세력임에도 서로를 모르는 경우가 허다하다.

때문에 숭무정 하위 세력끼리 서로의 정체를 몰라보고 이권 다툼을 벌이다가 유혈사태가 벌어지는 웃지 못 할 경우도 종종 생긴다.

그럼에도 숭무정은 철저히 점조직으로써의 체제를 유지했다.

천하무림을 장악한 구파오가와 이부삼성의 정보망을 피하며 세력을 키우기 위해서는 어쩔 수 없는 선택이었다.

그렇게 사십 년.

결국 숭무정은 현 무림세력의 절반 정도가 달려들어도 상대할 수 있을 정도로 막강한 전력을 갖출 수가 있었다.

하지만 중원 각지에 뿌리 내린 예하 세력을 하나로 통폐합할 수가 없었다.

팔괘무신이 각자의 야망을 표출함으로써, 자신만의 독자적인 영역을 구축하며 세력의 통합에 반하고 나섰기 때문이었다.

절대적인 권위와 영향력을 가진 숭무정주가 친히 나서

서, 세력의 통합을 주도했다면, 손쉽게 이루어질 수 있었을 것이다.

그러나 그는 그저 방관할 뿐이었고, 건양무신이 그를 대신하기에는 모자람이 있었다.

그렇기에 숭무정은 천하의 반을 상대할 수 있는 세력을 이룩하고도 어둠 속에서 숨어 세력을 유지, 관리하는 데 급급할 뿐, 표면으로 나설 수가 없었다.

건양무신은 자신만의 세력인 건천대종으로 다른 팔괘무신을 압박하거나 회유했지만, 이미 균열은 깊어져 메울 수가 없는 지경에 이른 상태였다.

분열은 시간 문제였고, 결국 건양무신은 오히려 형제들의 야망을 제물로 한 자신만의 무림일통을 계획하기에 이르렀다.

그리고 사천혈사를 기회로 삼아 숭무정의 무림일통을 향한 첫 걸음을 내딛을 예정이었다.

'어디서부터 잘못된 거지?'

어둠에 묻힌 채, 건양무신은 멍하니 앉아 있었다. 그의 생각에 계획은 완벽했다.

형제들에게 경고를 줄 수 있을 뿐 아니라, 소림과 무당에게 위기감을 주고, 사존부를 대신하여 무림을 주도한다.

그리고 당장에 전쟁을 벌여 무림일통을 시도하는 게 아

닌, 전통과 품격을 고수하며, 천천히, 완만하게, 가랑비에 몸이 젖듯이 그렇게 무림을 장악해 가는 것이다.

그런데 실패했다.

이제 더욱 깊은 어둠 속으로 숨어야 한다.

빛살이 들지 않는 깊은 구멍을 파고 스스로 문을 닫아걸어야 한다.

무림일통이 아닌, 생존을 위해서.

절망감에 몸서리가 처진다.

"대체 왜 잘못된 거냐!"

실패의 원인을 따지자면 너무나 많았다.

형제들의 분열을 막지 못해서이다.

수수방관하는 무신 진무도를 설득하지 못해서이다.

가진 것보다 가질 것이 크게 보여, 오만해진 탓이다.

하지만 그 모든 원인보다는 뚜렷하게 떠오르는 원한 하나가 더 크게 느껴진다.

"투신 몽예!"

그가 없었다면 실패하지 않았다.

그 애송이가 크기 전에 제거했다면, 이런 치욕은 없었을 것이다.

지난 과거에 대한 후회와 실패에 대한 원한이 뒤섞여, 분노가 되어 날뛴다.

정말 미쳐 버릴 것 같았다.

절대의 경지에 올라 항시 잔잔한 호수면 같은 차분한 마음가짐을 유지할 수 있었지만, 그러고 싶지 않았다.

몽예의 핏물을 들이마시고, 살을 뜯어먹어서 이 심정을 풀고 싶었다.

하지만 그는 숭무정의 실질적인 수장.

그만을 바라보고 있는 수하와 식솔을 위한 올바른 결정을 내려야만 했다.

'숨는다.'

흐트러진 체제와 무너진 세력을 재정비하고 다시 무림을 도모하기 위해서는 또 사십 년이라는 긴 세월이 걸릴지도 몰랐다.

아니, 무림은 이미 숭무정의 존재를 알고 있다.

그러니 예전과는 다를 것이다. 숨으면 추적할 것이고, 들키면 칼을 휘둘러 올 테지.

그래서 숨어야만 했다.

하지만 그 전에…….

'가장 위험한 변수는 제거해야겠지.'

투신 몽예!

어둠에 묻혀 있던 건양무신의 두 눈동자가 불꽃처럼 타올랐다.

*　*　*

콰아아아아아아앙!

불타오르는 장원 사이로 사십여 마리의 마귀가 울부짖으며 날뛴다.

닥치는 대로 부수고 무너뜨린다.

손에 잡히는 건 사람이건 물건이건 구분치 않고 찢고, 가른다.

발에 닿는 건 모조리 뭉개고, 터트려 버린다.

지옥이다.

이곳저곳에서 피분수가 튀어 오르고, 끊어진 팔다리와 내장의 파편이 새벽어둠을 수놓는다.

건양무신이 숨어든 장원은 그렇게 무너져 내리고 있었다.

영문도 모르고 죽어가는 장원의 하인들은 비명을 지르며 원한의 욕설을 뱉어 댔다.

"마귀들아! 지옥에나 떨어져라!"

하지만 무적강시들은 말을 할 수 없다. 사고력도 두세 살 정도의 어린아이 정도밖에 되지 않는다.

만약 무적강시가 예전의 기억을 떠올릴 수 있다면, 그리고 말을 할 수만 있다면 이렇게 외쳤을 것이다.

나를 이런 죽지 않는 괴물로 만든 건 바로 너희 숭무정 놈들이다. 그러니 너희가 응당 치러야 할 대가일 뿐이다.

그렇지만 말을 할 수 없기에 광기 어린 울음을 질러 대며, 피에 물든 손발을 마구 휘두를 뿐이었다.

장원의 규모는 상당히 큰 편이었지만, 아무리 그렇다고 해도 사람의 수가 많았다.

"어딘가 숨겨진 장소가 있다는 거지."

그렇게 말하며 장칠은 장원의 건물을 뒤지고 다녔다. 사존부의 무인들 역시 생각이 같은지, 그들 중 몇몇이 장칠처럼 건물의 벽이나, 바닥, 혹은 정원을 샅샅이 살피며 돌아다녔다.

마치 먼저 찾는 쪽이 임자다, 라며 경쟁하는 듯하다.

하지만 양쪽 다 별다른 수확을 거두지는 못했다. 같은 곳을 몇 번이나 뒤지는 지경에 이르렀음에도, 비밀 통로나 은닉처가 숨겨져 있는 듯한 곳은 찾을 수가 없었다.

"쉽지 않은데?"

장칠은 그렇게 중얼거리며 인상을 구겼다. 힐끗 사존부 무인들 쪽을 돌아본다.

마침 사존부의 무인 역시 그를 바라보고 있었다.

같은 생각을 하고 있다는 걸 마주치는 시선 속에서 느낄 수 있었다.

홍한교가 피에 물든 해왕검을 툭툭 털며, 장칠의 곁으로 다가왔다.

"더 걸려?"

"잠깐만 있어봐."

홍한교가 장칠의 시선을 쫓아 사존부 무인을 바라보았다.

"저 녀석들이 방해해?"

그러며, 홍한교는 해왕검을 굳게 쥐더니, 사존부 무인 쪽으로 다가가려 했다.

그 순간 장칠이 팔을 뻗어 그의 어깨를 잡았다.

"넌 애가 왜 그렇게 단순무식하냐? 잠깐만 있어 보라니까."

그러며 어쩔 수 없다는 듯이 내키지 않는 걸음으로 사존부의 무인들 쪽으로 다가갔다.

사존부의 무인들은 기다렸다는 듯 다가오는 장칠을 마주 보았다.

장칠이 머리를 북북 긁으며 말했다.

"우리 시간 좀 아낍시다. 정보 교환 좀 하죠?"

사존부 무인 중 대표인 듯한 사내가 나서며 말했다.

"뭐, 그럽시다."

장칠이 말했다.

"정원?"

사존부 대표가 고개를 저었다.

"없소. 마구간?"

"없소. 대청은?"

"없소. 접객실은?"

"없소. 그럼 역시……."

"그렇군요. 역시."

장칠은 돌아서, 홍한교에게 손짓했다.

"가자!"

홍한교는 그에게 다가갔고, 장칠은 마당을 가로질러, 대문을 향해 걸어갔다.

사존부 무인 역시도 마찬가지였다.

홍한교는 장칠을 향해 물었다.

"여기 없다는 거야?"

장칠이 고개를 저었다.

"아니. 등잔 밑이 어둡다는 거지."

"알아듣게 말해."

"안 뒤져 본 곳은 이제 단 한 군데뿐이야."

"어디?"

장칠이 대문 앞에서 걸음을 멈췄다.

"여기."

그러며, 대문 양 기둥 사이를 뒤지기 시작했다. 어느 순간 장칠이 송곳니를 드러내며 미소를 지었다.

"역시 그러네."

대문 기둥의 간격이 넓다.

장칠이 기둥 이곳저곳을 가볍게 두들겼다. 그러다 한 걸음 뒤로 빠지며 말했다.

"여기네."

그러자 사존부 무인들이 무기를 뽑아 들고 나섰다. 하지만 그 전에 홍한교의 해왕검에서 파도와 같은 강기가 뿜어나와 기둥을 향해 몰아쳤다.

콰아아아아아아아아앙!

기둥과 벽이 단숨에 조각이 나면서 날아가 버렸다.

장칠은 밀려드는 흙먼지와 파편을 두 소매를 휘저어 밀어내며 투덜거렸다.

"하여간 단순무식하기는!"

홍한교는 귓등으로 흘리고 기둥이 사라진 자리, 바닥에 드러난 계단을 바라보았다.

폭은 한 사람이 겨우 들락날락할 수 있을 정도로 좁지만, 대조적으로 바닥이 보이지 않을 정도로 깊었다.

그러자 홍한교는 해왕검의 손잡이에서 손을 떼고, 검신

의 중간 부위를 잡았다.

홍한교가 해왕검 같은 무겁고 큰 검을 사용한다고 하여서 좁은 공간과 짧은 간격에 약하다고 여긴다면 큰 착각이었다.

공간이 넓거나 좁다고 해도, 혹은 적과의 간격이 길거나 짧다고 해도 홍한교에게는 아무런 상관이 없었다.

그의 삶은 그런 약점을 그대로 내버려 두기에는 너무나 고달팠기 때문이었다.

홍한교가 계단 안으로 성큼성큼 내려가자, 먼저 들어가려던 사존부의 무인들은 불만스러운지 눈살을 찌푸렸지만, 결국 어쩔 수 없다는 듯 어깨를 으쓱한 후 홍한교의 뒤를 따라 계단을 내려섰다.

장칠은 내려가려다 말고, 동쪽 하늘을 올려다보았다.

"어? 해 뜬다."

아침 햇살은 검붉게 타오르는 화마의 벽을 넘지 못해, 그저 주변만 얼쩡거리는 듯했다.

장칠이 보기에도 장원의 풍경은 지옥이 따로 없었다. 언제나 이런 광경을 보아 왔기에 익숙해질 법도 한데, 항상 낯설기만 하다.

"난 죽으면 지옥에 떨어질 거야."

법왕이 어느새 다가와 그의 곁에 섰다. 장칠의 혼잣말을 들었는지, 대꾸하듯 말했다.

"당연하지."

장칠이 눈을 부라렸다.

"넌 아닌 줄 알아?"

"난 전생하잖냐. 죽어도 죽는 게 아니지."

"참 얄밉다. 전생주라는 게 있어야만 그럴 수 있다며?"

법왕이 한숨을 길게 내쉬었다.

"그러니까 이러고 있잖냐."

"전생주라는 거 찾아도 안 주고 싶네."

"왜? 너도 전생하고 싶어?"

잠시 생각하던 장칠이 고개를 가로저었다.

"아니. 난 지옥이 어울려."

"그럼. 잘 어울리지."

"외롭진 않을 거야. 몽예랑 홍한교도 같이 있을 테니까."

그 순간 법왕이 슬픈 표정을 지었다.

"그건 그렇지."

장칠이 계단 쪽으로 몸을 돌렸다.

"가자. 지옥 가기 전에 예행연습 좀 더 해야지."

그렇게 말하며 장칠은 계단을 향해 걸음을 옮겼고, 법왕이 그 뒤를 따랐다.

그리고 슬며시 무적강시가 모여들어, 그림자처럼 그들의 뒤를 좇았다.

* * *

사존부의 입장에서는 한시라도 빨리 건양무신을 제거해야만 했다.

숭무정의 체제가 점조직의 형태를 가지고 있으니, 그 정점에 있는 건양무신을 제거한다면 앞으로의 전쟁을 유리하게 이끌어 갈 수 있었다.

아무리 숭무정이 몽예에 의해 반파에 가까운 피해를 입었다 하지만, 아직 숨겨진 세력은 상당했다. 그러니 오늘 건양무신을 놓쳐서 그에게 은닉한 세력을 하나로 만들 시간이 주어진다면, 사존부로서는 존망의 위기에 가깝도록 위험한 싸움을 치러야 할 터였다.

그러니 사존부의 무인들은 내색치는 않았지만, 심정은 상당히 초조했다.

지금 파견된 사존부의 무인들은 탈혼사(脫魂社)라고 불리는 정예 중의 정예로, 사존부 내에서도 손꼽히는 고수들로 이루어진 단체였다.

특히 탈혼사를 이끄는 중년인은 혼영마사(昏影魔士)라

고 불리는데, 사존부의 부주 혼제의 그림자라고까지 일컬어지고 있었다.

그는 혼제를 제외하고는 사존부에서 가장 고강한 무공 실력을 지녔다고 하는데, 그가 나서서 안 되는 일은 혼제가 직접 주도한다고 하여도 불가능할 것이라는 평가를 받을 정도였다.

그런 혼영마사가 직접 나섰다는 건 사존부가 건양무신의 제거를 얼마나 중요하게 여기는지를 알 수 있는 증거이기도 했다.

계단 속으로 들어서자마자 혼영마사는 마치 유람 나온 사람처럼 한 발짝 물러서 있던 태도를 버리고, 본래의 모습을 드러냈다.

"이곳, 부숴라."

"그쪽은 함정이 분명해. 왼쪽으로."

"한 걸음 뒤로."

"뒤로 물러나."

계단 속은 개미집처럼 복잡했다. 하지만 혼영마사는 마치 여러 번 들러보기라도 한 것처럼 능숙하게 길을 찾았다.

그러니 장칠은 한마디도 못한 채, 그가 자신의 수하들에게 명령을 내리는 모습만을 힐끔거려야만 했다.

물론 그로서도 실수는 있었다. 통로에 곳곳에 매설된 암기와 함정 중 일부를 발견하지 못해, 탈혼사의 무인 일곱이 희생되고 말았다.

하지만 혼영마사의 표정 속에서 가책이나 죄책감, 혹은 당황이나 분노 따위는 찾아볼 수 없었다.

마치 그럴 수도 있다는 듯이 담담하기만 할 뿐이었다.

무서운 사람이구나, 라는 생각을 절로 들게 한다.

그런 생각을 하며 장칠과 홍한교, 법왕은 어둠 속을 걸었다.

어느 순간부터 혼영마사가 모든 일을 주도하고 있었지만, 청년들은 묵묵히 받아들였다.

그의 행동을 가만히 지켜보고 있던 장칠이 했던 말 때문이었다.

"나보다 훨씬 나은 것 같으니, 난 뒤로 빠지겠소이다. 앞장서 주쇼."

그렇게 순순히 인정하고 나더니 세 청년은 혼영마사의 직속수하들인 탈혼사보다 더욱 신속하게 명령에 따라 행동했다.

어느 순간 혼영마사는 세 청년들 둘러본 후, 이렇게 중얼거릴 정도였다.

"투신회라는 이름이 우리 사존부와 나란히 놓일 수도

있겠어."

지하로 내려온 지 한 시진이 지나갈쯤이었다.

계속 선두에서 걸어가던 혼영마사가 한숨을 푹 내쉬더니 이렇게 말했다.

"아무래도 놓친 것 같습니다."

세 청년은 낮은 신음을 흘렸다. 그들 역시도 건양무신을 놓친 것 같다는 생각을 하고 있었다.

그 이유는 세 가지로, 첫 번째가 바로 이 지하 동굴 때문이었다. 침입자를 막기 위한 암기와 함정이 곳곳에 도사리고 있었지만, 크게 위험하지는 않았다. 그렇다면 시간을 끌기 위한 장치일지도 모른다는 생각이었다.

그리고 두 번째, 숭무정의 무인들이 보이지 않는다는 점이었다. 이쯤이면 직접 나와 자신들을 공격하여야만 했다. 특히 건양무신과 함께하는 건천단의 생존자 오십여 명이라면 무시하지 못할 만큼 강했다.

하지만 그들의 모습은 보이지 않는다.

마지막으로 세 번째.

그냥 감이었다.

일정한 수준 이상의 고수는 위기를 감각적으로 느낀다. 그런데 이 지하 동굴은 이제껏 위험하다는 느낌이 들지 않았다.

곧 이어 드러나는 동굴의 출구가 그들의 느낌이 사실이라는 것을 확인시켜 주었다.

어이없게도, 출구는 바로 동굴의 입구 바로 옆, 반대편 기둥으로 이어져 있었다.

제대로 당한 거다.

밖으로 나온 이들은 주변에 널려 있는 사존부 무인들의 시체를 둘러보며 한숨만 쉬었다.

입구를 지키라고 남겨둔 이들이었다.

아마도 자신들이 동굴의 입구를 발견하고 내려오는 바로 그 순간, 건양무신은 출구를 박차고 나와서 이들을 제거한 후 사라진 듯했다.

결국 건양무신을 놓치고 말았다.

놓치지는 했지만, 추적은 계속해야만 한다.

건양무신에게 시간을 주어서는 안 된다.

혼영마사가 세 청년을 향해 말했다.

"우리는 이제 뒤로 빠지려 합니다. 여러분은 어쩌시겠습니까?"

빠져나간 건양무신의 뒤를 쫓기보다는 사존부의 정보망을 이용해 종적이 발견하면 그때 다시 추적에 나서겠다는 뜻이었다.

사존부의 정보망이라면 아무리 건양무신이 숨어 이동한다고 해도 어렵지 않게 위치를 알아낼 수 있다는 자신감이 느껴진다.

장칠이 말했다.

"우리는 이대로 뒤를 쫓겠소."

사존부의 정보망을 믿지 못해서가 아니었다.

그들이 그물망으로 낚아 올리는 어부라면, 바로 뒤를 쫓아 화살로 뚫어 버리는 엽사도 있어야 한다.

건양무신이 날짐승같이 날뛸지, 물고기처럼 흘러 다닐지는 알 수 없는 일이니까.

혼영마사는 가볍게 고개를 숙였다.

"그럼 저희는 이만 가 보겠습니다. 혹시 저희가 먼저 발견한다면 알려드리지요."

장칠이 말했다.

"죄송하게도 저희는 먼저 발견하더라도 알려드릴 방법이 없네요."

혼영마사가 대꾸치 않고 그저 빙긋 웃었다. 너희가 우리보다 먼저 발견할 리가 없다는 의미로 느껴지기에, 장칠은 눈썹을 좁혔다.

혼영마사는 포권을 취한 후, 돌아섰고 바로 점이 되어 버렸다. 사존부 무인들은 그림자처럼 그의 뒤를 쫓아 사라졌다.

남겨진 세 청년은 그대로 멈춰 선 채 연거푸 한숨만 내쉬었다.

어느새 해가 중턱에 이르러, 주변을 환하게 채우고 있었다. 하지만 장원 곳곳을 채운 시체들과 흩날리는 잿가루, 무너진 건물은 내리쬐는 햇살을 마치 불화살처럼 느껴지게 한다.

세 청년이 이 참혹한 풍경을 만든 당사자이지만, 그들로서도 불편한 마음은 어쩔 수가 없었다.

건양무신을 잡았다면 어쩔 수 없는 희생이었다고 스스로에게 변명이라고 하겠지만, 이렇게 된 상황에서는 아무리 저 시체들이 숭무정 소속의 무인들이라고 하지만 죄책감이 드는 건 어쩔 수가 없다.

"이제 어쩐다?"

법왕이 하는 말에 장칠이 단호히 대꾸했다.

"별수 있어? 계속 쫓아야지. 이럴 땐 그저 무식하고 부지런하게 쫓는 수밖에 없어."

그렇기는 했다.

지금으로써는 그게 최선이었다.

하지만 그물망을 뚫고 바다로 도망친 물고기를 작살 하나로 쫓는 것이나 다름없었다.

그때였다.

"하여간 너희, 제대로 못하지!"

세 청년의 시선이 일제히 목소리가 들린 쪽으로 돌아갔다. 무적강시 중 하나가 그들을 향해 한심하다는 표정을 짓고 있었다.

장칠이 말했다.

"몽예?"

"그래, 인마. 하도 소식이 없어서 이렇게 보러 왔잖냐. 윽! 한 방 맞았다. 정신을 분산하면 안 되는데……."

그러며 무적강시는 아프다는 듯 머리를 쓰다듬었다.

법왕이 물었다.

"지금 어딘데? 근처에 있는 거야?"

무적강시가 얼굴을 찡그렸다.

"아니. 나도 여기가 어딘지는 잘 모르겠는데, 근처는 아니야."

몽예와 무적강시 사이의 심령 연결은 분명 거리의 제약이 있어서, 소통할 수 있는 최장 거리가 십 리 정도라고 알고 있었다.

법왕이 알고 있는 바로는 그랬다.

하지만 몽예는 상청궁에서 진정한 절대를 얻음으로써 법왕이 판단할 수 없는, 한계 너머의 존재가 되어 버렸다.

그러니 지금 몽예가 수백 리, 아니 수천 리 떨어져 있다고 해도, 그러려니 하며 받아들일 수밖에 없었다.

홍한교가 물었다.

"아직도 무신과 싸우는 중이냐?"

무적강시가 대꾸했다.

"응. 이 늙은이, 정말 대단해. 불패초능과 무적초능이 아니었다면, 내가 당했을 거야."

세 청년은 불패초능과 무적초능의 엄청난 위력과 그걸 견디는 무신 진무도의 모습을 두 눈으로 똑똑히 보았었다. 하지만 그럼에도 불구하고 믿기지가 않았다.

그런 힘이 존재하고, 그걸 견딜 수가 있다니.

장칠이 물었다.

"하지만 무적초능을 쓰려면 불패초능으로 선천지기를 탈취해야만 하잖아. 그러려면……."

제물이 될 사람이 필요하다.

그러니 지금 몽예가 불패초능과 무적초능에 기대어 싸우고 있다면 그 주변에는 수많은 사람이 불패초능에 의해 선천지기를 빼앗긴 채 죽어 가고 있다고 봐야 했다.

무적강시는 크게 고개를 끄덕였다.

"그래. 맞아."

장칠과 홍한교, 법왕은 눈을 질끈 감았다. 무신과 몽예의 싸움을 청성산 안에서 끝내려 했던 가장 큰 이유가 이 때문이었다.

세 청년의 죄책감 가득한 표정에 무적강시가 언성을 높인다.

"뭐지? 내가 그 정도 분별도 안 하는 거 같냐!"

세 청년이 동시에 눈을 떴다. 몽예는 분명 분별을 하기는 했다. 하지만, 그 잣대가 일반적인 기준과 많이 다르다는 게 문제였다.

"너희도 알다시피 내가 좀 착하잖아. 불패초능을 사용할 때는 많이 고민한 후에 쓰고 있어. 그래서 결착을 내기가 힘든 거야."

착하다는 뜻이 뭔지 알고는 쓰는지 모르겠다.

어쨌건 궁금하여 법왕이 물었다.

"뭘 어떻게 분별하는데?"

"이동할 때마다 사존부에 요청해서 인근의 인명 정보를 달라고 했어."

그러며 무적강시가 히죽 웃었다.

"세상에 나쁜 놈들은 참 많더라고."

좀 다행이라 싶기는 하지만, 상당히 껄끄럽기는 했다.

무적강시가 말했다.

"그나저나 건양무신이 도망쳤다고?"

장칠이 헛기침을 했다.

"뭐 그렇다네."

무적강시가 한숨을 푹 내쉬었다.

"젓가락을 쥐어 주는 걸로는 안 되냐? 꼭 집어서 먹여 줘야 해? 이건 뭐 손발이 맞아야지, 뭘 해 먹지. 아야! 또 맞았다!"

그러며 무적강시가 턱 끝을 아프다는 듯이 쓰다듬었다.

세 청년은 그저 민망해서 입만 쩝쩝 다실뿐이었다.

무적강시가 말했다.

"그런데 건양무신이 도망친 거 확실해?"

장칠이 고개를 끄덕였다.

"응."

"눈으로 확인했어?"

"아니. 그건 아닌데……."

"그럼 확인해."

"이미 도망친 놈을 무슨 수로 확인해!"

장칠이 짜증이 나는지 버럭 소리 지르자, 무적강시 역시 소리 질렀다.

"왜 성질을 내! 성질 부려야 할 사람이 누군데! 무적강시까지 붙여 줬구만, 뭘 한 게 있다고! 아야! 또 맞았잖아!"

장칠이 더욱 큰 목소리로 외쳤다.

"계속 그렇게 구박하면 운다!"

"그걸 협박이라고 하냐? 알았다, 알았어. 건양무신을 놓쳤다 이거지? 내 생각은 그 반대인 거 같아서 말이야."

"그 반대?"

무적강시가 갑자기 주변을 휙 둘러본 후 말했다.

"기감 좀 높여서 주변 좀 살펴봐. 무적강시는 그게 안 돼서."

그 말에 홍한교와 장칠, 법왕은 동시에 기감을 높였다. 역시나 주변에 느껴지는 기척은 아무것도 없었다.

무적강시가 되었다는 듯 말했다.

"그럼 지금부터 잘 들어. 이제부터는 너희가 미끼야."

"미끼?"

무적강시의 목소리가 점점 작아지고 있었다.

第八章

사천혈사가 끝난 지 어언 반년이 지나가고 있었다. 그럼에도 강호무림은 아직 청성산에서 벌어졌던 전쟁과 그와 관련된 세력 구도의 변화를 이야기하기에 바빴다.

이야깃거리가 너무나 많았기 때문이다.

무신진가의 후예인 승무정의 등장.

신검무제의 죽음과 남궁세가의 몰락.

무제맹의 굴욕적인 해체.

무신 진무도의 재림.

그리고 투신 몽예!

수십 년 동안 구파오가와 이부삼성에 의해 치밀하게 구분

지어졌던 강호의 세력 구도에 큰 구멍이 여럿 생긴 것이다.

아니, 구멍 정도가 아니다.

현존하는 거대문파 여럿이 사라질 수 있는 대격변의 시대가 도래했다.

그 중심에는 아무래도 숭무정과 무신 진무도, 그리고 투신 몽예가 있었다.

들리는 소문에 의하면 투신 몽예가 숭무정을 상대로 꽤 오래전부터 싸우고 있었으며, 숭무정이 등장했던 시점엔 이미 반파에 가까운 피해를 준 상태였다고 한다.

물론 그것이 사실인지, 아니면 그저 과장된 헛소문인지는 아무도 모른다.

그리고 소문 하나가 더 있었다.

무신 진무도가 투신 몽예에게 패하여 도주하고 있고, 몽예는 그의 뒤를 쫓으며 계속 목숨을 노리고 있는 중이란다.

이건 도무지 믿을 수가 없는 이야기였다.

반년이 넘는 시간 동안 계속 싸우고 있다니.

물론 강호 정점에 이른 고수끼리 대결을 벌일 때는 쉽게 결판이 나지 않아, 며칠이 지나도록 밤낮을 구분치 않고 계속 싸우는 경우가 더러 있었다.

하지만 반년 동안 대결을 지속하고 있다는 건 좀 허무맹랑하다 싶어, 듣는 사람이라면 모두가 헛웃음을 지었다.

하지만 목격담이 계속 드러나고 있으니, 그저 무시할 수만은 없었다.

사천에서 귀주로, 귀주에서 호남으로, 그리고 호남에서 강서로……

무신과 투신이 그런 경로에 따라 계속 이동하고 있다고 전해졌다. 그들의 이동 경로를 모르려야 모를 수도 없었다.

그들이 지나친 자리는 숲이 사라졌고, 땅이 갈라졌으며, 마을이 없어졌으니.

마치 태풍이나 지진이 닥쳤던 게 아닐까 의심스러운 엄청한 재난을 만들어 내며 그들은 계속 싸우고 있었다.

그들은 대체 어디로 가는 중이고, 언제까지 싸울 것이며, 어디쯤에서야 멈출 것인가?

"종착지는 절강이 될 겁니다."

두두두두두두.

호화로운 마차의 안, 푹신한 의자 위에 혼제가 눕듯이 걸터앉아 있다.

그녀의 앞, 한 중년인이 무릎을 꿇은 채, 수십 개의 종이를 건네고 있었다.

사존부에서 정보를 취급하는 단체인 음사향(吟死鄕)의 향주였다.

혼제는 그가 건네는 종이를 귀찮다는 듯이 던져 버리고 말했다.

"읽기 귀찮으니까 말로 해, 말로."

음사향주는 그럴 줄 알았다는 듯 입을 열었다.

"무신 진무도는 절강으로 향하고 있다고 여겨집니다."

"몇 할?"

"구 할입니다."

"자신 있다는 거네."

음사향주는 크게 고개를 끄덕였다. 그가 수집된 정보를 분석하여 내린 결론은 확실했다.

처음엔 그저 무신 진무도가 몽예에게서 도망치기 위해 즉흥적으로 이리저리 이동하는 것이라고 여겼다. 하지만 지금까지의 이동 경로를 지도를 펴두고 그리니 일직선에 가깝다는 사실을 알게 되었다.

목적지가 있다는 것이다.

진무도가 몽예를 이끌고 향하는 곳, 무엇이 있길래?

알 수 없다.

하지만 무신 진무도가 그곳으로 향하는 목적을 짐작해 보면 두 가지 중 하나일 게 뻔했다.

그곳에 도착하면 몽예의 추적을 뿌리치는 방법이 있거나, 아니면…….

"몽예를 죽일 수 있다는 거겠지."

혼제는 그렇게 중얼거리며 지그시 눈을 감았다.

두 가지 중 하나를 고르라면 분명 후자 쪽이겠지.

몽예가 죽는다?

혼제는 생각에 잠겼다.

사존부가 나선다면, 무신 진무도가 준비한 함정이 무엇이든 간에 무용하게 만들 자신이 있었다.

하지만 그럴 가치가 있을까?

실리적으로 따질 때, 아직 계산이 나오지 않는다.

강호무림의 삶이란, 집 떠나온 순간부터 제 목숨은 제가 책임져야 하는 법이다.

내버려 둔다.

그렇게 내심 결정을 내렸지만 약간의 죄책감이 드는지, 혼제는 감았던 눈을 뜨며 화제를 돌리고자 음사향주를 향해 물었다.

"건양무신은?"

음사향주는 고개를 떨어트렸다.

"아직 찾지 못했습니다."

혼제는 코웃음을 쳤다.

"하늘로 날았어? 아님, 땅으로 꺼졌니? 왜 못 찾을까?"

"반드시 찾아내겠습니다."

"언제까지?"

"닷새만 더 주십시오. 그 안에 반드시 찾아내겠습니다."

"닷새 안에 못 찾으면?"

"제 목을 걸겠습니다."

혼제가 코웃음 쳤다.

"네 모가지를 잘라다가 뭐에 쓴다고? 벽에 걸어 두기라도 할까? 역시 사존부주 혼제는 잔혹무도하구나, 그딴소리나 듣고 싶어서?"

음사향주가 잠시 고민한 후에 말했다.

"제게 숨겨둔 재산이 좀 있습니다."

"얼만데?"

"금자 칠천 팔백 냥 정도 됩니다."

"이 새끼, 많이도 해 먹었네."

"직위가 직위이다 보니까."

"그중 금자 삼천 냥만 걸어."

음사향주가 마음에 안 든다는 듯 눈살을 찌푸렸다.

"제 목숨값이 그 정도밖에 안 됩니까?"

"오 일 안에 찾아내. 그러면 팔천 냥도 부족할 테니까."

"꼭 찾아내겠습니다!"

음사향주가 그렇게 외치자, 혼제는 비웃으며 이죽거렸다.

"새끼, 꼴에 사내라고."

하지만 음사향주가 닷새 안에 건양무신을 찾아낼 것이라고는 믿지 않았다.

그 열 배의 시간을 준다고 해도 찾아내지 못한다는 데 금자 삼천 냥, 아니 금자 삼만 냥을 걸 수 있다.

음사향주는 모르지만, 혼제는 지원을 약속한 소림과 무당에서 은밀히 보내오는 정보도 있었다.

그런데 그들 역시도 건양무신의 위치나 종적을 찾지 못하고 있었다.

소림사와 무당파, 사존부의 눈을 동시에 피한다는 건 불가능하다.

죽어서 가루가 되어 먼지처럼 흩날렸다고 해도, 소림사와 무당파, 사존부의 정보망이라면 찾아낼 수 있다.

그렇다면?

'가려져 있다는 거지.'

빛을 비추면 어둠은 사라진다.

하지만 그림자는 빛이 강할수록 더욱 짙고 어두워질 뿐이다.

그러니 건양무신을 찾을 수가 없다는 건, 의심할 수 없는 세력 속에 숨어 있을 가능성이 높았다.

'우리 사존부 안에 숨었을 수도 있어.'

가장 가능성이 높다.

그렇기에 눈에 띄지 않을 수 있겠지.

만약 사존부 내로 숨지 않았다면, 소림사와 무당파 안에 숨어들었을 가능성도 배제할 수 없었다.

그렇다면 숭무정의 뿌리가 생각한 것보다 깊이 박혀 있다고 봐야 했다. 뽑으려면 염두에 두었던 것보다 몇 배 더한 진통을 겪어야겠지.

그때 갑자기 마차의 문이 열리며 한 사람이 스며들었다.

혼제는 눈살을 찌푸리며 말했다.

"내가 언제 들어오라고 했어? 여자가 마차 안에 있을 때는 허락을 구한 다음에 들어와야 하는 거 몰라?"

들어선 사내는 쭈뼛거리며 말했다.

"그게 아니오라, 급하게 보고드릴 것이 있어서……."

"뭔데? 반란이라도 벌어졌어? 부주가 여자라서 더는 못 해 먹겠대?"

"아, 아니. 그게 아니오라……."

"급하다며. 왜 말을 못 해? 너 설마 자객이야?"

사내가 식은땀만 흘리며 쩔쩔매자, 보다 못 하겠는지 음사향주가 나섰다.

"부주님. 그만 하시지요. 저러다 애 울겠습니다."

"좀 울리면 안 되냐? 그러고 보니 너도 퍽 하면 울었잖아. 예전 생각나네. 콧물 막 흘려 대면서……."

음사향주가 빠르게 말을 잘랐다.

"급한 보고라 하지 않았느냐. 말해 보거라."

사내가 급히 고개를 숙였다.

"네. 공자님께서 전언을 보내오셨습니다."

혼제가 한심하다는 듯 눈을 흘겼다.

"공자님이라면 다 알아? 알아듣게 말해야지. 어느 댁 누구 아들을 말하는 거야? 걔 누구 쪽 애니? 제대로 못 가르치지?"

"몽예 공자님께서……."

그 순간, 혼제의 눈빛이 싸늘하게 변했다.

"무슨 말을 전하라고 했느냐."

갑자기 터져 나온 혼제의 기파로 인해 쇠사슬에 꽁꽁 묶인 것 같은 압박감을 느낀 사내는 그저 잉어처럼 입술만 빼끔거릴 뿐이었다.

그제야 혼제의 기파가 누그러졌다.

"말해 보거라."

그제야 압박에서 벗어난 사내가 떨리는 목소리로 말했다.

"공자께서 이리 전하라 하셨답니다. 자신이 건양무신의 위치를 알고 있다고."

"뭐?"

소림과 무당, 사존부가 정보망을 총동원했음에도 건양무

신의 위치를 알아낼 수가 없었다.

그런데 지금 반년 동안 무신 진무도를 상대로 생사를 건 대결을 지속하고 있는 몽예가 건양무신이 어디에 있는지 알고 있다?

믿을 수가 없었다.

하지만 굳이 몽예가 이런 상황에 같이 웃자며 이런 재밌지도 않는 농담을 전할 리도 없었다.

고민하던 혼제의 눈이 어느 순간 시리도록 밝은 빛을 뿜었다.

"이런. 거기 있었구나?"

*　　*　　*

남선북마(南船北馬)라는 말이 있다.

남쪽을 여행할 때는 배를 타야 하고, 북쪽을 다닐 때는 말을 타고 다녀야 한다는 뜻이다.

강남은 장강에서 뻗어 나온 지류가 사통팔달로 이어진 탓에 수로를 이용하여 물자의 운송과 이동을 통한 교역이 발달되었다.

그렇기에 장칠 일행은, 아니 투신회는 배에 올랐다.

절강 항주로 향하는 중규모 운송선의 난간, 한 사내가 축 늘어져 있다.

장칠이었다.

장칠은 배에 부딪힌 강물이 만들어 내는 포말을 바라보며, 속삭이듯 말했다.

"젠장. 결국 건양무신을 놓치고 말았네. 욕 하겠지?"

그의 곁, 난간에 기대어 앉아 해왕검의 검날을 닦고 있던 홍한교가 무겁게 고개를 끄덕였다.

"많이 하겠지."

뒤이어 법왕이 하품을 하며 말했다.

"욕만 하면 다행이게. 몽예 성격 몰라? 팰지도 몰라. 그러게 왜 놓치고 그래."

장칠이 휙 고개를 돌려 법왕을 노려보았다.

"내가 놓쳤어?"

법왕이 크게 고개를 끄덕였다.

"그럼. 네가 놓쳤지."

장칠이 어이가 없다는 듯 입을 쩍 벌렸다. 그러며 홍한교 쪽으로 고개를 돌렸다.

"저 땡중 놈이 뭐라는 거냐? 놓치면 같이 놓친 거지, 왜 내가 놓쳐? 안 그래?"

홍한교가 못 들은 척 해왕검만 닦았다.

장칠이 눈을 얇게 좁혔다.

"뭐지, 이 분위기? 설마 너희 둘, 짰냐?"

법왕이 코웃음 쳤다.

"짜긴 뭘 짜. 사실이 그렇잖냐. 놓친 건 너지. 우리가 잘못한 점이 있다면, 너를 너무 믿은 거 뿐이고."

"그래서 너희 둘만 사시겠다? 내가 다 책임져라?"

홍한교가 그제야 해왕검을 내려놓고 말했다.

"살자고 하는 짓이냐. 사실이 그러니 그럴 뿐인 게지."

"사실이 그래? 그래. 그렇다 치자. 근데 그 대단한 사존부 탈혼사조차 놓친 걸 나보고 어쩌라고."

그때, 누군가 헛기침을 했다. 연락 담당으로 남겨진 사존부 탈혼사 소속 무인이었다.

하지만 눈치 없는 장칠은 계속 떠들어 댔다.

"죽은 놈도 무덤에서 들어내 다시 찌르고 본다던 탈혼사도 놓쳤다니까! 너희도 알잖아! 그리고 원한다면 황제의 턱수염 개수도 알아낸다는 사존부 음사향이 종적조차 찾아내지 못했다고."

그러자 탈혼사 소속 무인 곁에 있던 사내가 헛기침했다. 그는 음사향 소속이었기 때문이었다.

"들리는 얘기로 그 대단하다는 소림과 무당조차도 놓쳤다더만!"

그러자, 난간 저편에 앉아 있던 사람들 중 둘이 불편한 듯 몸을 뒤척거렸다. 소림과 무당에서 투신회를 감시하기 위해 붙여 놓은 속가제자였다.

하지만 장칠은 주변의 반응이 보이지 않는지 그저 억울하다는 듯 계속 외쳐 대기만 했다.

"근데 내가 무슨 재주가 있어서 건양무신을 잡아!"

법왕이 어깨를 으쓱했다.

"나야 모르지. 너만 믿으라며. 추종술은 안남에서 둘째가라면 서럽다며. 이미 잡았다고 생각하고 너만 따라다니면 된다며. 안 그랬냐?"

장칠이 입을 쩝쩝 다셨다.

"뭐, 그러기야 했지."

홍한교가 툭 뱉듯이 말했다.

"그런데 놓쳤잖아."

"그랬지."

이번엔 법왕이 말했다.

"그러니 네 잘못이지."

장칠이 다시 눈을 크게 떴다.

"그래서! 그래서 너희는 뭘 했는데!"

홍한교가 평상시와 다름없는 낮고 단조로운 목소리로 말했다.

"널 따라다녔지. 네가 시키는 대로."

장칠이 순간 머뭇거리다, 다시 소리쳤다.

"네놈들이 시키는 대로만 하던 놈들이야!"

법왕이 말했다.

"네가 모르면 입 다물고 따라만 오라며. 기억 안 나냐?"

장칠이 한숨을 푹 쉬었다. 그러며 어깨를 축 늘어트리며 중얼거렸다.

"내가 왜 그랬을까?"

홍한교가 말했다.

"나야 모르지."

장칠이 눈초리를 축 내린 채, 홍한교와 법왕을 바라보며 말했다.

"너희, 내 편 들어줄 거지?"

법왕이 고개를 저었다.

"아니. 난 언제나 몽예 편."

홍한교는 일어나 장칠에게 다가가 어깨를 가볍게 두들겼다.

"죽지는 않을 거야."

이걸 위로라고 하는지…….

장원에서 건양무신을 놓쳐 버린 장칠 일행은 사흘 정도

종적을 찾아 헤매 다녔지만, 결국 아무런 소득을 얻을 수가 없었다.

사존부에 연락을 취해 보았지만, 그들 역시 마찬가지였다.

결국 장칠 일행은 건양무신을 포기하고, 차라리 몽예와 합류하여 무신 진무도를 제거하는 데 힘을 보태기로 결정했다.

하지만 몽예와 진무도는 계속 싸우며 이동하는 중이었기에, 어디서 어떻게 조우해야 할지 감이 잡히질 않았다.

그때, 사존부에서 연락을 취해 왔다.

무신 진무도의 목적지는 절강 항주 인근으로 예측되고 있습니다, 라고.

그렇기에 장칠 일행은 먼저 항주에 도착하여, 들이닥칠 진무도와 몽예를 기다리기로 했다.

문제는 마흔 구가 넘는 무적강시를 이끌고 어떻게 항주까지 가느냐는 점이었는데, 그건 생각보다 쉽게 해결할 수 있었다.

난감한 경우가 생길 때마다 갑자기 사람들이 나타나 우연임을 강조하며 선의의 도움을 주었기 때문이었다.

그들의 정체는 중원 각지의 문파와 세력이 붙인 감시자들임을 바로 알아볼 수 있었지만, 장칠들은 그다지 개의치 않았다.

오히려 숨어 있는 그들을 찾아내, 도와 달라고 협박이나 강요까지 해 댔다.

그런 탓에 감시자들은 오히려 모습을 드러낸 채 스스럼없이 함께 행동하기 시작했다.

감시자들은 자신이 소속된 문파가 필요로 하는 정보가 있으면 그저 다가가 장칠이나 홍한교, 법왕에게 대놓고 물었고, 그 대가로 돈이나 물자를 제공했다.

지금처럼 말이다.

"……그러니까, 투신 몽예 대협께서는 사존부에 소속될 생각이 없으시다는 거지요?"

황보세가에서 보내 온 감시인이 주저하며 묻는 말에 장칠은 귀찮다는 듯한 어조로 대꾸했다.

"그렇다니까 그러네."

"혹시라도, 나중에라도, 사존부 쪽과 손을 잡으실 리는 없을까요?"

"그건 나도 모르지. 나중에 그놈한테 직접 물어보던가."

장칠의 곁에 있는 사존부 무인들이 험악하게 눈을 부라렸고, 황보세가의 감시인은 하려던 말을 삼키고 돌아섰다.

그 순간 장칠이 외치듯 말했다.

"정보료는 두고 가야지!"

"아, 네. 여기."

감시인은 금자 다섯 냥을 꺼내, 장칠을 향해 정중하게 내밀었다.

돈을 받아 든 장칠은 냉큼 소매 속으로 집어넣더니 활짝 웃으며 말했다.

"또 궁금한 게 있으면 바로 와서 물어주세요."

황보세가 감시인은 어색하게 웃으며 몸을 돌렸다.

장칠은 주변을 쓱 둘러보며 말했다.

"다음 분!"

장칠의 시선이 닿은 사람마다 난간 너머 수면이나, 하늘을 향해 고개를 돌렸다.

장칠은 아쉽다는 듯 입을 쩝쩝 다셨다.

"오늘 장사는 여기까지인 모양이네."

그러며 일어나 엉덩이를 툭툭 털며 선실을 향해 걸어갔다. 문을 열고 계단을 내려가면서 야비한 고리꾼 같던 그의 표정이 싸늘하고 날카로운 장수의 그것으로 변해 갔다.

선실의 문을 열고 들어가자, 침상에 앉아 있던 홍한교와 법왕이 그를 향해 고개를 돌렸다.

장칠이 낮게 목소리를 깔아 말했다.

"오늘 밤이야."

홍한교와 법왕이 무겁게 고개를 끄덕였다.

*　　*　　*

깊은 밤, 달도 구름에 숨어 피곤한 눈을 붙인다.

하지만 세 명의 선원만은 억지 눈을 뜨며, 배가 제 길을 제대로 따라가고 있는지를 살피고 있었다.

어둠 저편에서 뭔가가 반짝였다.

그 순간 피곤함을 감추지 못하고 하품만 해 대고 있던 선원들이 불빛을 발견하고 갑자기 정색했다.

"뭐지? 배 같은데?"

"설마 수적?"

"용화채인가?"

"그럴 리가 없는데……."

선원들은 긴장했지만, 그렇다고 무서워하지는 않았다.

절강으로의 수로를 장악한 수채의 이름은 그중 용화채(龍華砦)로, 이 배를 운용하는 단체인 만해조방(萬海助幇)과는 상당히 친밀한 관계를 유지하고 있었기 때문이었다.

만해조방에서는 용화채에 매년 많은 금액의 물자를 알아서 바쳤고, 덕분에 장강에서의 안전을 보장 받아 왔다.

하지만 이따금 용화채의 소두령 정도의 작자가 대두령 모르게 뒷돈을 좀 챙기려 할 때는 이렇게 야심한 밤에 찾아와

뜬금없이 배를 세우곤 했다.

오늘이 그런 날인가 보다.

"아, 적당히 좀 해 먹지. 어쩌지?"

"어쩌긴 어째. 선장님 깨워야지."

만해조방은 장강의 수채들과 돈독한 사이를 유지하기 위해 이따금 각 수채의 소두령 정도의 간부를 선장으로 받아왔는데, 마침 지금의 배를 책임지는 선장이 바로 용화채 수적 출신이었다.

"네가 모셔 와라."

선원 중 하나가 귀찮다는 듯이 몸을 돌려, 선장실을 향해 걸음을 옮겼다. 하지만 한 걸음을 내딛기도 전에 멈춰 서야만 했다.

검은 그림자가 그의 앞을 가로막고 서 있었기 때문이었다.

선원은 뭐라 말하려는 찰나, 그림자가 속삭였다.

"쉿."

다른 선원 둘이 몸을 돌렸다.

그러자 검은 그림자가 늘어나 그들을 덮쳤다.

* * *

장무열은 소림의 속가문파 중 세 손가락 안에 드는 불현무관(佛鉉武館)의 대사범으로, 소림출신 중에서도 은신술과 잠행이 특히 뛰어나기로 이름 높았다.

그렇기에 본산에서 내려진 지령에 따라, 장칠 일행을 미행하게 되었지만, 어느 순간부터 자신의 장기를 살릴 필요가 없어져 버렸다.

이렇게 마주 앉아서 술잔을 기울이는 사이가 되었으니 말이다.

"자, 한 잔 더 합시다."

장칠이 그렇게 말하며 술병을 내밀자, 장무열은 고개를 모로 돌리며 못 들은 척했다.

그러자 장칠이 목소리를 높였다.

"거, 장 형. 한 잔만 더 하자니까 그러네."

장무열이 남몰래 이를 갈았다.

'장 형?'

장무열은 첫사랑에 실패하지 않았다면, 딱 장칠 만한 자식이 있을 나이였다.

그런데 형이라고?

장칠이 말했다.

"이런 객지에서 종씨끼리 만난 것도 인연 아니지 않소. 자, 자. 술 한 잔 받으시오."

코웃음이 절로 난다.

시전에 돌을 던져 사람 열 놈이 맞으면, 그중 셋이 장씨라고 할 정도로 흔한 성씨이다.

그러니 종씨를 만난다고 해도 대부분이 그러려니 할 정도로 가볍게 치부했다.

더구나 장무열이 아는 대로라면, 장칠은 중원 사람이 아니라, 안남의 토착민인 백족 출신이었다. 그리고 장칠이라는 이름은 그를 주워 기른 안남의 군부에서 임의로 지어 준 이름이라고 들었다.

장칠이 이렇게 장 형이네, 인연이네 하며 가져다 붙여 친한 척하는 이유가 따로 있음을 누가 모를까.

장칠이 갑자기 목소리를 깔아 넌지시 말했다.

"내게 갑자기 생각난 아주아주 귀한 정보가 있는데, 장 형한테만 말씀드리리다. 금자 서른 냥…… 아니다. 우리 사이에 그럴 수는 없지. 내가 딱 반으로 잘라 금자 열닷 냥만 받을게."

장무열은 눈살을 찌푸리며, 술잔을 내밀었다.

"그냥 술이나 주시구랴."

그러자 장칠은 아쉽다는 듯 입을 쩝쩝 다신 후, 고개를 옆으로 돌렸다. 그 자리에는 무당 속가 출신인 류지홍이라는 사내가 있었다.

"류 형? 아니, 류 형 술잔이 비었구만. 내 정신이 이렇다니까. 하하하하핫."

장칠은 그대로 술병을 옮겨, 류지홍에게 내밀었다.

"자, 한 잔 받으십시오. 류 형. 아니지. 나이 차이가 있는데, 제가 형이라고 부를 수는 없지요. 류 선배님. 자, 후배가 술 한 잔 올리겠습니다."

그 말을 들은 장무열의 얼굴이 새빨갛게 달아올랐다. 류지홍은 자신보다 다섯 살이나 어렸기 때문이었다.

류지홍은 살짝 장무열의 눈치를 보며 술잔을 내밀었다. 하지만 장칠은 아무것도 느끼지 못했는지 그저 음충스레 웃으며 술병을 기울였다.

"류 선배, 어떻습니까? 갑자기 확 떠오른 정보가 하나 있는데, 내가 류 선배님께만 알려드리지요. 딱, 금자 열닷 냥, 아니지. 그럴 수야 없겠지요? 딱 금자 열 냥만 받겠습니다. 어떻습니까? 솔깃하지 않습니까?"

류지홍은 자신의 술잔을 단숨에 비운 후, 자리에서 일어났다.

"허흠. 내가 좀 취한 거 같소이다. 저 먼저 일어나겠습니다."

장칠의 얼굴이 단숨에 일그러졌다. 하지만 바로 활짝 펴지며 고개를 튼다.

"거기, 황보 형. 거기서 뭐하십니까? 같이 한 잔 하십시다."

멀찍이 앉아 있던 황보세가 출신의 황보방이 벌떡 일어났다.

"류 선배님. 같이 가시지요."

덩달아 모두가 벌떡 일어났다. 이 자리에 있는 사람 중 술을 마시고 싶었던 이는 장칠을 제외하고는 아무도 없었다.

술을 꼭 마셔야겠다는 장칠의 횡포에 가까운 제안에 어쩔 수 없이 모이게 된 자리였다.

그때, 장칠이 술병을 내려놓더니 자신의 잔에 집어 들며 중얼거렸다.

"건양무신이 어디에 있는지 알고 싶은 사람이 이리도 없을 줄은 몰랐네."

그 순간 모든 이들이 동작을 멈추었다.

장칠이 건양무신을 어디 있는지 알고 있다고?

그럴 리가 없었다.

하지만 지금까지 장칠은 단 한 번도 거짓 정보를 말한 적은 없다는 사실이 떠올랐다.

무당 속가인 류지홍이 다시 자리에 앉으며 말했다.

"정말이오?"

장칠은 술잔을 단숨에 비운 후, 순진한 듯 눈을 껌뻑였다.

"응? 뭐가 말이오, 류 형?"

선배라고 할 땐 언제고 다시 형이라니.

류지홍은 못 들은 척하며 다시 물으려 했다. 하지만 그 전에 장무열의 다급한 목소리가 튀어나왔다.

"정말 건양무신이 지금 어디에 있는지 알고 계신단 말인가?"

장칠이 크게 고개를 끄덕였다.

"제가 언제 거짓말한 적이 있습니까?"

장무열이 그의 앞으로 다가가 물었다.

"어디에 있나?"

장칠이 그를 가만히 바라보다가 물었다.

"그런데 성함이 어찌 되시더라?"

그의 능청스러운 태도에 장무열은 짜증이 났지만, 억지로 참아 누르며 애써 미소를 지었다.

"이 사람, 참. 따지고 보면 한 핏줄이랄 수 있는 종씨끼리 돕고 살아야지, 또 이러시는가."

"아, 맞다. 장씨!"

순간 장무열의 입술 안에서 이 갈리는 소리가 흘러나왔다.

그 사이 황보정이 빠르게 나서 장칠의 앞에 금자 열 냥을 내려놓았다.

"여기 있소! 그 정보 내게 파시오!"

장칠이 금자와 황보정을 번갈아 본 후, 씩 웃었다.

"내가 언제 금자 열 냥이라고 했소?"

관심을 보이니 가격을 올리겠다는 소리임을 모를 리 없다.

류지홍은 그리 고민하지 않고, 소매를 열어 열다섯 장의 전표를 꺼내 내려놓았다.

"여기 있소! 금자 열닷 냥이오!"

하지만 거의 동시에 장무열이 두 개의 전표를 내려놓았다.

"금자 열 냥짜리 전표 두 장이오!"

장칠이 팔짱을 끼더니, 고민이 된다는 듯 눈을 지그시 감았다.

"이거 참. 내가 돈에 움직이는 사람이 아닌데……."

이 정도 돈에는 움직이지 않는 사람이라는 뜻이겠지.

그러자, 류지홍이 품을 뒤져 종이 한 장을 위에 얹었다.

"여기 금자 서른 냥짜리 전표 하나를 더 놓지요."

그 순간 장칠의 눈동자가 빛났다.

"역시 류 선배님. 통이 크십니다. 하하하하하핫!"

이번에는 장무열이 소매에서 종이 세 장을 꺼냈다.

"합이 금자 오십 냥이라오."

장칠의 입이 찢어져라 벌어졌다.

"역시 장무열 선배님, 아니 장무열 어르신! 우리 장씨문중의 대들보다운 배포입니다!"

류지홍은 휙 고개를 돌려 장무열을 노려보며 말했다.

"장 사형. 꼭 이러셔야겠습니까?"

장무열이 빙긋 웃으며 말했다.

"요즘 세상이 소란스러워서 무당을 찾는 향화객 숫자도 많이 줄었다던데, 돈을 아끼는 편이 낫지 않겠나?"

류지홍의 눈매가 예리해졌다.

"소림에 올라가는 시줏돈도 많이 줄었다지요?"

장무열의 표정이 굳었다.

"류 사제께서 본 파의 살림을 그리 걱정하고 있을지는 몰랐네."

"저 역시 마찬가지입니다."

두 사람의 분위기가 심상치 않자, 장칠이 손뼉을 쳤다.

"자자! 그러지들 마시고. 이거, 제가 입을 잘못 놀린 것 같아 죄송하군요. 이거 참. 두 분께 말씀드렸다가는 싸움 나겠습니다. 그러니, 다른 분은 어떨까 싶은데……."

장칠이 말을 흘리며, 지켜보고만 있던 다른 문파의 사람들에게 슬쩍 눈짓을 주었다.

소림과 무당이라는 이름이 가진 위세에 밀려 그저 눈치만 보고 있던 사람들은 저마다 소매나 옷깃 속에 손을 넣어서 자신들이 현재 가지고 있는 돈이 얼마인지를 확인해 보았다.

장무열과 류지홍은 상황이 요상하게 돌아가는 것 같아, 서로를 향한 눈빛을 돌려 사람들을 노려보았다.

다른 문파의 미행인들은 저마다 움찔했지만, 두 사람의 협박 같은 눈빛을 오히려 마주 대했다.

건양무신에 대한 정보를 얻는다는 건 자파에서의 지위가 최소 두 단계 이상 상승할 정도의 공적이었다. 그러니 아무리 소림과 무당이 압박을 가한다고 해도 물러설 수는 없었다.

사람들의 표정에서 각오가 느껴지자, 이번엔 장무열과 류지홍이 당황했다.

어찌하여야 한다?

두 사람은 빠르게 눈빛을 교환하여, 의견을 모았다.

장무열이 갑자기 손을 뻗어, 류지홍이 내려놓은 금자와 전표를 집더니, 자신의 것 위에 얹었다.

"이 정도면 되겠는가?"

장칠은 슬며시 류지홍을 돌아보았다.

류지홍은 발을 빼겠다는 듯 뒷짐을 쥘 뿐이었다.

장무열이 먼저 장칠에게서 정보를 들은 후, 류지홍과 나누기로 했음을 눈치챌 수 있었다.

장칠은 피식 웃으며 중얼거렸다.

"역시 소림과 무당이로구나."

수백 년 동안 앞서거니 뒤서거니 경쟁하며 정도무림을 영도해 온 두 문파가 어떻게 함께해 왔는지 느낄 수 있는 부분이었다.

실례로 다른 문파의 사람들은 눈치만 볼 뿐이었다.

장무열과 류지홍처럼 몇 개의 문파가 서로 뜻을 모아 돈을 모으면 될 텐데, 누구 한 명 제안하지 못하고 있었다.

대표로 정보를 들을 사람이 제대로 나누어 줄 거라는 믿음이 없는 탓이다.

타 문파가 소림과 무당의 아성을 넘어설 수 없는 이유를 엿볼 수 있는 단면이었다.

장칠은 잠시 더 기다리다가, 결국 어쩔 수 없다는 듯 장무열이 내놓은 전표와 금자를 향해 손을 뻗었다.

"역시 소림과 무당입니다."

그 순간 장무열의 입가에 득의 어린 미소가 떠올랐고, 다른 문파의 무인들은 일제히 아쉬움의 한숨을 터트렸다.

장칠은 금자와 전표를 품 안에 집어넣은 후, 입을 우물거렸다. 전음입밀의 수법으로 장무열만이 들을 수 있도록 말을 하고 있는 듯했다.

어느 순간 장무열의 눈이 찢어질 듯 벌어졌고, 장칠은 자리에서 일어섰다.

"자! 술자리는 이만 하기로 하지요. 그럼 저는 가 보겠습니다."

그 순간 장무열이 그의 앞을 가로막았다.

"그게 무슨 소리인가!"

그가 거칠게 외치자, 장칠은 이게 무슨 짓이냐는 듯이 눈살을 찌푸렸다.

"말 그대로요."

"말 그대로라니! 제대로 말해야 할 것 아닌가!"

"제대로 말한 겁니다."

"정말인가?"

"제가 언제 거짓말을 한 적 있습니까?"

"정말로 정말인가?"

"아, 믿지 말던가."

"그럴 리가……."

그러며 장칠은 장무열을 지나쳐, 문으로 걸어갔다.

장칠이 문을 열고 나간 것도 모른다는 듯이 장무열은 가만히 서 있었다.

보다 못한 류지홍이 그에게 다가갔다.

"장 사형. 대체 뭐라고 했기에 이러시는 겁니까?"

그제야 장무열은 잠에서 깬 사람처럼 눈을 끔뻑이더니, 주변을 차갑게 돌아보았다. 그러며 입을 우물거렸다. 전음으로 류지홍에게만 목소리를 전하기 위해서였다.

—건양무신이 현재 있는 곳은…….

류지홍은 침을 꿀꺽 삼키며 다음 말을 기다렸다.

—이곳이라고 하네.

그 순간, 류지홍의 두 눈이 조금 전의 장무열처럼 찢어질 듯이 벌어졌다.

류지홍은 잘못 들었나 싶어, 물었다.

"네? 그게 무슨 소리입니까?"

장무열이 다시 전음을 보냈다.

—말 그대로네. 장 소협은 건양무신이 우리 중에 섞여 있다고 했네.

第九章

건양무신이 바로 여기에 있다?

상황을 어느 정도 아는 사람 중 대부분은 건양무신은 지금 세력을 정리하여 사존부와의 일전을 준비하고 있을 것이라고 여겼다.

그런데 그가 왜 여기 있단 말인가?

답이 나오지 않는 질문이 장무열과 류지홍의 머리를 어지럽혔다.

'거짓말이겠지.'

그렇게 생각하면서도, 장무열과 류지홍은 천천히 몸을 돌려 사람들을 매섭게 노려보았다.

거의 열흘 동안 함께해 온 사람들이었다. 각기 어느 문파 소속인지는 대놓고 말하지는 않았지만, 몇 마디 말을 나누다 보니 자연스럽게 알게 되었다.

그러니 의심 가는 사람을 한 명도 찾을 수가 없다.

하지만 반대로 모두가 의심스럽기도 했다.

사람들은 두 사람이 자신들을 노려보자, 멀뚱거리며 뭔가 이상하다 싶은지 저들끼리 쑥덕거렸다.

"저 양반들, 왜 저러지?"

"우리가 알려달라고 할까 봐 먼저 분위기 잡는 거 아니오?"

"그런가 보네. 거참. 사람을 어떻게 보고……."

"그럼 당신은 안 물어볼 생각이셨소?"

"그렇지는 않지만……."

그때 누군가의 목소리가 울려 퍼졌다.

"굳이 물어보지 않으셔도 되오. 내가 말해 줄 수 있으니."

모든 사람의 시선이 목소리의 주인을 향해 모였다.

삼십 대 중반 정도로 보이는 거한이었다.

순간 모두가 침을 꿀꺽 삼켰다.

거한은 자신의 신분을 말한 적은 없지만, 대부분은 그의 소속을 눈치채고 있었다.

황실에서 파견한 동창의 고수.

투신 몽예와 그의 동료들의 행보는 무림만이 주목하고 있는 게 아니었기에, 황실에서도 직접 사람을 파견하여 미행토록 했던 것이다.

역시 황실답게 건양무신의 위치를 알아냈었던 모양이라고 사람들은 생각했다.

하지만 장무열과 류지홍의 생각은 달랐다.

'설마?'

동창의 고수가 걸어 나왔다.

"저 아이들은 언제부터 알고 있었던 걸까?"

그는 그렇게 중얼거리며, 씁쓸한 미소를 지었다.

동창 고수의 용모가 변하기 시작했다. 검은 머리가 하얗게 물들어가고, 키는 반 치 가량 줄어들었으며, 얼굴에는 깊은 주름이 파여 갔다. 그리고 오른팔이 짧아지더니, 팔꿈치 부분까지 사라져 버렸다.

그렇게 변한 용모는 그림으로 보았던 건양무신과 너무도 닮아 있었다.

사람들의 눈, 코, 입이 쩍 벌어졌다.

하지만 동창의 고수, 아니 건양무신은 그들의 반응 따위는 보지 못한 것처럼 문만을 노려보았다.

그저 이미 나가고 없는 장칠만을 떠올릴 뿐이었다.

'대체 언제, 어떻게 알았을까?'

이제는 그다지 중요한 문제는 아니었다.

"역시 쉽지 않은 아이들이야."

건양무신은 그렇게 중얼거린 후, 두 눈을 부릅떴다. 동시에 그의 전신에서 막대한 기운이 뿜어져 나왔다.

엄청난 압박감을 버티지 못하고, 선실 안의 모든 이들이 무릎을 꿇었다. 숨을 쉴 수조차 없는지, 모두의 얼굴색이 붉게 물들어가고 있었다.

건양무신은 그들의 모습이 보이지 않는 듯, 그저 선실의 문을 향해 다가갔다.

문이 저절로 무너져 내렸다.

열린 문밖에는 아무것도 없었다.

건양무신은 당연하다는 듯 통로를 향해 걸음을 이어갔다.

통로를 지나쳐 계단을 올라 갑판으로 이어지는 문을 열자, 철썩이는 물소리가 그를 반겼다. 달은 구름에 숨었기에 짙은 어둠이 드리워져 있었지만, 갑판 저편에 세 명의 청년이 서 있다는 것을 모를 수는 없었다.

건양무신이 말했다.

"언제부터 알고 있었나?"

장칠이 기다렸다는 듯 대꾸했다.

"처음부터."

"처음부터?"

장칠이 고개를 끄덕였다.

"그래. 처음부터."

그렇게 말하며 장칠은 건양무신을 놓쳤던 장원을 떠올렸다.

* * *

잿더미가 되어 버린 장원의 입구에 서서 무적강시를 통해 의사를 전하고 있는 몽예의 말을 듣던 세 청년은 고개를 갸웃거렸다.

알아들을 수가 없었다.

장칠이 대표하여 물었다.

"미끼가 되라고?"

무적강시는 고개를 끄덕였다.

"그래. 미끼가 되는 거야."

"무슨 뜻인지 알아듣게 좀 말해 봐."

"건양무신은 분명 여기 어딘가에 있어. 하지만 찾아낼 수는 없을 거야. 만약 찾아낸다고 해도, 상당한 시간이 걸릴 거야. 아니면, 그 전에 빠져나갈지도 모르고."

"그래서?"

"너희가 그를 쫓는 게 아니라, 그가 너희를 쫓아오게 만들면 돼."

"어떻게?"

"그냥 지금 거길 나와서 며칠 찾아다니는 척하다가, 포기하고 나한테 온다고 떠들면 될 거야."

"뭐가 그렇게 쉬워? 그가 안 쫓아오면 그만 아니야."

"그는 너희를 쫓아올 수밖에 없어."

"왜?"

무적강시가 손가락 네 개를 폈다.

"네 가지 이유가 있기 때문에."

장칠과 법왕, 홍한교는 입을 다물고, 무적강시가 내민 네 개의 손가락을 노려보았다.

잠시 뜸을 들인 무적강시가 손가락 중 하나를 접었다.

"첫 번째 이유는 너희의 그림자 속에 숨는 게 가장 안전하기 때문이지."

장칠과 법왕, 홍한교는 눈을 지그시 감고 생각에 잠겼다.

우리의 그림자 속에 숨는 게 가장 안전하다?

생각해 보니 그럴 듯했다.

투신회는 현재 가장 밝게 빛을 발하는 불이라 할 수 있었다. 그렇기에 많은 세력이 주목을 받고 있었다.

하지만 투신회에겐 숭무정에 대한 대항심만 있을 뿐, 다른 의도가 없기에 그저 동향을 파악하는 수준에서 지켜보기만 할 뿐이다.

그러니 건양무신의 입장에서는 투신회 주변이 숨어 있기에 최적의 장소일지도 모른다.

"두 번째, 너희 주변에 있으면 숭무정의 세력을 추스르기에도 조건이 좋지."

투신회에게 눈을 붙인 세력은 수십이 넘고, 그들은 하루에도 몇 번씩 자신이 취득한 정보를 알리고 명령을 받는다.

그러니 그들 사이에 섞여서 숭무정 하위 세력에게 연락을 취한다고 해도, 눈에 뜨일 리 없었다.

"그리고 세 번째. 너희를 뒤따르다 보면, 결국 내 앞에 오겠지. 그러면 나에게 복수할 수 있는 최적의 조건을 자연스럽게 만들 수 있을 거라 여기지 않을까?"

홍한교와 장칠, 법왕은 저도 모르게 고개를 끄덕여 수긍했다.

법왕이 물었다.

"네 번째 이유는?"

무적강시가 멀뚱거렸다.

"네 번째?"

장칠이 말했다.

"이유가 네 가지라며. 마지막은 뭔데?"

무적강시가 멀뚱거리다가, 히죽 웃었다.

"뭐지? 까먹었네."

그러더니 표정이 굳는다.

"아! 또 맞았다. 나, 이만 연결 끊는다. 이따금 연결할 테니까 미끼 노릇 제대로 해. 제대로만 엮으면 숭무정을 단숨에 솎아 낼 수 있는 기회이니까."

*　*　*

'무서운 놈이야.'

장칠은 부르르 몸을 떨었다. 몽예를 아는 사람이라면 모두가 그렇게 생각할 것이다.

얼핏 보면 단순하여 그냥 기분 내키는 대로 행동하는 듯한데, 속을 살펴보면 그렇지 않다. 주변을 세심하게 관찰하고 분석하여 최선의 선택을 한 것이다.

지금도 그랬다.

어딘가에서 무신 진무도와 생사의 대결을 벌이고 있음에도, 이렇듯 수많은 사람을 움직이고 씨실과 날실로 엮어서 건양무신이 벗어날 수 없는 그물을 만들어 내지 않았는가.

건양무신이 속삭이듯 말했다.

"처음부터 알고 있었다라. 대단하구만. 대단해. 정말이라면 제대로 당했어. 허허허허허허."

그의 웃음소리에는 많은 감정이 섞여 있었다. 분노, 원망, 혐오, 슬픔, 그리고 고통까지.

그러나 웃음을 멈춘 순간, 그의 얼굴엔 오직 투쟁심 만이 남겨져 있었다.

"하지만 이제부터는 너희가 내게 당할 차례일 게야."

그러며 건양무신은 왼손을 높이 들어 올렸다. 그 순간, 사방이 노을처럼 붉게 타올랐다.

크고 작은 선박 수십 개가 배를 둘러싼 광경을 볼 수 있었다.

언제 이 많은 배가 모였을까?

하지만 장칠과 홍한교, 법왕의 표정은 변화가 없었다.

건양무신이 말했다.

"역시 이 또한 알고 있었구나."

장칠들은 대답하지 않았지만, 건양무신은 그들의 담담한 안색을 통해 답을 얻을 수 있었다.

하지만 건양무신의 표정 역시 담담했다.

"혼제를 기다리는 게냐? 그렇다면 기다리지 말거라. 그녀는 오지 못할 터이니."

그제야 장칠과 홍한교, 법왕의 얼굴이 무겁게 가라앉았다. 반면 건양무신의 입가에는 싸늘한 미소가 떠올랐다.

"어찌 알았냐 묻고 싶은 게냐?"

홍한교가 대표하여 물었다.

"대답해 주신다면 묻고 싶소이다."

"혼제는 너무 오래 패권을 쥐고 있었어. 고인 물은 썩기 마련이지."

홍한교가 눈을 빛냈다.

"사존부에 첩자가 있다?"

건양무신은 고개를 저었다.

"아니지. 그저 함께 세상을 이끌어 보자고 맹세한 친구들이 제법 될 뿐이야. 그 친구들이 내 걱정이 되었는지, 어렵게 알려주더군. 혼제가 믿을 만한 사람 이백 명 정도를 데리고 이쪽으로 출발했다고 말이네. 하루 정도는 지연시킬 수가 있을 듯하니, 그 사이 하고자 하는 일을 마쳐 보라 하더군."

장칠이 콧방귀를 뀌었다.

"흥! 좋은 친구 두셨네."

건양무신은 크게 고개를 끄덕였다.

"좋지. 좋은 친구다마다. 자, 시작해 볼까?"

그 순간 장칠이 손을 높이 들었다. 그러자, 갑판 뒤편에 마련된 짐 상자가 터져 나가며 사십여 개의 그림자가 쏟아지듯 튀어 나왔다.

무적강시였다.

건양무신이 소림이라도 격파할 수 있을 것이라 자신하던 숭무정 최강의 무투집단, 건천단을 무너트린 괴물들!

하지만 건양무신의 표정은 변함이 없었다.

"아! 시작하기 전에 먼저. 혹시 이 활강시를 믿고 이러는 거라면, 그 또한 믿지 않는 편이 좋을 듯싶네."

이건 또 무슨 소리일까?

청년들의 표정이 굳었다.

그들의 반응이 만족스러운지 건양무신의 목소리가 높아졌다.

"활강시. 무시무시하지. 나조차도 저것들 열 이상을 상대한다면, 자신이 없어. 죽지도 않고 부서지지도 않아. 하지만 약점은 있더군. 우선 술자. 술자가 없으면 활강시는 움직이지 않아."

그러자 법왕이 싱긋 웃었다.

"나를 제거하시겠다? 마음대로 되실까?"

건양무신은 고개를 끄덕였다.

"쉽지 않겠지. 자네가 활강시 다섯 구 정도만 호위로 남겨둔다면, 아무리 나라고 해도 무슨 방법이 있겠나. 하지만 자네를 제거하지 않아도 되는 쉬운 방법을 하나 찾았어. 활강시를 멈추게 하기 위해서는 꼭 술자를 죽여야만 하는 건 아니더군. 산백무(散魄霧)라는 향을 피우면, 술자와 활강시 사이의 연결을 일시적으로 끊을 수 있다는 말을 들어 본 적 있는가? 고작 한 시진 정도에 불과하다지만 그 정도 시간이면 충분하리라 싶은데, 자네들 생각은 어떤가? 아! 갑자기 고약한 냄새가 나지 않은가? 이게 바로 산백무라는 거네."

그가 말을 맺는 동시에 활강시들이 끈 떨어진 연처럼 흐물흐물 주저앉았다. 법왕은 양손을 들어 올리며 무적강시에게 일어나라는 신호를 보냈지만, 활강시 중 그 어느 것도 움직이지 않았다.

그러자 건양무신이 과장되게 한숨을 내쉬었다.

"후우. 내 그렇게 입 아프게 설명을 해 주었건만, 믿지를 않으니 서운하구만. 무덤을 봐야 누울 자리인지 알 놈들이구나. 그래. 무덤을 보여드리지."

홍한교가 해왕검을 뽑아 들며 말했다.

"참 많이도 준비하셨구료."

건양무신은 고개를 저었다.

"아니. 부족하지. 더 많이 준비하려 했었네. 투신 몽예의 뒤통수를 치려면, 그의 뼈를 발라내고, 살을 찢어 개먹이로 주고, 핏물을 모아 술을 빚어 먹으려고, 더 준비하려 했었네. 하지만 욕심을 너무 부렸다간 내 형제들 꼴이 날 수 있겠다는 생각이 들더군. 우선 자네들과 활강시를 없애서 이 울분을 약간 삭이는 것으로 만족하려 하네."

"그게 되시겠소?"

건양무신은 고개를 갸웃거렸다.

"자네들이 보기에는 안 될 것 같은가? 활강시는 무용지물이 되어 버렸네. 그러니 여기엔 자네들 셋뿐이야. 반면 나에게는 이 주변에 깔린 배 안을 가득 채운 칠백 명쯤 되는 수하가 있다네. 혹시 혼제가 올지도 모른다는 기대를 버리지 못한 건가? 그렇다면 실망하게 될 것이네. 난 내 친구를 믿는다네."

장칠이 말했다.

"기다리지 않소. 사존부의 고수들이 도착해야 할 시간을 넘겨서 이상하다 했더니, 그렇게 된 거군. 참 나."

건양무신이 싱긋 웃었다.

"그럼 대체 뭘 믿고 그리 대담한 게냐? 아! 비루하게 죽기보다는 당당히 맞이하겠다는, 그런 각오라면 칭찬해 주마."

"칭찬은 받고 싶은데, 그런 각오 따위는 없어서 미안합니다. 그저 당신이 친구를 믿듯, 우리도 친구를 믿는 것뿐이야."

"친구?"

장칠이 씨익 웃었다.

"그래. 친구."

쐐애애애애애애애애애액!

어디선가 들려오는 거칠고 날카로운 소리에 건양무신은 얼굴을 굳히며, 고개를 틀었다.

뭔가가 날아오고 있다.

쐐애애애애애액!

밤하늘을 가득 채운 구름이 갑자기 갈라졌다. 가려져 있던 달이 기회라는 듯 은은한 빛살을 쏟아 냈다.

달빛에 휩싸여, 검은 덩어리 하나가 갑판을 향하여 내려온다.

콰아앙!

배가 부서질 듯 뒤흔들린 후, 갑판 위에 지금껏 보이지 않던 사람 하나가 서 있었다.

그의 얼굴을 확인한 순간, 건양무신의 표정이 일그러졌다.

사내가 말했다.

"늦은 건 아니지?"

그러자 장칠이 말했다.

"딱 맞춰서 왔어."

"그래?"

사내가 고개를 틀어 건양무신을 향해 말했다.

"나 알지?"

건양무신은 이를 으드득 갈았다.

알다마다. 어찌 모를 수가 있을까.

"투신 몽예!"

달빛과 함께 나타난 사내, 몽예는 빙긋 웃었다.

"뭘 그렇게 반가워해. 그러면 죽이기 미안해지잖아."

*　　*　　*

건양무신은 당황을 숨길 수가 없었다.

어떻게 몽예가 이 자리에 나타난 걸까?

'우연일까?'

아니, 그럴 리 없었다.

장강 한복판에서 우연히 만나게 되는 경우 따위가 있을 리 없지 않은가.

이 자리, 바로 이 시간에 만나기로 미리 약속했다는 게

다.

그렇다면 대체 언제 그런 약속을 했을까?

'아니지. 아니야.'

지금 그런 건 중요한 게 아니었다.

중요한 건, 지금 이 자리에 무신 진무도와 쌍벽을 이루는 유일한 존재 투신 몽예가 나타났다는 것!

투신은 조사와 지금껏 생사를 건 결전을 벌이고 있다고 하지 않았던가?

그렇다면 조사께서도 이 어딘가에 있어야만 했다.

그런데 혼자 나타났다는 건?

건양무신의 전신에서 식은땀이 흘러내렸다.

"조사께서는 어찌 되셨나? 설마……."

몽예는 짜증이 나는 듯 눈살을 찌푸렸다.

"그 늙은이, 얘기도 꺼내지마. 정말 지긋지긋하니까. 젠장. 반년 동안 헛짓거리만 했네."

살아 있다는 뜻이기에, 건양무신은 안도의 한숨을 내쉬었다.

그러자 몽예가 코웃음을 쳤다.

"핏줄이라고 많이 걱정됐나 봐? 저 자신밖에 모르는 늙은이가 복도 많네."

"말을 삼가거라."

"있는 그대로를 얘기하는 거야. 그는 자기 자신밖에 몰라. 당신이 어찌 되건, 숭무정이 망하건 말건, 그는 아무 관심도 없어."

건양무신이 씁쓸한 표정으로 속삭이듯 말했다.

"왜 모르겠나. 잘 알지. 그분께서는 그런 분이시지. 하지만 어쩌겠는가? 내가 그분에게서 나왔는데, 그분이 나를 외면한다고 하여 어찌 야속하다고 할 수 있겠나. 지금의 내가 있게끔 베풀어 주신 은혜만으로도 황송할 뿐이지. 어찌 되었건 조사께서는 안녕하시다는 거로군."

"백 일 정도는."

"백 일?"

"백 일 후에 만나기로 했어. 그때 끝을 보자더라."

"백 일…… 백 일이라…… 그분을 외롭게 만들어 드려야겠어."

"외롭게 만든다?"

"백 일 후 약속 장소에 자네가 나타나지 않는다면 그분께서 외로워하시지 않을까 싶은데, 자네 생각은 어떤가?"

"아! 날 없애겠다? 뭘 그렇게 어렵게 말해."

몽예가 히쭉 웃었다.

"죽인다. 오른팔을 잃은 복수를 하겠다. 뭐 그렇게 진솔하면 좋잖아."

건양무신이 이를 으드득 갈았다.

"어찌 너 같은 무뢰배가 그러한 실력을 얻을 수 있었는지 모르겠구나."

"너희 때문이야. 너희 숭무정이 나를 만들었어. 그렇게 따지면 너희 숭무정이야말로 나의 부모라고 할 수 있겠네."

건양무신이 헛웃음을 흘렸다.

"허허허헛. 무신에게서 비롯된 우리가 투신을 만들었다? 그거 참 슬픈 농담이로군."

"이제부턴 더 슬픈 짓을 좀 할 것 같은데?"

건양무신이 고개를 들어 올렸다. 갈라진 구름 사이를 비집고 삐쭉 고개를 들이민 둥근 달 위로 먼저 간 형제들의 얼굴이 그려졌다.

'나도 곧 가마.'

고개를 휙 내린 건양무신이 크게 외쳤다.

"쳐라!"

그러자, 주변을 가득 메운 배 위에서 수십 명의 사내들이 솟구쳐 올라 몽예와 장칠 일행을 향해 빗살처럼 쏟아졌다.

* * *

쇄아아아아아아아아!

대형을 유지한 채 물살을 가르며 뻗어 나가는 십여 개의 쾌속선은 마치 한 무리의 철새만 같았다.

어미 새처럼 가장 선두에 있는 배의 위, 인상이 차가운 사십 대 여인이 서 있다.

사존부의 부주이며, 강호를 신주사존 중 일인인 혼제였다.

그 어떤 사내보다 담대한 성격이라 전장 한복판에서도 음담패설을 마구 뱉어대며 웃음을 잃지 않던 그녀가 입을 굳게 다문 채 앞만을 노려보고 있었다.

그녀의 발밑, 피에 물든 노인 하나가 뻗어 있었다.

"부, 부주. 용서를…… 제, 제발 죽여 주십……."

어느 순간, 혼제의 입술이 벌어졌다.

"왜 그랬니? 도무지 이해가 안 가네."

노인이 힘겹게 고개를 들었다. 붓고 터져 용모를 잘 알아보기 힘들지만, 그는 사존부의 이인자로 불리던 사혼마자였다.

"주, 죽여 주십시……."

혼제가 가볍게 발을 휘돌렸다.

퍽!

사혼마자의 머리가 깨어지고 핏물이 뿜어 올랐다. 다음 순간 혼제의 뒤편에 서 있던 사람 중 하나가 나서 사혼마자의 머리를 꿰매고, 금창약을 발랐다. 이미 여러 번 해 보았다는 듯이 익숙한 동작이었다.

혼제가 말했다.

"내가 널 얼마나 예뻐했는데, 그렇게 쉽게 죽이겠어. 살려 둘 거야. 그럼 살려 줘야지. 보여줄 게 많아. 네 자식이 죽는 꼴도 보고, 네 손녀가 여러 남자의 손을 거치는 광경도 좀 보고……."

사혼마자가 흐느끼듯 말했다.

"죄송합니다, 흐흐흐흐흑. 제발 저로 끝내주십시오."

"그러게 왜 그랬어. 뭐가 아쉽다고 숭무정 따위와 손을 잡은 거니. 내가 널 때리고 욕한 적은 있어도, 박대한 적은 없었잖아. 아쉬운 게 있으면 얘기를 하지, 왜 뒤통수를 쳐. 이 개새끼야. 왜 그랬냐고! 이 개새꺄!"

혼제는 화를 참을 수가 없는지 사혼마자의 등과 머리를 마구 짓밟았다.

퍽, 퍽, 퍽, 퍽!

피와 살점이 튀어 오른다.

어느 순간 혼제는 뒤로 물러섰다.

"치료해."

그러자 조금 전 나섰던 의원이 기다렸다는 듯 사혼마자에게 다가왔다.

상처 부위를 이리저리 만지거나 꿰매던 의원은 혼제를 향해 조심스럽게 말했다.

"주, 죽을 것 같습니다만……."

혼제는 한 마디를 툭 뱉었다.

"살려."

"하지만…… 천년설삼 같은 영약이라고 먹이지 않으면……."

"먹여."

"네."

그때 사혼마자가 힘겹게 말했다.

"치, 친구……입니……다."

혼제가 콧방귀를 뀌었다.

"의리? 뭐 그딴 거 때문에 그랬다? 그걸 믿어라?"

"하나 뿐……인 친구……입니다. 단 한 번……만 도와달……라는 부탁을 거절할 수가…… 없어서……."

"병신 새끼. 그럼 사존부는 뭐였는데? 우정의 선물이냐? 네 의리 때문에 죽을 네 자식과 손녀는 뭐고?"

"죄송…… 요, 용서를…… 제발……."

혼제는 물끄러미 그를 내려다보다가, 어느 순간 속삭였

다.

"죽게 놔둬."

그러자 사혼마자의 상처를 매만지던 의원의 손길이 뚝 멈췄다.

혼제는 시선을 앞으로 돌렸고, 점점 가늘어지는 사혼마자의 숨소리를 음악이라도 된다는 듯 귀 기울였다.

혼제는 한숨을 푹 쉬었다.

"난 너무 마음이 약해서 탈이야. 애 아들하고 손녀는…… 고통스럽지 않게 보내라고 해. 손녀가 좀 귀엽게 생겼다며? 죽이기 전에 이리저리 돌렸다간 잘린다고 하고."

그러자 수하들 중 한 명이 주저하다 말했다.

"문제가…… 소부주께서 데리고 계십니다."

혼제가 고개를 돌렸다.

"인정이가?"

수하는 입을 우물거릴 뿐, 더는 말을 하지 않았다.

하지만 혼제는 알아듣겠다는 듯 피식 웃었다.

"피는 못 속인다고 여자 좋아하는 건 복상사한 재 아비를 꼭 닮았네."

"어찌할까요?"

잠시 고민하던 혼제가 단호히 말했다.

"여자애를 지키려고 한다면 사혼마자와 동조하여 역모를 꾀한 것으로 알고 처단하겠다고 전해."

듣고 있던 수하들이 꿀꺽 침을 삼켰다. 신비명곤 오인정은 수많은 경쟁자를 물리치고 사존부의 소부주를 차지한 만큼, 사존부 내에 상당한 영향력을 가지고 있었다.

그러니 오인정을 제거한다는 건 쉽지 않았다.

숭무정이라는 대적을 맞이한 지금 내분까지 발생한다면, 정말 힘겨운 겨울을 보내게 될 것이다.

사존부의 무인 중 봄을 맞이할 이가 드물 정도의…….

그때 혼제가 말했다.

"그 말을 듣고도 지키겠다고 하면, 놔둬."

"네?"

혼제의 입매가 부드럽게 휘었다.

"제 여자 지키겠다고 목숨 거는 녀석, 예쁘지 않아? 예쁜 건 지켜 줘야지. 나도 여자야. 예쁜 거 좋아하거든. 하지만!"

혼제의 표정이 갑자기 바뀐다.

"내 말을 듣고 바로 여자를 내주면, 죽여라. 그런 새끼 필요 없어. 놔두면 언제는 뒤통수나 칠 놈이니. 이 새끼처럼."

그 순간 힘겹게 이어지던 사혼마자의 숨소리가 멎었다.

혼제가 강 저편을 바라보며 한숨을 쉬었다.

"으휴. 믿을 놈이 하나도 없어. 이러니 지아비 없는 여자는 독해질 수밖에 없는 거야."

"부주께서는 원래 그러시지 않았습니까?"

들려온 목소리에 혼제가 힐끗 눈길을 보냈다. 지금껏 침묵을 지키고 있던 음사향주였다.

"넌 정말 몰랐냐?"

"정말 몰랐습니다."

"명색이 무림에서 귀 밝기로 세 손가락 안에 든다는 녀석이 아무것도 몰랐다는 게 말이 되냐?"

"무능해서 죄송할 뿐입니다. 변명하자면 제 윗선까지 내사할 권한을 주시지 않으셔서 그렇다고 할 수밖에 없습니다."

"네 위로 몇이나 된다고."

"다섯 명밖에 안 되지만, 사혼마자가 끼어 있었죠."

"씨팔! 출세 좀 해, 이 새끼야!"

"시켜 주셔야 하지요. 하아. 소부주께서 겁을 내셔 여자를 내주겠다고 하면, 제 위로 세 명만 남는 거니, 출세한 셈이라고 해야 할까요?"

"새끼, 이 일이 잘못되면 네 위로 아무도 남지 않을 수도 있어."

그렇게 말하며 혼제는 앞으로 고개를 돌렸고, 음사향주의 얼굴은 딱딱하게 굳었다.

잠시의 침묵 후, 혼제가 말했다.

"이제 거의 다 왔지?"

음사향주는 빠르게 대답했다.

"네."

"숭무정 놈들, 얼마나 모였대?"

"모르겠습니다."

"대체 왜 모르냐? 무능한 것도 정도가 있지. 네가 이런 놈은 아니잖아?"

"말씀대로 제가 알아야 마땅합니다. 모르면 무능한 게 아니라 이상한 겁니다."

"그러니까 이상한 상황을 만든 놈들이 있다?"

"네."

"짐작 가는 곳은 있지?"

"네."

"혹시 내 생각이랑 같니?"

"그럴 겁니다."

혼제가 한숨을 길게 내쉬었다.

"그럼 우리가 숭무정과의 전쟁에서 이겨도 문제네."

"그렇지는 않을 겁니다. 우리가 이기면 딱 끊어내고 그런 적 없다고 잡아떼겠죠. 거긴 언제나 그랬지 않습니까?"

혼제가 이를 으드득 갈았다.

"그렇기는 하지. 개새끼들."

"그나저나 부주님. 이렇게 된 이상, 발길을 돌리는 게 낫다고 봅니다. 건양무신을 잡는 건 물 건너갔다고 봐야지 않습니까? 저희는 적의 전력이 얼마나 되는지 전혀 모르고 있습니다. 반면 저희 쪽은 사혼마자의 정보 조작으로 인해 본래 모이기로 예정되었던 전력 중 반이 장강 반대편에서 떠도는 중입니다. 그러니 지금 숭무정과 부딪힌다면 오히려 저희가 당할 가능성도 배제할 수 없습니다."

"그걸 너만 아는 것 같니?"

"그럼 대체 왜?"

"저쪽에는 내 외손주의 친구가 있어. 아마 지금쯤이면 우리들이 도착할 거라고 배짱부리다가, 건양무신에게 맞아 죽었겠지."

"그렇겠지요."

"내 외손주가 어떨 거 같아?"

"화가 나겠죠."

"그래서 그래."

"네?"

"너 내 외손주 본 적 없지?"

"네. 직접 본 적은 없습니다."

"보면 알아. 걔, 무섭다."

"그렇겠지요. 제가 취합한 정보대로라면, 정말 무서운 분일 거라고 여겨집니다."

"걔가 무서운 건 무신 진무도를 상대할 만한 실력을 가지고 있어서가 아니야. 화가 나면 뭔 짓을 할지 모른다는 게 무서운 거지. 그러니 우린 할 만큼 해야 해. 가서 싸우고 안 되겠다 싶으면 도망쳐야 해. 흉내만 내서는 안 돼. 정말 열심히 싸우고, 진짜 살려고 도망쳐야 해. 안 그러면, 걔가 우리를 찾아올 거야. 그날이 바로 우리 사존부가 망하는 날이 될 거고."

음사향주는 믿기지 않는다는 듯 고개를 갸웃거렸다.

그러자 혼제가 말했다.

"이러면 알아듣겠어? 나보다 열 배 정도 독하고, 제 외할아버지보다 열 배 정도 강해."

"설마 그 정도까지야……."

혼제가 길게 한숨을 내쉬었다.

"나도 그 정도까지는 아니었으면 소원이 없겠다. 바로 배 돌리게."

음사향주가 말했다.

"그분을 너무 높게 평가하시는군요."

혼제가 다시 한숨을 쉬었다.

"너 머리 좋은 거 세상이 다 알지. 제갈세가의 그 음흉한 꼬맹이랑 소림 달마원의 그 머리통 큰 땡중 놈, 무당의 그 수염만 하얀 말코 녀석, 그리고 동창의 그 예쁘장한 고자 새끼 정도만이 너하고 장기 좀 둬 볼까 싶을 거야."

"과찬이십니다."

"하지만 그 넷하고 장기판에 앉으면 십중팔구 네가 져."

그 말을 들은 순간, 음사향주의 눈매가 파르르 떨렸다.

"왜 그렇습니까?"

"네가 가장 머리가 좋거든."

이해할 수 없는 이유였다. 경쟁할 지략가들과 비교해 머리가 더 좋다면, 이기는 건 당연히 음사향주 자신이어야만 했다.

혼제가 부연하듯 말했다.

"넌 머리가 너무 좋아서 계산을 잘해. 네가 정한 영역은 거의 현실과 유사하지. 네가 내린 답은 거의 앞으로 다가올 현실과 같고. 하지만 아주 드물게 너의 계산을 넘어서는 것들이 존재해. 그런데 넌 그런 존재를 믿지 않으니 계산에 넣지 않아. 그게 네가 네 경쟁자들을 넘어설 수 없는 이유야. 보아라."

그러며 혼제가 턱 끝으로 정면을 가리켰다. 잿빛 어둠

저편, 십여 개의 점이 보였다.

"소림과 무당이다. 보아하니 제갈세가도 끼어 있군. 저들이 우리보다 앞에 있다. 이건 너의 무능이며, 나의 잘못이며, 사존부의 패배이다. 그 셋 중 하나에 무게를 두자면 네가 무능한 탓이 가장 무겁겠지?"

음사향주는 자존심이 상해 이를 으드득 갈았다. 하지만 혼제의 말을 스스로 판단하기에도 타당하기에 아무런 변명도 할 수가 없었다.

"맞습니다. 제가 무능한 탓입니다. 죄송합니다."

그렇게 말하는 그의 두 눈이 시뻘겋게 달아올랐다.

혼제는 피식 웃었다.

"새끼, 또 울려 그러네. 나잇살 좀 먹었으면 좀 질질 짜지 좀 마라."

음사향주가 버럭 소리 질렀다.

"안 웁니다!"

"정말? 어? 우네, 우네, 우네."

"안 운다고요!"

"그 눈가에 낀 물방울은 뭐냐? 너한테만 비 내렸니?"

"그런 거 없고요. 안 운단 말입니다!"

그러는 사이 소림과 무당, 제갈세가의 무인들이 타고 있는 쾌속선과의 거리가 좁혀져 어느새 옆에 이르게 되었다.

"좀 늦으셨습니다."

강 안개처럼 은은하게 퍼지는 목소리가 익숙하여 혼제는 피식 웃었다. 검선이었다.

혼제가 대꾸했다.

"화장 좀 고치고 오다 보니 그렇게 됐네."

"어쩐지 오늘따라 더 고우십니다."

"서지도 않는 늙은이가 예쁜 건 알아 가지고. 그나저나 쟨 누구야?"

혼제의 눈동자가 소림사의 무승들이 타고 있는 배 쪽을 향했다. 무승들 사이, 두 눈을 꼭 감은 채 홀로 가부좌를 튼 채 앉아 있는 노인이 있었다.

검선의 목소리가 들렸다.

"나도 잘 모른다오."

소림의 노승이 꼭 감겨 있던 눈을 뜨고 슬며시 혼제 쪽으로 고개를 돌렸다.

잠시 서로를 노려보던 두 사람은 어느 순간 동시에 고개를 앞으로 돌렸다.

혼제가 낮게 속삭였다.

"역시 소림이네. 대체 저 절간은 얼마나 많은 괴물을 숨겨두고 있는 거야."

그런 후 갑자기 고개를 치켜들더니 짜증 난다는 듯 외쳤다.

"왜 이렇게 더뎌! 물놀이 나왔니? 빨리빨리 가자!"

그러자 자신에게 한 말인 줄 알았는지, 검선의 목소리가 들려왔다.

"그리 서두르지 않아도 될 듯하외다. 그러니 담소나 나누며 천천히 갑시다."

혼제가 콧방귀를 뀌었다.

"왜? 내 외손주 친구들은 이미 다 죽었을 테니까? 느지막이 가서 향이나 피워 주게?"

검선의 목소리가 들려왔다.

"아니. 향을 피운다면 건양무신을 위해서겠지요."

"무슨 소리야?"

"저기엔 당신 외손주가 와 있을 거요."

"뭐?"

혼제가 크게 외쳤다.

"뭐하니! 빨리 가자니까!"

"네!"

쇄애애애애액!

사존부가 탄 쾌속선이 일제히 앞으로 뻗어나가기 시작했다. 어느새 소림과 무당의 무인들이 탄 배는 뒤로 처져 점이 되어 사라졌다.

일다향의 시간이 흘렀을 쯤, 혼제가 말했다.

"꺼벙아."

음사향주가 고개를 숙였다.

"말씀하십시오."

"이제부터 볼 광경은 네 완고한 머리를 제대로 깨어 줄 게다. 안 그럴 것 같지? 그럼 어디 네 잘난 머리로 한번 재어 보려무나. 한 사람의 무력으로 가능한 한계의 선을 어느 정도까지로 잡아야 할지를."

갑자기 강물이 일렁이기 시작했다.

배가 나아갈수록 강물은 마치 파도처럼 일어나, 그들을 덮쳤다.

하지만 사존부의 무인들이 탄 배는 밀려드는 강물을 어렵지 않게 돌파하며 앞으로 계속 나아갔다.

"저기로군."

혼제가 속삭이듯 하는 말에 음사향주를 포함한 사존부의 무인 모두는 정면을 노려보았다.

앞쪽 멀리, 기묘하게도 달빛이 내리쬐는 자리에 뭔가가 떠 있다.

자세히 보니 예쁘장하게 생긴 청년이었다.

마치 신화나 그림에서나 접할 수 있을 것 같은 신비한 광경이었다.

청년은 왼손을 하늘로 올리고 있는데, 그의 손 위에는…….

"배?"

사존부 무인들이 타고 있는 쾌속선의 열 배쯤 될 듯한, 꽤 커다란 선박이었다.

"크큿. 크크크큭."

청년이 왼팔이 어깨까지 투명해진다.

그러자 팔 안에서 달빛처럼 영롱한 빛이 모이더니 손바닥을 향해 솟구쳤다.

빠지지지지지지지지직!

튀어나온 빛은 번개가 되어 그의 손바닥 위로 들린 커다란 배를 가르고 찢으며 하늘을 향해 질주했다.

콰아아아아아아앙!

"으아아아아아아아악!"

"살려줘어어어어어어!"

터져 버린 배의 파편이 사방으로 흩어지며 비처럼 쏟아져 내린다. 그 사이로 사람의 조각 역시 섞여 있었다.

"푸하하하하하핫! 푸하하하하하하하핫!"

청년은 자신이 만든 처참한 광경이 재미난다는 듯 미친 듯이 웃어 댔다.

신비로우면서 무섭고, 섬뜩하면서도 아름다운, 눈으로

보고 있음에도 믿기 힘들어 꿈을 꾸고 있는 게 아닐까 하고 의심하게 만드는 광경이었다.

음사향주가 혼제에게 물었다.

"저, 저, 저게 뭡니까?"

"내가 말했잖아. 어때? 완전 깨지?"

그렇게 말하는 혼제의 목소리도 파르르 떨리고 있었다.

第十章

하늘에는 천당이 있다면, 땅에는 항주가 있다고들 이야기한다. 그만큼 항주라는 도시는 향락적이며 화려하다. 세상의 모든 풍류는 항주에서부터 시작된다고 할 정도이다.

특히 항주에서 가장 유명한 술집 중 하나인 주작루는 천하 각지의 미남과 미녀가 하룻밤의 풋사랑을 이루고자 모여든다고 하여 유명하다.

주작루의 일 층, 모여 앉아 술을 마시고 있는 세 명의 청년이 쑥덕거린다.

"마흔 정도 됐으려나?"

"아니. 서른 정도로 보이는데?"

"너무 나이가 많아 보이지 않아?"

"뭐 어때. 예쁘잖아. 어때? 누가 가 볼래?"

청년들이 힐끔거리는 곳, 여인 한 명이 홀로 앉아 창밖을 바라보며 술잔을 홀짝거리고 있었다.

여인은 어찌 보면 서른쯤으로, 달리 보면 마흔 정도로 보이는데, 미녀가 많은 항주에서도 보기 드문 미모였다.

창밖을 향한 여인의 눈매는 옛 추억을 떠올리는 듯 촉촉하여, 다가가 위로해 주고 싶다는 보호 본능을 자극했다.

그래서일까?

세 청년뿐 아니라 많은 남자들이 여인을 힐끔거리고 있었다.

하지만 정작 여인에게 다가가 말을 걸어보는 사람은 없었다.

여인에게서 느껴지는 고귀한 위엄 때문이었다.

갑자기 청년 중의 하나가 앞에 있는 술병을 쥐더니, 단숨에 들이켰다.

그리고 벌떡 일어나 외치듯 말했다.

"내가 다녀온다!"

그러며 휙 몸을 돌려 여인이 앉아 있는 자리로 걸어갔다.

여인의 앞에 이르자, 청년은 길게 숨을 들이켜고 내쉬

어, 심정을 다스린 후 조심스럽게 말했다.

"저기, 죄송합니다만……."

창밖을 향해 있던 여인의 시선이 청년에게로 돌아갔다.

"네?"

눈이 마주치자, 청년은 숨이 막힐 것만 같았다. 곁눈질로 볼 때마다 열 배는 더 예뻐 보였다.

"무슨 일이시죠, 공자님?"

크아! 목소리는 더 예뻐!

청년은 용기를 내어 말했다.

"저기, 잠시 드릴 말씀이 있는데…… 앞에 앉아도 되겠습니까?"

여인은 청년을 잠시 바라보다가 살짝 미소를 지었다.

"그러세요."

청년은 급히 자리에 앉았다.

이제부터가 중요하다.

"저, 저기. 호, 혼자 오셨습니까?"

"네? 그렇지는 않은데, 일행이 일이 생겨서 이렇게 혼자가 되었네요."

"그러시군요. 항주는 초행이신가요?"

"오래전에 몇 번 와 본 적은 있네요. 왜 그러시죠?"

"아니. 그, 그냥요."

그러며 청년은 고개를 숙였다.

너무 예뻐서 자꾸 주눅이 든다.

힐끔 고개를 돌리니 청년의 친구들이 힘내라는 의미로 손발을 휘저어 대고 있었다.

청년은 용기를 내어 거의 외치듯 말했다.

"저기, 혹시 실례가 아니라면 제가 말벗이 되어 드릴까 하는데, 어떠십니까!"

청년은 떨리는 가슴을 다독이며 여인의 반응을 살폈다.

여인의 미소가 짙어졌다.

"공자님의 말벗이 되기엔 제 나이가 좀 많을 텐데, 괜찮으시겠어요?"

"나이가 뭐가 중요합니까! 전 괜찮습니다! 너무 괜찮습니다!"

"그럼 그러죠."

그 순간 청년은 기뻐서 얼굴이 붉게 달아올랐고, 그들을 지켜보고만 있던 사내들이 일제히 안타까움의 한숨을 내뱉었다.

그때였다.

"안 괜찮네."

청년은 목소리가 들린 방향으로 고개를 돌렸다. 바로 옆에 칼로 찔러도 피 한 방울 나오지 않을 것 같은 냉막한 인상의 중년인이 서 있었다.

언제부터 이 사람이 여기에 있었던 걸까?

"저리 가 주시게."

중년인의 말에 청년은 주눅이 들어, 어깨를 살짝 떨었다. 별다른 위협을 하지는 않았지만, 중년인의 말투에는 사람을 어렵게 만드는 묘한 힘이 있었다.

하지만 미인을 옆에 두고, 초라한 모습을 보일 수는 없었다.

"다, 당신이 뭐길래 그러시오!"

중년인은 가만히 그를 바라보다가 피식 웃었다.

"저 여자분, 일행이라네."

청년은 깜짝 놀라며 여인을 돌아보았다.

"그러십니까?"

하지만 여인은 전혀 모르겠다는 듯 고개를 갸웃거렸다.

그러자 중년인이 인상을 썼다.

"부주님. 이러실 겁니까?"

여인이 두 눈을 동그랗게 떴다.

"저 아세요?"

중년인이 힘들다는 듯이 한숨을 푹 내쉰 후, 말했다.

"증손자뻘 옆에 끼고 연애질하고 싶으십니까? 애들이 창피해서 얼굴을 못 들고 다녀요."

그제야 여인은 짜증이 난다는 듯 머리를 북북 긁었다.

"알았다, 알았어. 간만에 좀 놀아 볼까 했는데, 안 받쳐 주네. 융통성 없는 새끼."

갑자기 변한 여인의 태도에 청년은 당황했다.

"저, 저기. 낭자?"

여인이 청년을 돌아보며 아깝다는 듯 입을 쩝쩝 다셨다.

"고것 참. 딱 내 취향인데……."

중년인이 한숨을 푹 쉬었다.

"그게 증손자뻘 되는 아이에게 할 말입니까?"

청년이 놀라 중얼거렸다.

"즈, 증손자? 말도 안 돼."

여인이 빙긋 웃었다.

"왜? 나이는 상관없다며."

중년인이 청년의 어깨를 가볍게 두들겼다.

"자네, 운수 좋은 줄 알아."

그러며 가볍게 밀자 청년은 공중에 떠올랐다가 본래 자신의 자리에 내려앉았다.

순간 그들을 지켜보던 손님들이 얼굴이 딱딱하게 굳었다.

무림인!

더구나 고수이다!

손님들은 벌떡 일어나 계산을 한 후 빠르게 주루를 벗어났다.

남겨진 자리는 오직 여인과 중년인뿐이었다.

여인이 입을 쩝쩝 다셨다.

"아! 물 좋았는데."

중년인이 여인의 맞은편에 앉으며 투덜거렸다.

"적당히 좀 하십시오. 밑에 애들이 보면 뭐라고 하겠습니까?"

"젊게 사신다 하겠지. 근데 왜 왔어? 내가 항주까지 왔으니 기녀 좀 끼고 놀라고 했잖냐."

"놀면 뭐합니까?"

중년인, 음사향주가 갑자기 소매를 뒤지더니 족히 수백 장쯤 될 듯한 종이 다발을 탁자 위에 쏟아 냈다.

여인, 혼제가 말했다.

"이거 뭐냐?"

"뭐긴 뭡니까? 이번 장강혈전에 관한 보고 자료이지요."

"입 뒀다 뭐해. 그냥 말로 해."

"입 아픕니다. 그냥 읽어 주십시오."

"아, 새끼. 내가 귀엽다 귀엽다 하니까 제가 진짜 귀여운지 아나 봐. 이 종이 다 네 입에 쑤셔 박아 넣어 줘야,

아! 내가 잘못했구나. 앞으로는 조심해야지 할 거니?"

"보고하겠습니다."

음사향주는 목소리를 가다듬은 후, 말을 이어갔다.

"건양무신은 하위 세력의 수장과 고위 간부를 결집하여 무신 진무도를 도와 투신 몽예를 제거하는 걸 일차목표, 그리고 이차로 투신회를 제거하고 이어 항주를 장악한 후에 숭무정의 본거지로 삼을 계획이었던 듯합니다. 하지만 중간에 사혼마자의 연락을 받으며 정황상 자신의 위치가 들통 났다는 느낌을 받자, 집결지를 장강 한복판으로 변경, 일차목표를 투신회의 궤멸로 수정한 것으로 추정됩니다."

"그러니까, 장강 한복판에 모였던 놈들이 숭무정의 알짜배기였다는 거지?"

"네. 빠른 이동과 결집을 위해 하위 세력의 수장과 고위 간부로만 이루어진 고수들만을 일차로 소집하고, 항주를 장악한 후에 하위 무인들을 소집할 계획이었던 모양입니다."

"일차, 이차 이딴 건 술자리에서나 쓰고. 그러니까 거기 모였던 칠백 명이나 되던 놈 중에 고수 아닌 놈이 없었다?"

"네. 조사 결과 백도 십오대고수쯤 되는 실력자도 일곱 명 정도 되었던 모양입니다. 최소 수준이 일류는 되었다는 군요."

"그래? 그놈들이 그 정도로 상당한 놈들뿐이었다고?"

"네."

"잘못 조사한 거 아니지?"

"네. 한 치의 어긋남도 없습니다."

혼제가 한숨을 푹 내쉬었다.

"그럼 내 외손주는 얼마나 강하다는 거냐?"

음사향주가 침을 꿀꺽 삼켰다.

"부주께서도 짐작하지 못하는데, 제가 어찌 알겠습니까?"

그렇게 말하는 그의 목소리는 가늘게 떨렸다.

그날 밤, 장강 한복판에서 보았던 광경이 떠오르기 때문이었다.

* * *

콰아아아아아아아아앙!

달빛 사이로 어둠이 춤을 춘다.

터져 나오는 비명은 음악이라는 듯하다. 쏟아지는 핏물과 살덩이는 어둠의 화려한 춤사위를 북돋는 듯하다.

그리고 밤하늘을 가르는 번개!

콰아아아아아앙!

축제가 한창일 때 화려하게 하늘을 수놓는 폭죽처럼, 모든 것을 부수고 조각내 밤하늘을 빼곡하게 채운다.

그 중심에 몽예가 있다.

쏟아지는 피의 비를 온몸으로 받은 채 어둠을 뿜고 번개를 쏟아 내며, 살아 있는 것을 찾아 이리저리 떠돌아다닌다.

그가 지나친 자리에 형체가 남겨져 있는 건 아무것도 없다.

멀리서 그 광경을 지켜보는 사존부의 무인들은 그저 넋 빠진 사람만 같았다.

현실적이지가 않아서였다.

누군가 나서서 이건 꿈이야, 라고 말해 준다면 그제야 그렇구나 하고 고개를 끄덕일 수 있을 것 같았다.

그러며 이렇게 말하겠지.

아, 정말 지독한 악몽이야. 다시는 이딴 꿈을 꾸지 않았으면 좋겠어.

하지만 꿈이 아니다. 때론 현실이 그 어떤 상상보다 비참하고 혹독하다.

"이쯤에서 말려야 하지 않겠소?"

멍하니 몽예의 광란을 바라보고 있는 혼제의 귓가에 검선의 목소리가 파고들었다.

그러자 혼제가 콧방귀를 뀌었다.

"말릴 수 있으면 말려 보셔. 난 능력 안 되네."

검선의 목소리가 들려왔다.

"할머니 말은 듣지 않겠소?"

"재를 보면서도 그런 말이 나와? 지금 이거 차도살인지계이지? 서지도 않는 늙은이가 음흉하기까지 하네."

"내가 서는지 안 서는지 봤소!"

"보자. 보여 줘봐."

"됐수다. 거참. 그나저나 무섭구료. 막연히 짐작했던 것보다 더하지 않소?"

혼제가 무겁게 고개를 끄덕였다.

"나보다 백 배는 독하고 제 할애비보다 백 배는 강해 보여."

"그나저나 정작 건양무신은 보이지 않는구려."

"그러네. 벌써 죽었나?"

그때였다.

콰아아아아아아아앙!

굉음과 함께 거대한 붉은빛 덩어리가 몽예를 격타했다.

몽예는 끈 떨어진 연처럼 한참을 날아가 장강 속으로 낙

하했다.

위이이이이이이잉!

벌써 해가 뜬 건가?

태양을 연상케 하는 거대한 빛의 덩어리가 공중에 떠올라 주위를 환하게 비추었다.

혼제의 입매가 비틀렸다.

"들었나 봐. 제 얘기하니까 기어 나오네. 그나저나 저건 뭐지? 어마어마하구만."

검선의 목소리가 들려왔다.

"건곤일기공!"

*　*　*

음사향주는 낮게 속삭였다.

"건곤일기공."

실로 무서운 무공이었다.

무신 진무도가 홀로 천하무림을 제패했을 때 사용했던 아홉 가지 절기, 무신구절 중에서도 최강이라고 일컬어지던 절대무공!

혼제가 말을 받았다.

"건곤일기공. 분명 대단했어. 당시 무신 진무도가 어떻게 무림을 제패할 수 있었는지를 증명하는 듯했으니까. 하지만……."

말을 흘렸지만, 음사향주는 그녀가 하고자 했던 말을 알 수 있었다.

그래.

하지만, 이었다.

*　*　*

건양무신을 휘감은 태양과도 같은 빛이 밝기를 더해갔다. 그러자 마치 대낮이라도 된 듯이 사방이 환해졌다.

건양무신은 크게 외쳤다.

"오라! 마귀야! 네가 너를 이 자리에서 처단하여 승무정의 대의를 세울 것이니라!"

쏴아아아아아아아아악!

태양이 뿜어내는 빛살이 몽예가 빠진 장강을 두들긴다.

그러자 수면은 마치 화포에 얻어맞은 듯이 마구 솟구쳤다. 하늘을 바닥이라고 알아 거꾸로 쏟아지는 폭포만 같았다.

그 광경을 지켜보던 혼제가 낮게 속삭였다.

"죽겠군."

그 말을 들은 음사향주가 놀라 말했다.

"네? 공자님께서?"

혼제가 살짝 고개를 저었다.

"아니. 저 새끼. 진원을 다 소모하고 있어. 이 한판의 승부에 목숨을 버리겠다는 거지. 독한 놈일세."

"공자님께서는 괜찮으실지 모르겠습니다."

"글쎄. 그건 나도 모르겠는데. 나라면 죽었어."

검선의 목소리가 들린다.

"저라도 마찬가지라오."

그때 누군가의 목소리가 끼어들었다.

"난 아니오."

혼제의 시선이 목소리의 주인을 좇았다. 오는 길에 시선을 마주쳤던 소림사의 이름 모를 노승이었다.

혼제가 그를 매섭게 노려보며 이죽거렸다.

"어이. 초면에 할 말은 아니지만, 뒈지고 싶어?"

노승의 입술이 벌어졌다.

"초면에 드릴 말은 아니지만, 있는 그대로를 말씀드렸을 뿐이외다."

혼제가 환하게 웃었다.

"어쩌지? 오랜만에 몸 달아오르네."

음사향주가 속삭이듯 말했다.

"부주님. 그런 말씀을 하시면 애들이 오해합니다."

"이 눈치 없는 새끼를 그냥! 상황 좀 보고 끼어들어!"

"죄송합니다."

하지만 음사향주의 가벼운 농담에 흥분이 가라앉았는지 혼제는 다시 건양무신 쪽으로 시선을 돌렸다. 그러며 음사향주만 들을 수 있도록 심어로 말했다.

—저 시건방진 소림 땡중, 정체가 뭔지 알아내.

음사향주는 가볍게 고개를 끄덕였다.

*　　*　　*

"맞아. 그 시건방진 땡중의 정체가 뭔지는 알아냈어?"

상념에 빠져 있던 음사향주가 급히 고개를 끄덕였다.

"네. 혈소림(血小林)이라고 아십니까?"

"모르겠냐? 역시 그랬어. 소림의 최후 보루라는 혈소림의 장문인이셨다? 인정! 시건방 떨 만했네."

"아닙니다. 장문인은 아니라, 파계금강(破戒金剛)의 수장이랍니다. 혈소림의 삼인자라고 하면 이해하시기 편하실까요?"

혼제가 벌떡 일어났다.

"삼인자? 쓰벌 땡중! 혈소림의 장문인도 아닌 주제에 나랑 맞먹으려고 들어? 야! 애들 모아! 오늘부로 소림이랑 전쟁이다!"

"애들 바쁩니다. 전쟁은 나중에 하시죠."

"하여간 애새끼. 머리 좀 컸다고 말 더럽게 안 들어 처먹어."

"그리고 그 땡중, 건방 떨다가 망신당하지 않았습니까?"

그제야 혼제가 자리에 앉으며 흡족한 미소를 지었다.

"하긴. 그랬지."

* * *

위이이이이이이이잉!

장강의 수면이 잔잔해지기 시작했다. 그리고 건양무신이 뿜어내는 빛살과 대조적으로 먹물처럼 검게 물들어 갔다.

건양무신은 계속 빛살을 쏟아 냈지만, 수면은 반듯하게 깎아낸 듯이 잠잠하다. 그리고 오히려 더더욱 어둡게 물들어갈 뿐이었다.

어느 순간 어둠 위로 두 줄기의 선이 그어지더니, 천천히 벌어졌다.

모습을 드러내는 건 거대한 눈동자!

그 밑으로 다시 선 하나가 그어진다.

그건 입 모양과 흡사했다.

입이 벌어지며, 하얀 치아를 드러낸다.

"대의 같은 헛소리하지 말고. 그냥 미워 죽이겠다고 그래. 뭘 그렇게 대단한 이유가 필요해? 네 형제와 부하들의 복수를 하고 싶어서 죽인다고 하면 되잖아? 나처럼."

위이이이이잉!

어둠이 늘어나며 살아남은 숭무정 무인들을 집어삼켰다.

"으아아아아아악!"

"커허헉!"

"아, 안 돼!"

건양무신은 빛살을 쏟아 냈지만, 어둠은 계속 늘어나기만 했다.

어둠의 중심부에 드러난 눈과 입이 초승달을 그리며 웃는다.

"나의 어머니, 창구정 할배, 당명진 아저씨, 그리고…… 뭐 나의 혹독했던 유년기? 너희가 내게서 빼앗아 갔던 것들과 내게 주었던 것들. 그게 내가 너희를 미워하는 이유이고, 내가 너희를 죽이는 이유야. 뭐, 알아달라고 말하는 건 아니야. 그냥 웃겨서 그래. 너희가 억울해하는 게 말이야. 어? 말 들어줄 사람이 당신밖에 없네."

계속 늘어나던 어둠이 그제서야 멈췄다. 더 먹어 치울 숭무정 무인이 보이지 않았기 때문이었다.

하늘 위 태양의 형상을 한 건양무신이 이글거린다.

"이 마귀야! 우리 숭무정이 대체 네게 무엇을 잘못했다는 거냐!"

"또 웃음 나게 그런다. 내가 말했잖아. 그저 복수라고."

위이이이이이이잉.

어둠의 중심부에 놓였던 거대한 눈동자와 입이 사라진다.

대신 어둠이 뭉치더니 거대한 손의 형상을 만들어 내며 솟아오르기 시작했다.

태양의 형상을 한 건양무신을 잡겠다는 듯 손바닥을 활짝 편다.

건양무신을 둘러싼 빛이 순백에 가깝도록 변하며, 거대한 손을 향해 내렸다.

"죽어라아아아아아!"

거대한 손에서 몽예의 목소리가 흘러나온다.

"그거야. 솔직해서 좋네."

작은 태양와 어둠의 손이 부딪힌다.

콰아아아아아아아아아아아아앙!

장강이 움푹 들어가더니, 이내 거칠게 솟구쳐 오르며 해일이 되어 사방을 휩쓸었다.

사존부의 무인들이 탄 배를 향해 성벽처럼 높은 물결이 밀려들자, 혼제의 몸에서 용의 형상을 한 기운이 뿜어져 나왔다.

혼제를 상징하는 절대무공, 사룡혼무아였다. 그러자 사존부의 무인들을 휩쓸려 하던 물결은 그대로 갈라지며 흩어졌다.

내력을 가라앉힌 혼제는 소림과 무당의 선박을 향해 시선을 돌렸다. 소림과 무당의 무인들이 탄 배 역시 두 줄기의 기운이 뿜어져 나와 물결을 흩어 버렸다.

무당의 검선과 소림의 이름 모를 노승의 짓이 분명했다.

혼제는 그들에게서 관심을 끊고, 몽예와 건양무신이 격돌한 방향으로 시선을 돌렸다.

그곳에는 작은 태양을 거머쥐고 있는 검은 손이 있었다.

태양은 손아귀를 벗어나려 마구 요동쳤지만, 검은 손의 아귀는 오히려 점점 더 좁혀지고 있었다.

갑자기 칠흑 같던 거대한 손이 투명해지기 시작했다. 그리고 그 안에는 달빛처럼 영롱한 빛가루가 떠다녔고, 손가락 부위를 향해 모여들고 있었다.

음사향주가 속삭였다.

"그 번개인가?"

혼제가 씩 웃었다.

"끝이군."

그때였다.

"아니되오!"

우렁찬 외침!

사존부의 무인 중 대부분이 귀를 막고 휘청거렸다.

소림의 무학 중 하나인 사자후(獅子吼)였다.

소림의 이름 모를 노승이 타고 있던 배에서 뛰쳐나와, 강물을 밟으며 나아갔다.

"건양무신을 죽여서는 아니 되오! 그를 살려 두고 추문하여 무신의 은거지와 숭무정의 잔존세력을 밝혀내야만 하외다!"

손에서 몽예의 목소리가 흘러나왔다.

"그딴 걸 내가 왜 신경 써야 하는데?"

"강호무림의 안녕을 위해서는 꼭 해야만 하는 일이외다!"

"강호무림의 안녕? 그딴 것보다는 내 마음의 안녕이 더 중요해."

"갈! 어찌 그리 시야가 좁은가! 시주의 자비가 수만 명의 희생을 방지할 수 있단 말이네!"

"불경이나 읊으며 살다 보니까 잘 모르나 본데, 강호에서 자비란 단숨에 목숨을 끊어주는 거야. 이만 입 닫고 지켜나 봐."

거대한 손가락에 모인 빛이 거미줄처럼 쏟아져 나와 태양을 향해 뻗어 나가려 했다.

그때, 노승이 날아올랐다.

"갈!"

휘이이이이잉!

노승의 주먹이 하얗게 변하더니, 빛살을 뿜었다.

그 광경을 보는 순간 혼제가 놀라 외쳤다.

"백보신권!"

과거 소림의 승려였으나 파계하여 세상에 나온 후 신래칠존 중 한 자리를 차지했던 복마권제의 절대무공!

권제 이후 소림에서 백보신권의 전승자는 나오지 않았었다.

그런데 지금 노승이 보인 백보신권은 과거 권제와 비견될 정도였다.

그 순간 거대한 손이 번개를 쏟아 냈다.

빠지지지지지지지지직!

온 세상이 조각이 나 부서져 내린다.

태양은 사라지고, 그 안에 숨겨져 있던 건양무신 역시 파편이 되어 흩어졌다. 더불어 노승이 뿜어낸 백보신권 역시 힘없이 사라지고 있었다.

"크으으으으으윽!"

노승은 입으로 핏줄기를 뿜어내며 수면으로 꼬꾸라졌다. 그 순간 한 덩이 어둠이 먼저 내려와 노승을 집어삼켰다.

어둠은 바로 흩어졌고, 그 자리엔 몽예가 한 손으로 노승의 목을 휘어잡고 있는 모습이 드러났다.

"이게 소림의 뜻이야?"

노승은 축 늘어져 아무 말도 하지 못했다. 대신 소림사의 승려들이 탄 배에서 누군가 외쳤다.

"그렇지 않소이다. 그저, 사형의 오만일 뿐이외다. 투신께서는 너그러이 봐주시구려."

혼제가 이죽거렸다.

"어라? 저 땡중은 또 뭐래. 저 절간은 어떻게 된 게 저런 고수가 계속 튀어나온다니. 목판으로 찍어 내기라고 하는 건가?"

음사향주가 한숨을 푹 내쉬었다.

"그런 목판이 있으면 저희도 하나 얻었으면 좋겠습니다."

그 사이 몽예는 잡고 있던 노승을 가만히 바라만 보고 있었다. 그러다 어느 순간 노승을 소림사의 배를 향해 휙 집어던졌다.

"소림과는 인연이 있어서 넘어가는 거야. 하지만 이번뿐이야. 다음에 이런 일이 생기면 나랑 한번 신 나게 놀아보는 거야."

혼제가 음흉한 표정을 하며 속삭였다.

"어떻게 놀 건지 보고 싶지 않아?"

음사향주가 크게 고개를 끄덕였다.

"네. 꼭 보고 싶습니다."

몽예가 휙 고개를 돌려 혼제가 탄 배를 향해 말했다.

"할머니! 좀!"

혼제가 방긋 미소 지었다.

"왜, 우리 손주?"

몽예는 어이없다는 듯 픽 웃은 후 다시 소림사의 배를 돌아보았다.

"그리고 그 땡중이 일어나면 전해. 백보신권은 그렇게 쓰는 게 아니라고."

노승의 사제라는 노인이 웃는 낯으로 말했다.

"그럼 어떻게 쓰는지 가르쳐 주시겠소이까?"

몽예는 의외라는 듯 눈을 껌뻑거린 후, 씩 웃었다.

"하는 거 봐서."

노승의 사제가 말했다.

"잘 하겠소이다."

몽예는 잠시 더 노승의 사제를 바라보았다. 그리고 갑자기 표정을 바꿔 정색하더니 고개를 휙 틀었다.

"거기."

몽예가 바라보는 곳, 짙은 어둠뿐이었다. 하지만 몽예는 뭔가가 보인다는 듯 뚫어져라 노려보며 말했다.

"너희. 뭔 수작인지 모르겠는데, 상당히 거슬려. 계속 그렇게 음흉하게 숨어서 지켜보지 마. 죽는다."

그제야 어둠 저편에서 뭔가가 반짝였다.

핏빛으로 물든 눈동자였다.

"곧 다시 찾아뵙겠소이다. 북해(北海)를 기억하시오."

그 말을 남긴 채, 눈동자는 사라졌다.

몽예는 한참 더 어둠을 노려보다가 다시 휙 고개를 돌렸다.

"야! 배고프다! 밥 먹으러 가자!"

몽예가 바라보는 곳, 한 척의 배가 있었다.

그 위에 세 명의 청년이 보였다.

*　*　*

혼제가 혼잣말하듯 말했다.

"북해…… 북해라. 예전에 검선이 말했던 천년의 겁화 어쩌고와 관련된 놈들 같은데. 마(魔)의 냄새가 너무 짙어."

그러며 휙 음사향주에게 고개를 돌렸다.

"맞아. 알아본다며?"

음사향주는 고개를 살짝 저었다.

"아직 알아낸 게 거의 없습니다. 단서 정도는 잡았습니다."

"단서를 잡았다면 시간문제일 뿐이네. 그렇지?"

"네. 그, 그렇습니다."

"일부러 목소리 떨지 말고. 그런다고 안 봐줘. 그래, 단서라는 건 뭔데?"

음사향주가 진지한 얼굴을 하며 목소리를 깔았다.

"마교입니다."

"뭐야. 갑자기 마교가 왜 나와. 또 황실에서 우리를 마교로 지정하겠대? 이 새끼들 또 돈 떨어졌다니? 야, 요즘 오군도독부가 수상하다며. 우리가 뒤 봐줄 테니까 역모 좀 벌이라고 해."

"아니, 그게 아니라 북해라는 놈들이 마교와 관련이 있는 듯하다는 겁니다."

"너, 그런 진지한 얼굴로 농담하면 내가 정말 믿을까 봐 그러는 거지? 그런 거라면 좀 맞고 다시 얘기 시작하자."

"믿으십시오. 마교와 관련 있는 놈들입니다."

혼제가 잠시 그를 바라보다가, 평소의 장난끼를 벗어던지고 말했다.

"제대로 알아봐. 만약에 전설로 전해지는 그 마교의 후신이라면 이제부터야말로 진짜 목숨을 건 싸움을 벌여야 할지도 몰라."

음사향주가 두 손을 모아 공수를 취했다.

"존명!"

혼제가 다시 장난 가득한 표정으로 돌변하며 묻는다.

"그나저나 내 자랑스러운 외손주는 어디서 뭐하고 있대니?"

"제갈세가에 계신답니다. 방금 들어온 소식대로라면 매일 약혼자 분께 얻어맞고 있다더군요."

혼제가 턱을 괴더니, 한심하다는 듯 한숨을 푹 쉬었다.

"싸움의 신이라고 불리는 놈이 왜 그러고 산다니. 그런 건 제 외할아버지 닮을 필요는 없을 텐데 말이야."

"사존께서…… 맞으셨습니까?"

"당연하지!"

* * *

"안 돼."

그렇게 되묻는 몽예의 복부를 향해 제갈설향은 주먹을 내질렀다. 거의 전력에 가까운 일격이었다.

보통 사람이라면 배에 구멍이 생겼을 것이다.

하지만 몽예는 그저 살짝 눈살만 찌푸릴 뿐이었다.

"아파."

제갈설향이 코웃음 쳤다.

"정말 아프긴 해?"

"응. 아파."

그러며 몽예는 옷을 들쳐 제갈설향의 주먹 모양으로 새파랗게 멍이 든 자국을 보여주었다.

제갈설향은 깜짝 놀라며 외치듯 말했다.

"그럼 피해야지, 멍충아."

"맞으라며."

"맞으라고 맞아? 네가 언제부터 사람 말을 그렇게 잘 들었어?"

"누이 말은 들어."

"내 말은 잘 들어? 그럼 무신하고 대결하지 마."

몽예는 단호히 고개를 저었다.

"안 돼."

"대체 왜 그건 안 되는데? 내 말 잘 듣는다며. 왜. 그러면 들어. 딴 건 다 안 들어도 되니까 그것만 들어!"

거의 발악하듯 소리 지르는 제갈설향을 보며 몽예는 말했다.

"소리 지르지 마. 안 예뻐."

제갈설향은 다시 주먹을 쥐었다.

퍽!

"아파."

소문 하나가 떠돈다.

투신과 무신이 만나 중단했던 대결을 이어가기로 약속했단다.

그날이 언제인지, 대결 장소가 어디인지는 밝혀지지는 않았다. 다만 재대결은 끝을 보기 전까지는 멈추지 않을 것이라고 하니, 승자는 아마도 현 강호무림의 유일한 절대자로 군림할 가능성이 높았다.

그날이 얼마 남지 않았다고 한다.

"얼마 남았는데?"

장칠이 묻는 말에 몽예는 못 들은 척하며, 그저 손을 가볍게 뻗었다. 그러자 장칠이 휘청이며 무릎을 꿇었다.

뒤이어 몽예가 발길질을 가하자, 장칠은 휙 몸을 휘돌려 피하려 했다. 하지만 조금 늦어 결국 옆구리를 얻어맞고 땅바닥을 굴렀다.

"크으으으."

그제야 몽예의 입이 벌어졌다.

"이걸로 넌 삼백여든다섯 번째, 내 손에 죽었어."

멀리 의자에 걸터앉아 그들의 대련을 구경하면서 육포를 질겅거리며 씹고 있던 법왕이 외쳤다.

"돼지야! 잘하고 있어! 천 번 채우자!"

장칠은 이를 으드득 갈며 일어섰다.

"넌 제수씨한테는 그렇게 얻어맞으면서 어떻게 나한테는 한 대도 안 맞냐?"

몽예가 말했다.

"한 대 맞아 줘?"

장칠은 잠시 고민하다가 고개를 저었다.

"싫다. 그럼 더 비참해."

그리고 일어나며 말했다.

"그나저나, 무신하고는 대체 어디서 언제 싸우는데?"

"몰라도 돼."

"왜 몰라도 돼, 인마. 그래, 실력이 미천하여 도움이 되지는 못하겠다. 그래도 응원은 해 줄 수 있어. 할 수 있는 게 그 정도뿐이라 미안하다."

시무룩해지는 장칠을 보며 몽예가 피식 웃었다. 그러며 정색하며 말했다.

"누이가 시킨 건지 다 알아."

그제야 장칠은 표정을 바꾸며 혀를 찼다.

"눈치는 빨라 가지고."

대련을 지켜보고만 있던 법왕이 의자에서 일어나 그들을 향해 다가오며 말했다.

"자신은 있어?"

잠시 고민하던 몽예가 살짝 고개를 저었다.

그 사이 몽예의 곁까지 다가온 법왕이 몽예의 어깨를 감쌌다.

"그럼 싸우지 마. 자신이 생겼을 때, 그때 싸워도 늦지 않아."

몽예는 다시 고개를 저었다.

"오늘을 살자고 내일을 희생할 수는 없지."

장칠이 답답하다는 듯 말했다.

"인마, 모레를 위해 내일로 미룰 수도 있는 법이야."

그러자 몽예가 살짝 고개를 들어 하늘을 바라보며 속삭였다.

"내일, 모레, 글피. 그리고 미래."

그러더니 살며시 눈을 감는다.

"그래. 한번 생각해 볼게."

그러며 다시 눈을 뜨고는 말했다.

"또 대련해 줘?"

장칠은 급히 고개를 가로저었다.

그러자 몽예는 빙긋 웃으며 몸을 돌려 걸어갔다.

장칠이 그의 등을 향해 외치듯 말했다.

"어디 가는데?"

몽예가 잠시 걸음을 멈췄다가 다시 앞으로 걸어갔다.

장칠이 그의 등을 바라보며 속삭였다.

"한 대 맞아 달라고 할 걸 그랬나."

법왕이 갑자기 두 손을 모으더니, 지그시 눈을 감고 독경을 하기 시작했다.

연무장을 벗어난 몽예는 그대로 걸어가 제갈세가의 대문으로 향했다.

"눈치는 챘겠지?"

모를 리가 없었다.

법왕과 장칠은 분명 오늘 자신이 싸우러 떠난다는 것을 알고 있는 듯했다. 그러면서도 모르는 척할 뿐이었지.

'돌아오고 싶다.'

그런 생각이 들었다.

제갈설향에게로.

지난 이십여 일 동안의 즐거운 나날을 계속 이어가고 싶었다.

굳이 무신 진무도와 싸워서 이긴다고 해도, 남는 건 아무것도 없다.

강호무림의 절대자?

그딴 건 개나 주라지.

하지만 무신 진무도는 언젠가 돌아올 흉포한 칼.

지금의 행복을 지키기 위해서라도 베이기 전에 부숴야 한다.

대문에 이르자, 기둥에 한 사람이 서 있는 모습이 보였다.

홍한교였다.

몽예는 마치 모르는 사람이라는 듯 그저 걸음을 이어갔다.

스쳐 갈쯤, 홍한교가 말했다.

"다녀와라."

그 순간 몽예는 잠시 걸음을 멈추고 고개를 살짝 끄덕였다. 그리고 다시 발을 내디뎌 대문 너머 길게 뻗은 길을 향해 나아갔다.

그러며 마음속으로 외쳤다.

'나는 무적.'

나의 걸음을 막을 자는 없다!

終章

거대한 동굴의 입구.

굳게 닫혀 있는 철문 위로, 황궁무고(皇宮武庫)라는 네 글자가 쓰여 있다.

어느 순간 갑자기 철문이 우그러지더니, 사람 하나가 들어갈 수 있을 정도의 커다란 구멍을 만들어 냈다.

구멍의 앞에 몽예가 모습을 드러냈다.

"숭무정의 뒷배가 바로 황실이었다 이거지?"

몽예는 마음에 안 든다는 듯이 동굴 입구에 쓰인 황궁무고라는 네 글자를 노려본 후, 구멍 안으로 들어갔다.

짙은 어둠이 깔린 통로를 일다향 정도 걸어가자, 거대한 공동이 몽예를 반겼다.

그 안에 금의를 입은 중년인이 기다리고 있었다는 듯 몽예를 바라보고 있었다.

잘생겼다는 말이 절로 나오는 용모였다. 다만 눈매가 날카롭고 눈동자가 작아서, 성격이 꽤 차가울지도 모르겠다는 인상을 주었다.

몽예는 계속 걸어가 그의 앞에 이르자 걸음을 멈추고 주변을 둘러보았다.

"무신은? 아직 안 왔나?"

중년인의 눈썹이 꿈틀거렸다.

하지만 몽예는 아무렇지도 않은 듯 다시 물었다.

"못 들었어? 안 왔냐고."

중년인의 입술이 벌어졌다.

"내가 누군지 아느냐?"

"황제. 아니야?"

중년인, 황제는 오히려 당황하여 말이 나오지 않는지 입만 우물거렸다.

그 전에 몽예가 말했다.

"음흉해. 숭무정의 뒤를 황실에서 봐주고 있었다니. 하긴. 그러니까 그 긴 세월 동안 구파오가와 이부삼성의 눈을 피해서 세력을 구축할 수 있었겠지. 대체 왜지? 숭무정을 키워서 강호를 정복할 생각이었던 건가? 뭐가 아쉽다고? 어차피 이 나라는 당신 거잖아."

황제가 말했다.

"강호의 야인은 양날의 칼과 같지. 언제 어느 때 베일지 몰라."

몽예가 입가에 비웃음을 담았다.

"그래서 무디게 만들려고 그러셨다?"

황제가 고개를 저었다.

"아니. 현 강호무림은 들개처럼 거칠지만, 고삐를 채워두었으니 다스리기에 그리 어렵지는 않지. 다만 담을 넘어 들어올 늑대를 대비하고자 함이었다."

"늑대?"

"북해. 그들이 남하할 준비를 마쳤으니까."

몽예의 눈매가 얇게 좁혀졌다.

"북해가 뭐지?"

"천년의 겁화. 천하를 통일한 최초의 황제, 진시황을 뒤에서 조정했던 불사자. 패왕 항우에 의해 궤멸된 이후, 북해로 사라졌지만 다시 한 번 세상을 지배하려 호시탐탐 기회만 엿보던 그 괴물이 드디어 준비를 마쳤다. 큰 전쟁을 준비하여야 한다. 그러기 위해서는 중원의 힘을 하나로 모아 그 괴물을 상대할 절대자가 필요해."

"그게 무신 진무도이다?"

황제는 고개를 끄덕였다.

"북해의 마신을 상대할 수 있는 건 그밖에 없다고 여겼지."

"이거 미안해서 어쩌나."

황제는 어깨를 으쓱했다.

"그저 하늘의 뜻이라 여길 수밖에."

그러더니, 몸을 돌려 통로 쪽으로 걸어가며 말했다.

"무신이든 투신이든, 상관없어. 북해의 마신에게 대항할 힘이 있다면 누구라도 좋아. 그게 짐의 뜻이니라."

몽예가 그의 등을 노려보며 말했다.

"내가 싫다면?"

황제가 고개를 돌려 몽예를 향해 비웃음을 흘렸다.

"그건 승자가 되고 나서나 말하거라."

그리고 통로 저편으로 사라졌고, 기다렸다는 듯이 발걸음 소리가 울렸다.

황제가 사라진 통로 쪽에서 두 명이 들어섰다.

그중 한 명은 어디서나 한 번쯤 볼 수 있을 듯한 평범한 인상의 노인이었다.

몽예가 노인을 노려보며 속삭였다.

"무신."

몽예의 눈동자가 옆으로 돌아가 무신의 곁에 있는 사람에게로 향했다.

이십 대 후반쯤으로 보이는 청년이었다.

잘생겼다고 할 수 있는 외모였지만, 입술이 얇은 탓에 호감을 주는 인상은 아니었다.

몽예가 속삭였다.

"진위건?"

숭무정의 소정주.

그러자 진위건이 입을 열었다.

"분명 진위건이었지만, 지금은 아니란다."

몽예는 고개를 갸웃거렸다. 목소리는 기억 속의 진위건과 똑같지만, 말투와 표정이 달랐다.

"무신 진무도?"

진위건이 고개를 끄덕였다.

"그래. 알아보는구나."

몽예의 고개가 진위건 옆에 있는 무신 진무도에게로 향했다.

"그럼 너는 뭐지?"

무신 진무도가 빙긋 미소 지었다.

"내가 말했지 않은가? 공존의 왕이 되겠노라고."

그제야 알겠다는 듯이 몽예가 크게 고개를 끄덕였다.

"아아아. 그래. 둘 다 무신 진무도이시다?"

무신 진무도와 진위건이 동시에 고개를 끄덕였다.

"영생이란 어렵지 않아. 하지만 공생이란 또 다른 세상을 만들어 가는 거라고 여겼네. 이 세상을 오직 나로 채운다. 나만이 존재하지만 결코 고고하지 않은 나만의 세상. 이게 내가 정한 방식이라네."

둘이 이야기를 하지만 동일한 어조로 인해 마치 한 사람이 말하는 듯이 들린다.

몽예가 키득거렸다.

"이제 보니 나보다 더 미쳤구나."

이번에도 무신 진무도와 진위건이 동시에 말했다.

"이해를 구하고자 하지는 않았으나, 조금 서글프군. 자, 시작할까? 이 대 일이니 불리하다 여길지 모르지만, 난 분명 내가 올 거라고 했지, 나 홀로 올 거라고 하지는 않았네."

몽예가 방긋 웃었다.

"괜찮아. 없앨 게 하나 더 생겼다는 건, 오히려 기쁜 일이니까."

두 명의 무신 진무도가 전신에서 순백의 빛살을 뿜기 시작했다.

대조적으로 몽예는 어둠이 흘러나와 물결처럼 휘돌았

다.

몽예가 말했다.

"미리 말해 두지. 당신은 너무 겁을 먹었어. 그게 당신이 지는 이유야."

무신 진무도가 웃었다.

"허허허허헛. 격장지계 따위에 흔들리기에는 내가 너무 나이가 많구나."

"맞아. 당신은 늙었어. 그러니 무서운 거야. 하나가 아닌 둘이라면 이길 수 있다? 예전이라면 그딴 생각이 들었어도 가볍게 무시했겠지. 하나에 하나를 더한다고 둘이 되는 건 장사치의 산법이지, 우리는 아니잖아? 알면서도 이랬다는 건, 이런 치졸한 수단 외에는 이길 방법이 떠오르지 않았다는 거겠지. 다행이야."

무신 진무도가 말했다.

"아직 덜 늙었나 보구나. 너의 격장지계에 좀 흔들릴 뻔했다."

몽예가 말했다.

"크크큭. 격장지계 따위가 아니라는 건 당신이 더 잘 알잖아. 진짜 격장지계는 이제부터야. 반년 동안 당신을 쫓았던 내가 왜 갑자기 그만뒀을까? 내 친구들을 구하려고? 숭무정을 단숨에 없애 버릴 기회를 놓치고 싶지 않아서?

아니지. 당신을 약하게 만들고 싶어서야. 난생처음 패배를 경험한 당신에게 여유가 허락된다면? 극복할까? 아니면, 좌절할까? 난 거기에 승부수를 던진 거야."

몽예를 감싼 어둠이 표면에 두 개의 푸른 눈동자와 하얀 미소를 짓는 입매가 그려 낸다.

"내일을 보는 건 나인 것 같네."

어둠은 두 개의 태양을 향해 날아갔다.

뚜벅, 뚜벅.

어둠이 짙게 깔린 통로에 발걸음 소리가 울린다.

소리는 멎었다 이어졌다를 반복했고, 한참이 지나서야 황궁무고의 입구에 한 사람이 모습을 드러냈다.

몽예였다.

온통 피에 젖어 용모를 알아볼 수 없다.

왼팔은 반대 방향으로 꺾인 채 축 늘어져 있고, 왼쪽 눈두덩이는 크게 부풀어 올라 있었다. 그리고 벌어진 입에서는 끊임없이 핏물이 흘러내렸다.

"이 또한 하늘의 뜻이겠지."

들려온 목소리 쪽으로 몽예의 눈동자가 돌아갔다.

그 자리에 황제가 뒷짐을 쥔 채 서 있었다.

몽예는 더 이상 관심이 없다는 듯 시선을 떼고, 힘겹게 걸음을 옮겼다.

그때, 황제가 말했다.

"백가연. 그녀가 너의 어미라고 들었다."

그러자 몽예의 발이 멎었다.

"그녀가 말하지 않았느냐? 너의 아버지가 나라고?"

몽예의 입술 사이로 목소리가 흘러나왔다.

"들었어. 근데 뭐 어쩌라고."

황제는 뭐라 말을 하려다가, 그대로 입을 다물었다.

몽예는 다시 걸음을 이었다.

몸은 힘겹지만 마음은 가벼웠다.

제갈설향과 친구들이 기다리는 곳.

그곳에서 편히 쉬리라.

물론 잠시뿐이지만…….

"북해의 마신이라고 했지?"

몽예의 입가에 미소가 맺혔다.

"죽일 놈이 너무 많아."

걱정할 것 없다.

나는 무적, 패배란 있을 수 없으니!

장칠은 한심하다는 듯 코웃음을 쳤다.

눈물을 흘리며 몽예를 때리고 있는 제갈설향이 보였다.

"왜 돌아와! 말도 없이 가면 모를 줄 알아! 내가 바보야? 이겼다고 해서 내가 봐줄 줄 알아!"

퍽, 퍽, 퍽, 퍽.

"아파. 누이, 아파."

몽예가 무신 진무도를 죽이고 제갈세가로 돌아온 아침부터 노을이 깔리고 있는 지금까지 저러고 있었다.

그저 묵묵히 맞고만 있는 몽예를 보며 장칠은 속삭였다.

"내 생각엔 제수씨야말로 무적이야."

홍한교와 법왕이 맞다는 듯 동시에 고개를 끄덕이고 있었다.

*　*　*

필자는 투신 몽예의 이야기를 여기서 마무리하기로 결정 내렸다.

그가 무신 진무도와 어디서 싸웠는지, 어떻게 이겼는지를 아는 사람이 아무도 없는 까닭이다.

우리는 그저 그가 돌아왔고, 무신 진무도는 지금까지도 모습을 드러내지 않으니 대결의 승자가 누구인지는 모두가 알 수 있는 부분이다.

그 이후, 투신과 투신의 동료들. 투신회의 주도 아래 벌어졌던 악몽 같던 겁난, 북해마신과의 전쟁은 자료를 취합할수록 더 믿음이 가지 않기에 기록을 보류하기로 했다.

만약 필자가 모은 자료가 사실이라면, 그 전쟁은 고금을 통틀어 최악의 겁난이라 불러 마땅할 것이다.

그리고 그 이후, 몇몇 명숙들 사이에서 퍼진 절대의 존재들끼리의 싸움, 만신쟁패는 그저 우스갯소리가 분명할 터, 기록하지 않는다.

최근 몇 년, 투신 몽예의 소식은 들려오지 않는다. 혹자는 그가 죽었다고 하고, 또 누군가는 그가 신화에 이르러 우화등선하였다고 한다.

하지만 그를 아는 사람들은 이리 말한다.

그는 분명 어딘가에서 또 싸움을 벌이고 있을 거라고…….

* * *

황량한 사막.

거대한 성 하나가 우뚝 솟아 있다.

모래바람을 뚫고 성을 노려보는 이들이 있다.

네 명의 사내와 한 마리의 호랑이였다.

"여기야?"

몽예의 말에 법왕이 고개를 끄덕였다.

"그래. 여기가 바로 네가 인다라였던 전생에 맞수였던 아수라의 집구석이야."

장칠이 답답하다는 듯 한숨을 내쉬었다.

"너희는 정말 너무 막 나간다. 굳이 칼질하겠다고 여기까지 와야 해?"

홍한교가 해왕검을 뽑아 들며 말했다.

"죽어 마땅한 놈들이 가득하다잖아. 호선께서는 준비를 마치셨소이까?"

그러자, 홍한교의 곁에 있는, 털이 눈처럼 새하얀 호랑이가 낮게 으르렁거렸다.

장칠이 몽예 쪽을 돌아보며 물었다.

"뭐라시냐?"

"뭐라긴. 뻔하잖냐."

몽예는 성을 노려보며 하얗게 웃었다.

"놀아 보자는 거지."

〈완결〉

DREAMBOOKS★

DREAMBOOKS★

DREAMBOOKS★